22th

1998-2019

太阳鸟文学年选

2019
中国最佳
随笔

主　编｜王　蒙

分卷主编｜潘凯雄

王必胜

辽宁人民出版社

图书在版编目（CIP）数据

2019中国最佳随笔 / 潘凯雄，王必胜主编 . —沈阳：辽宁人民出版社，2020.1
（太阳鸟文学年选 / 王蒙主编）
ISBN 978-7-205-09780-6

Ⅰ . ①2… Ⅱ . ①潘… ②王… Ⅲ . ①随笔—作品集—中国—当代　Ⅳ . ①I267.1

中国版本图书馆CIP数据核字（2019）第257372号

出版发行：辽宁人民出版社
　　　　　地址：沈阳市和平区十一纬路25号　邮编：110003
　　　　　电话：024-23284321（邮　购）　024-23284324（发行部）
　　　　　传真：024-23284191（发行部）　024-23284304（办公室）
　　　　　http://www.lnpph.com.cn
印　　刷：辽宁新华印务有限公司
幅面尺寸：170mm×240mm
印　　张：15
字　　数：240千字
出版时间：2020年1月第1版
印刷时间：2020年1月第1次印刷
责任编辑：赵维宁
装帧设计：丁末末
责任校对：耿　珺　郑　佳
书　　号：ISBN 978-7-205-09780-6
定　　价：58.00元

这也是一种"知识服务"

潘凯雄

今年这本最佳随笔收入作品凡28篇，其中不少篇什的作家虽各有自己独特的立意，但在表达这立意的同时，不知不觉中又同时在传递着某一方面、某一领域的某些知识，套用一句现在时髦的话说，这叫"知识服务"。坦率地说，本人今年确是有意识地多选了一些这种类型的作品，目的就是想围绕着当下所谓的"知识服务"话题赘言几句。

如果仅就"知识服务"这四个字的字面意义而言，本不应有多少歧义，但问题是现在人们一说起这四个字则大都是特指新媒体中的"那一款"产品，它们的基本特征就是找来一两个可能的确是、也可能不完全是，却一概号称专家、学者之类的人物通过音频、视频等形式讲述某个专题，然后制作成小课再放到新媒体上进行传播。事情如果仅限于此倒也作罢，问题出在还要将这样一款本不值得多说的产品描述成一种全新的东西，而且代表出版转型的方向，仿佛只有这才代表着出版的未来。这样的判断肯定是有悖于客观事实、形成一种误导，甚至是荒唐的了。

不妨先简略地描述一下当下流行的知识服务类代表产品——小课的基本模样：每单节课的时长一般为10—15分钟，而一门完整的课则由这样10—50节的小课组成，换言之也就意味着某一门课的课时在12个小时左右。有了这样一些基本单位，但凡受过中等以上教育的人都不难想象这样一门课程的基本容量几何，至于质量的高下则要取决于授课者的学术研究+语言表达的复合能力如何了。经过这样一番解剖应不难看出现在时髦的所谓"知识服务"其实不过如此而已。显然，这既不是"新媒体"的独门绝技，更不可能是所谓出版转型的方向。如果说这就是"知识服务"，那么，传统出版所推出的作品无论是单篇作品还是专题著述不同样也都是在承担着"知识服务"的功能吗？

比如本选本中的《持续写作及其他》《米兰讲座》《私奔、家庭、认知、傲慢与报应》三篇作品本身就是张炜、余华和毕飞宇三位著名作家就文学写作或文学鉴赏专题演讲的文字版；而《"老房子"的新声音》《杜甫的咏怀》《斗士诚坚共抗流》《八国联军来袭前后》《李卓吾为何不回故乡》《贾政父子的孝心》《玉碎》《千年之约》和《〈新青年〉的上海文学想象》等篇什，哪一篇不都是也可以称之为"知识服务"的产品吗？而所服务的知识点同样都是十分清晰的，这些知识点有的从标题上即一目了然，有的只要卒读全文便了然于胸。而且这些优秀的随笔作品因其作家自身的文字功力加之这种文体的天然要求，使得他们对某种知识的传递更加生动形象、惟妙惟肖，其接受效果绝不会亚于现在流行的那些所谓"知识小课"，如果说有什么不同，无非是在传播方式上一个诉之于视觉、一个诉之于听觉而已。如果仅凭这一点差异就断言当下新媒体的那类小课才是"知识服务"并代表着出版转型的方向，而有着悠悠历史的传统出版不具备这样的功能，这本身就是非常无知甚至是十分荒唐的。

至于本选本所收入的其他篇什，无论题材和作家的风格差异如何，不仅都可见出文字的讲究和构思的用心，更可读出情感的一份真挚。特别值得关注的是，面对这份真挚的情感，这些作家的处理基本上都是不铺陈、不夸饰，"清水出芙蓉，天然去雕饰"是他们共同的基本特征，因而，读起来反倒易入心入脑。

最后，每年在完成这篇文字时都不得不重复如下三层意思：首先，作家对本书的成稿予以鼎力支持，对此本人深表谢意；其次，恕本人孤陋寡闻，极少数入选作品的作者一时还未能联系上，惟因不忍割爱，故未先征得其同意就冒昧将其大作入选，在深表歉意并请求他们宽恕之时，也请其在见到本书后及时与出版社联系；最后，限于本人学识及阅读量所限，特别是面对各种新媒体的海量，遗珠之憾是一定的，敬请广大读者见谅。

是为序。

2019年10月于北京

所有的日子都来吧

◎ 王　蒙

　　感谢时代赐给我的幸运，11岁，初中一年级，结识了本校垒球明星、地下党员何平，他的家就是我的培训图书馆，后来14岁差5天我被破例吸收加入中国共产党。1949年3月，在解放了的北京，我成为新民主主义青年团即后来的共青团干部。破落、空虚、肮脏、摇摇欲坠的北平变成了健康、自信、勤奋、日新月异的候任首都。旧中国，北平整个都是恶臭扑鼻的垃圾堆，解放军一来，几天就清理得干干净净。三天两头停电的北平，供电一下子全然康复。虽然有敌特放火焚烧公交电车，全市公共交通仍然是前所未有地顺畅了。新街口、交道口修电影院，什刹海建设体育馆与游泳场，所有的日子，所有的日子都变了样，都在跳舞，都在唱歌，都在招展，都在发光。是共和国最初的日子，是高屋建瓴也是脚踏实地的日子。是心愿纷纷、成绩桩桩的日子，是几千年中华历史上没有见过，没有说过，甚至没有想到过的日行千里的日子。是转眼过去了的，也是充满遐想的日子，是历史的豪迈，青春的热烈，是眼泪、欢笑、深思，都前所未有的日子。

　　世上有几个十几岁的少年有这样的福气，有这样百世不遇的机缘，能在这个多感多梦的年华看到这样的天翻地覆，凯歌行进，山呼海啸，日月重光！能在这样的年纪整天组织青年人演讲、读书、合唱、联欢，宣扬革命理论，抒发奋斗胸怀！我们唱的是"五星红旗，迎风飘扬""年青人，火热的心"；我们听的是周恩来、彭真、艾思奇、胡绳、田家英、丁玲还有苏联专家的报告；我们跳的是秧歌舞与腰鼓舞；我们读的是《把一切献给党》与《钢铁是怎样炼成的》；我们看的影剧是《白毛女》与《刘胡兰》。我们高举的是红旗与彩旗，我们白天劳动，下班后是团的组织生活——"团日"，团日后是为在朝鲜的志愿军战士炒面，抽出时间还给苏联青年写信。

　　同时，我们勇敢淋漓地荡涤着旧中国的污泥浊水，枪毙天桥恶霸，解救火坑中的妓女，取缔害人的"一贯道"，关闭吸食鸦片的"土膏店"，干脆利索地解决了由一个日本人与一个意大利人策划的炮打天安门城楼的大案。再没有颓废麻醉，再没有龌龊下流，再没有寄生剥削，再没有蹂躏掠夺……也再听不见《夫妻相骂》与《我的心里两大块》的哼哼唧唧的鬼哭狼嚎。

作为青年团区委中学工作部的负责人，我在参加几个中学的联合团日活动的时候，喊出了"生活万岁，青春万岁"。作为文学创作，我写出了"所有的日子，所有的日子都来吧"的诗句。日子燃烧着我与我的同代人的青春，日子的光明与火热，催促着我把这样的日子写在纸上，我知道它们的珍贵，也知道它们需要的是时时重温，铭记不忘。这就是我们这一代人的初心、初情、试笔。是革命的激情，也是建设的期待；是青春的觉醒，也是奋斗的决心；是对梦魇似的旧中国的告别，也是对共和国愿景的畅想；是从来没有写过小说的孩子气的冲锋，也是一个已经入党五年的少年布尔什维克的壮志雄心。1953年刚刚过完19岁生日，我购买了几个16开的大笔记本，开始写下了一页页的潦草的小说草稿。为此，我重新一遍又一遍地读起鲁迅与丁玲，巴金与茅盾，《钢铁是怎样炼成的》与《青年近卫军》，也包括巴尔扎克、托尔斯泰与契诃夫。尤其是一次又一次地听交响乐，听陕北的"信天游"，听苏联歌曲。我要写日子，我要写革命，我要写青春，我要献身文学，我要镌刻我们的时代，我要温习与演奏历史上从未出现的共和国序曲。越写就越知道共和国的伟大、艰难、崭新、开天辟地。

写作一部长篇小说谈何容易！要安排人物，要结构他们的各种关系，要设计他们的生活场景，要出现不但让作者自己如醉如痴而且要让读者也能被吸引住的起伏与动静。要有男女老少，要有阴晴寒暑，要有激情澎湃，要有低吟宛转，千头万绪，像星月一样满天，像江海一样汹涌，像日子一样亲和，像历史一样郑重，这样的写作足以要19岁王蒙的命！但是再困难，再吃力，我必须写出来！我当时就很明确，我是青年更是少年，我是作者更是历史证人，你不会再找到这样的小老革命，这样的新旧中国的全见证全实感，连日本军队占领下的生活我都了如指掌，你不会再找到将自身的青少年内心与革命的胜利、与共和国的百废俱兴结合为一的文学心境！使命在我，岂可大意！

于是，1954年开始得到中国青年出版社审读，1955年得到中国作协青年委员会萧殷恩师的鼓励与指点，1956年得到创作假并完成了修改。1956年年底，刘白羽在《人民日报》上预告了此书。1957年《文汇报》连载了小说的相当一部分章节。1979年《光明日报》发表了我为此书终将出版而写的"后记"。然后是小说出版。从小说开始写作至今已经66年，从小说正式出版至今已经40年整，一版又一版的新书一直不间断地出现在新华书店的书架上，捧在购书朋友的手中，摆放在青年的书桌上或书包里。它获得了人民文学出版社与《语文报》的奖项，被评为全国中学生最喜爱的书籍之一，翻译成了阿拉伯文在埃及出版，译成了朝鲜文和蒙古文在边疆地区出版。尤其是序诗，不知道有多少青年、演员、主持人，多少次在大学、在舞台、在集会、在广播电视上朗诵。至今，它还是那么朝气扑面，意气涌动！青春与共和国永远同在！"我想念你们，招呼你们，并且怀着骄傲，注视你们！"感谢时代赐我幸运，我萌生了，写作了，记住了，所有的日子，共和国的日子！

（原载《光明日报》2019年8月2日）

将军几死却永生

◎梁　衡

今年是新中国成立70周年，共和国的由来有多块奠基石，其中之一就是抗日战争的胜利。诚如天安门广场上人民英雄纪念碑的碑文所说："三年以来，在人民解放战争和人民革命中牺牲的人民英雄永垂不朽。三十年以来，在人民解放战争和人民革命中牺牲的人民英雄永垂不朽。由此上溯到一千八百四十年，从那时起，为了反对内外敌人争取民族独立和人民自由幸福，在历次斗争中牺牲的人民英雄永垂不朽。"抗日战争中，国共两党团结御敌，同仇敌忾。国军方面牺牲之最高将领为张自忠将军，八路军方面为代参谋长左权将军。他们所代表的无数先烈用热血凝铸了共和国的基石。

但是，张自忠将军受国人的尊重和纪念还有更深的一层背景。他是一个人格受辱，曾被误为汉奸，几乎被舆论的唾沫星子淹没的人。然而他决然以死洗身，来证明自己的清白。

我第一次知道张自忠将军这个名字，是56年前考入北京的中国人民大学，学校就坐落在张自忠路上。想不到50多年后我有事经过湖北宜城，这里竟是他1940年的战死之地。2015年9月，世界反法西斯战争胜利70周年，宜城在当年的旧战场处修建了巨大纪念碑，从山脚至山顶铺1200余级步道。步道中段留出一段原始地貌，约30平方米，为将军牺牲之地。内有7块坚石，一片绿草，一丛怒放之杜鹃花。激战之后在这里发现了他的遗体。时将军身受8处伤，有枪伤、炮弹炸伤、刺刀伤，可见搏斗之惨烈。一上将级战地最高指挥官这样慷慨赴死于刀丛弹雨之中，实为现代战争中所罕见。将军的热血浸透了身下的土地。后来这个地方就名"血窝"，作特别保留。现在每一个从血窝旁走过的人都会驻足致敬，流下热泪。

将军出身行伍，其成名是1933年长城抗战，以大刀杀敌。其时中日之国力、军力甚为悬殊。我军还使用冷兵器，每人背大刀一把，只能靠夜战、近战，摸入敌营。一曲《大刀进行曲》响彻长城内外。1937年七七事变后，在和战两难、进退维谷的状态下，上面命他留在北平，任北平市长与敌虚与委蛇。他明知这是一件要背黑锅的事，为挽大局只好委曲受命。他对南撤的战友送行时说，以后诸君是民族英雄，我怕要被骂为汉奸了。果然民情汹汹，一片喊骂。后日寇野心膨胀，残局已无法维持，他逃出北平，过济南，群众在站台上围攻喊骂，高呼打倒汉奸，他都无法下车。后转道青岛，到南京述职，反接到蒋介石的一纸处分令，这更坐实了他应对平津败局的负责。其实，抗战初期我方研判失误，一不战而失东北；二稍战即退出平津热河，国土沦丧。这本是应由最高当局负责的，骂名却不公正地落在了他的头上。敌犯土失，官责民斥，有口莫辩，其内心之煎熬可想而知。他明白，如不能洗污，将成秦桧。誓以死明志。

将军以民族大义为重，团结抗敌，处事有节。国共合作，常有摩擦，张部却从未有此事。1939年1月上面下达的"限制异党活动办法"，时两名红色名记者安娥、史沫特莱正在他的防区。将军毫不刁难，立派人牵马将她们送至新四军李先念防区。他的干训团有进步教员讲社会发展史，团长说是通共，将人捆绑，他立令释放。西北军另一悍将庞炳勋与张同是冯玉祥的部下，兄弟多年，但中原大战庞叛冯投蒋，并突袭张的师部，欲置其死，张逃得一命。从此两人结下怨仇。抗战中，冤家路窄，张、庞又同在五战区。临沂战事，庞被日军围困，危在旦夕。李宗仁时帐下无人，急召张自忠说："我知你们有旧怨，但那是打内战时的私仇。今庞在前方浴血，是为国难。望你受点委屈，捐弃前嫌，急救之。"张二话没说，带队驰援。出生入死，如赵子龙七进七出，两救庞于临沂，击败号称铁军的日板垣师团，板垣羞极，几欲自杀。张部也因此损失5000多人。蒋介石大受感动，亲致电嘉勉，并撤销了对他因七七事变失守北平的处分。

将军一向治军极严。临沂之战最激烈时，一营长逃阵，立即枪毙；一旅长进攻不力，阵前撤职。他有这样一个绰号："扒皮将军"。他经常训诫部下要遵守军纪，爱护百姓。常挂在嘴边的一句话是："看我不扒了你的皮！"这让我想起30多年前看到的一则旧事。张带军驻扎某地，借宿民房。一军官强奸民女，第二天被指认出来，立判枪毙。此人是一员猛将，战功无数，对此事也供认不讳，只求暂留一命，让他明天死在杀敌的战场上。众将也为之求情。张不许，只是吩咐去买一副好棺材。事有蹊跷，这个跟随他多年的老部下被枪决入棺，因未至要害，人醒过来后又翻棺而出，不但没有逃走反回来向他报到，并要求杀敌而后死。张仍不许，二次枪毙。在襄阳我还听到另一故事，上世纪70年代有一跟随张的抗日老兵退伍在襄。一日，被驻军请去干活，正遇上新兵训练。此老兵不由得梦回沙场，上前接枪示范，白发皓眉，雄姿勃发，吼声震天。全场为之震惊。可见张将军的治军之风。

将军待民以亲，待下以慈，持己则严。虽是战时，他仍不忘民生。襄阳著名的秦代水利工程白起渠年久失修，他就向当时已流亡到恩施的湖北省政府打报告，倡议修复，并亲率士兵挖渠。他常说军队离不开老百姓，抗战胜利全赖民资助，每驻一地，即筹划生产，公平贸易。这一点很像左宗棠，虽在行伍，却有政经胸怀。他的部队开饭前先唱《吃饭歌》，歌词大意是："这些饭食人民给，救国救民我天职。"逢节日时常有座谈联欢，对60岁以上的老人亲送礼品一件。一次宿劫后山村，见百姓极苦，就吩咐军需官每户发洋10元。一老妪感激下跪，他急搀起说："是该我们当兵的给您下跪，我们没有保护好老百姓。"

他爱兵如子。每宿营，兵无食，他必不食。伤员出院归队，必亲自一一验伤，凡子弹从身前穿入者，即大声点名，让其站前排，彰其英勇。伤者无不感无上光荣，人人争先恐后。临沂战役，跟随他多年的冉营长负重伤，自知难保，留下遗言。一是望司令见其遗体一面；二是勿告家属；三是墓上立一小碑。张抱尸痛哭，亲写碑文，后将遗属接到部队说："冉营长为国牺牲，死得有价值。今天我张自忠还在，说不定哪一天也会死在抗日战场上。这是一个军人在国难当头时的责任。今后，有我张自忠的一天，就有你们母子的一天。两个孩子的教育费由我负责。以后我的家属在哪里，就送你们去哪里，与我的家眷在一块儿。"而他严于律己，为当时高官所罕见。一次指挥部转移新地，荒村破舍。副官调几名战士打扫卫生，他批评说："士兵是国家的士兵，不是我张自忠的奴仆。他们保卫国家，战死沙场是本分，但没有给我打扫卫生的义务。弟兄们行军已走得很累，你让他们累上加累，很不应该。"

他历充要职，却持身极俭。他的参谋长张克侠（共产党员）回忆他："如偶有过人享受，辄有不安之意……公殁后，余回部，过其所居，见报纸糊壁，敝席悬门，其刻苦奉公之状如在目前，不禁泣下。"1940年3月文人梁实秋到前线慰问，遍访9个战区，张的司令部最为简陋。他留下这样一段文字："张将军司令部固然简单，张将军本人却更简单。穿普通的灰布棉军服，没有任何官阶标识。他不健谈，更不善应酬。他见了我们只是闲道家常，对于政治军事一字不提。他招待我们一餐永不能忘的饭食。四碗菜，一只火锅。菜以青菜豆腐为主，火锅是豆腐青菜为主……我看得出来，这是他在司令部里最大的排场……大概高级将领能刻苦自律如张自忠将军者实不多见。"长官如师如父，可见一支军队之炼成，首先是长官人格意志之造就。张自忠将军带出来的这支军队，后来在淮海战场上由张克侠、何基沣两将军带领起义，投向人民的怀抱。

自从大刀抗战之后，将军又有几次痛快地杀敌。1937年底他辗转回到自己的部队，失声痛哭，言今日回来乃为杀敌报国，共寻死所，部下皆泣不成声，誓死赴难。他重新出山后一战淝水，二战临沂，皆建奇功。不到一年，除撤销处分外，连获晋升。由军长而军团长、集团军总司令、战区右翼兵团总司令。他说别人都可以打败仗，唯有我张自忠不能打败仗。1939年5月日寇进犯襄阳。张率部在襄河东岸指挥了一场漂亮的伏击，毙伤敌900余，更重要的是缴获了敌人准备大规模渡河的舟船辎重。其中竟有张学良放弃东北，日军借其兵工厂生产的折叠船。可见当年不放一弹而失东北之恶果。张立令全部烧毁。此役虽小却粉碎了敌突破汉水，攻占襄阳、宜城之企图。其时将军拔剑独立汉、襄两水之间，一如当年屹立长城。

岳飞有名言，只要武官不怕死，文官不爱钱，国就不会亡。文天祥在《指南录》中谈到他于国难中不知几死。纵观张自忠将军之精神，就是抱定武人必为国赴死的信念。自敌寇压境，他经常挂在嘴边的一个字就是："死"。一个人只要拼得一死，总能干成一件事，一件轰轰烈烈的大事。

他每见长官必言死，战前他致电蒋介石："职现亲率两团渡河，攻击北窜之敌，如任务不能达到，决一死以报钧座。"他去重庆述职，行前别老上司冯玉祥，突然下跪。冯忙拉住说："这是干什么？"他答："蒙先生栽培，终生难忘。此去我死也死个样子，决不给先生丢脸！"冯一时语塞，不知该如何劝慰。他给部下训话，常说的是："不惜一切牺牲，阵地就是棺材！"他给亲人（弟弟）写信："吾自南下作战，濒死者屡矣。濒死而不死，是天留吾身以报国耳……吾一日不死，必尽吾一日杀敌之责；敌一日不去，吾必以忠贞，死而已。"他答记者问："现在的军人，很简单地讲句话，就是怎样找个机会去死。因为中国所以闹到这个地步，可以说是军人的罪恶。十几年来，要是军人认清国家的危机，团结御敌，敌寇决不会来犯。我们军人要想洗刷他的罪恶，完成对于国家的义务，也只有一条路——去死，光荣地死！"这是他由一个旧军阀部队的将领，在国难当头时自觉转化为一个爱国将领的心声。他到日本考察，日本人说，你们中国有文德而无武德，女人死节者多，男子捐躯者少。很刺他的心。他说，这一回，我一定要给日本人看一看。每有大战，他即将军务推给副司令，亲上前线督战。正如他言："濒死者屡矣。"

1940年5月，敌再犯襄阳。他又如以往，从容作好一死报国的准备。会战刚开始，5月1日他即致信59军团以上将校，表示共赴国难：

> 看最近之情况，敌人或要再来碰一下钉子。只要敌来犯，兄即到河东与弟等共同去牺牲。国家到了如此地步，除我等为其死，毫无其他办法。更相信我等能本此决心，我们的国家及我五千年历史之民族，决不致亡于区区三岛倭奴之手。为国家民族死之决心，海不清（枯），石不烂，决不半点改变。愿与诸弟共勉之。
>
> 小兄 张自忠手启

5月4日又给副司令留下遗书："已决定今晚往襄河东岸进发，奔着我们最后之目标（死）往北迈进。无论作好作坏一定求良心得到安慰。以后公私，均得请我弟负责。"开作战会议时，他见一团长未佩手枪，便说：长官上前线一定要带手枪，一为自卫；二为必要时杀身成仁。大家预感不妙，劝他说主将不应冒险到前线去拼命。他说："不是日本人不怕死，而是中国人当大官的太怕死了。"5月16日遭敌最后包围，他说："你们每个人都可以走，唯有我张自忠不可以走。"遂从容指挥将苏联顾问、文职、后勤、伤员等一一安排护送走。然后带少数警卫与敌激战，先是左臂被子弹打穿，后弹片划伤肩、胸、肋多处，此时敌已近身，将军昂然而立，怒目逼视，大呼杀敌，又遭枪击、刀刺，终于殉职。

张自忠将军的牺牲震动国共两党。其遗体被我军拼死抢回，前线将领抚其伤口，放声大哭，10天前将军的遗言犹在耳旁。部下瞻仰遗容，皆泣不成声。前线总部作简单吊唁后入殓，楠木棺内置《孟子》一本，彰其为富贵不淫、贫贱不移、威武不屈的大丈夫；又置《三民主义》一本，"三民"之第一义即求民族独立，彰其为争民族独立之英雄。灵柩过宜昌，10万人送行，敌机在头顶盘旋，无一慌乱。抵达重庆后，蒋介石以下军政要员在码头迎灵。国民政府先后宣布为其国葬、入祀忠烈祠、改宜城县为自忠县。8月15日，延安各界举行追悼大会。1943年将军牺牲三周年之际，周恩来又亲在《新华日报》著文，说每读"将军的两封遗书，深觉其忠义之志，壮烈之气，直可为我国抗战军人之魂"。1945年10月毛泽东赴重庆谈判，专门去拜望将军在世的老母，表达崇敬之情。新中国一成立，张即被颁布为烈士，北京、天津、武汉等地设张自忠路。2009年，新中国六十华诞，又被评为"100位为新中国成立作出突出贡献的英雄模范人物"。2015年纪念世界反法西斯战争胜利70周年，又为之重立丰碑。

　　死生，人之大节也。将军在世时，不知曾经几死；其死后实又每日犹生，与国同在。痛哉！天不留其身，然其忠魂长在，壮我华夏。他如岳飞、如文天祥，是一位永彪青史的民族英雄。

　　　　　　　　　　　　　　　　（原载《北京文学》2019年第9期）

"老房子"的新声音

◎阎晶明

　　进入多伦路，发现并非是去年来时的入口，朋友介绍说这是路的另一端。而且景云里也非封闭的小街，今年见到的牌楼就与去年的不一样。此行的目的地是位于多伦路深处的左联纪念馆，89年前的这一天，3月2日，中国左翼作家联盟在这里成立。这是中国现代文学史，包括现代文化史上的重要篇章，左联的成立、鲁迅在左联发挥的作用、鲁迅对青年作家的关心扶持、鲁迅和左联一些人士的意见分歧等，都有很多值得深入、细致研究的地方。

　　虹口区有关部门十分重视对多伦路街区的保护。以左联纪念馆为例，这里现在每年都会举办不少于10场的"多伦文化沙龙"，在鲁迅与左翼作家们聚会的场地，当代作家学者们就相关话题进行演讲交流，让这座老建筑生发出鲜活的文化气息。

　　坐在讲台上，我感慨万端。加上细雨中行走的印象，让人不禁有一种回到旧时光的幻觉。在高楼林立的上海，多伦路老街区格外需要呵护。可我又想，这种别致，这种呵护，只是被当作一处景观圈起来，只强调它当年如何了得是不够的。传统的文化遗存，必须要有当代元素的添加，要让老房子里发出当代声音，让弘扬传统与文化创新相融合，增加对社会公众的吸引力。以左联纪念馆为例，这里当年发生的一切，追踪下去，其实都与今天有关，直接间接，说不完、道不尽。许多当年的话题到今天仍然可以接续，前辈作家的作为到今天仍然值得继承。于是，坐在讲台上，我没有在预定的主题上细说，而是向在场的同行们讲述了我的一点感受，就是如何让现代文学的传统同今天的中国文学产生历史接续的关联。

　　比如鲁迅研究界成果丰富，但还有很多空白，这些空白有的可以通过实证研究来填充，但更重要的是看到对鲁迅创作、鲁迅思想的挖掘尚有很多空间。特别是鲁迅思想的复杂性、鲁迅创作跟当代中国文学之间到底有着怎样的关系。认识鲁迅还有一个角度，中国现代文学有一个重要的传统，就是把现实主义和现代主义相融合，现代文学的标志绝不止是白话文代替了文言文，更是思想观念、创作方法、艺术手法的革命。中国现代文学的高峰正是鲁迅，他把现实主义同现代主义在《狂人日记》等作品里融合到一起，他最早拥有这样的艺术自觉，也在实践中达到了很高的境界。

鲁迅与左翼作家特别是青年左翼作家的往来中，既肯定、支持他们关注现实，表现中国正在经历的苦难和抗争，又鼓励他们提高艺术创作的水平，努力用艺术性更好的作品说话。这些故事多与左联有关，与我正坐在其中的现场有关。

我时常有机会参观各种各样的纪念馆、名人故居，也时常会感觉到有些场所的维持不易。原因固然各有不同，但我以为开掘这些文化遗存的多种元素，增加它们的生趣，是一条有效的发展途径。也是在上海，我曾经在一年前参观了离思南公馆不远的孙中山故居。这处建筑保存完好，内里的布展很丰富，连房前的草坪都依然保留着。不过，从我的角度看，也还有一点遗憾。因为1933年2月17日，正是在这座建筑里，宋庆龄接待了英国著名作家萧伯纳。那一天，蔡元培、鲁迅、史沫特莱、林语堂等沪上文化名人齐聚这里。鲁迅、林语堂等与萧伯纳在草坪上的合影早已成为珍贵的历史资料。其情其景，历历在目，也让这所房屋添加了许多逸闻趣事、文化气息。但可惜，展览似乎并没有涉及这方面的内容，还是有一点遗憾的。

我还记得有一次在太原跟朋友聊天，谈起位于武乡的八路军总部纪念馆，意义十分重大。不过朋友也有一些看法，认为里边的展览内容、展览方式还有很大的提升空间。我当下就说给朋友一件曾经读到的逸事：上世纪30年代，萧红得到鲁迅多方面关怀、支持，是一段现代文坛佳话。鲁迅曾经对萧军、萧红的作品认真修改，并亲自作序，又支持"二萧"作品出版。据史料记述和当事人回忆，萧红离开上海到北京后，曾得到自己的乡友、同为作家的舒群的帮助，让她度过了艰难的时刻。临别时，萧红为了感激舒群，将鲁迅修改过的长篇小说《生死场》手稿赠予舒群。此书稿成了舒群的珍藏品，舒群也是带着这部手稿到了武乡的八路军总部工作。在遇到日军空袭，紧急撤离时，鲁迅精心修改过的《生死场》手稿也因此成了无法找回的失物。想起此事，令人感叹、遥想。如果在当代展览中能用文字、书影等方式谈及此事，既可增加文化内容，也会引来参观者的津津乐道，因此找回遗失80年的手稿也说不定，那可就是一件功德无量的好事了。当然，这只是一个文化元素，那里应该还发生过其他我们疏于找寻、未曾考证，更没有想到纳入展厅的故事，提升的空间的确很大。

多伦路的半天又是一次收获满满的逗留，每来这里，总会激发出无尽的感慨和思考。这就像一本好书，即使读过多遍，但随手一翻，总能读出未曾意识到的新意。

（原载《人民政协报》2019年3月20日）

一斗阁笔记

◎莫　言

一、真　牛

那头牛，身材魁梧，面貌清纯，是牛中伟丈夫也。初购来时，儿童围绕观看，社员点评夸奖，队长洋洋得意。但此牛厌恶劳动，逃避生产。套一上肩，立即晕眩，跌翻在地，直翻白眼。鞭打不动，火烧不理。一摘套索，翻身跃起。如此这般，众人傻眼。支书曰："人民公社可以养闲人，但绝不能养闲牛。"队长曰："若不是法律保护耕牛，老子一定要宰了你。"会计曰："好男不当兵，好牛不拉犁。"支书曰："闭嘴，你的话里有严重的政治问题！当心撸了你的会计。"会计面色灰白，悄然而退。牛翻白眼，不见青光，疑似转世。无奈，只好将它牵到集市售卖。那牛一到集市，双眼放光，充满期待又略带忧伤，仿佛一个待嫁的新娘。集市上收税的人一见它就乐了："伙计，您又来了呵。"牛眨眨眼曰："伙计，不该说的莫说，拜托了呵！"

二、诗　家

大清乾隆年间，吾乡白公有三子，皆忤逆不孝，但俱有诗才。父将三子诉之于官。差役将三子拘至衙，县官升堂审讯。父历数三子不孝行状，言之动情处，失声嚎啕，老泪纵横。官曰："忤逆不孝乃本朝法定大罪，轻则廷杖，重可大辟。但本官爱才，不忍动刑。闻尔等皆能诗，即以衙前竹为题，各做一首，通即恕，不通则严惩之。"长子咏曰："老爷衙前一丛竹，顺着节儿往上数。老爷今年做知县，明年定会升知府。"次子曰："老爷衙前竹一丛，旭日初照枝叶红。老爷明年升知府，后年提拔进京城。"三子曰："老爷衙前竹丛一，观音菩萨来送子。送个儿子中状元，送个女儿嫁皇帝。"官大喜，令差役责打白公四十大板，斥之："生了三个诗人，还告什么刁状。"

三、葱　管

余少年时与兄割草、牧羊于野，渴甚。沟渠中虽有水，但苦如盐卤，不能饮。兄遂问羊："羊羊羊，何处有水井？"羊咩咩数声，东向狂奔，吾与兄追随至翰林碑。碑前果有一古井，深可数丈。时有翠鸟由井中飞出，水气淋漓焉。探身下望，井中映出倒影。吾口渴愈烈，恨不能跳入井中畅饮。兄突发奇想，采来葱管数根，以口叼之，劈开双腿，足蹬井壁，次第下之，如入幽灵之境。良久，兄口叼贮水葱管，攀援而上。以葱管授我，饮之，其水甘洌，如琼浆玉液。如是者数，兄气喘吁吁，力渐不支。余心不忍，道：哥，我不渴了。兄道：再取一次即止。兄蹬壁又下。忽听噗通一声，余知兄落水，急忙低头探看，只见兄站在井底，水及其胸。余急问：哥，没事吧？兄道：好凉快啊。我道：哥，你快上来吧。兄道：我踩到一个硬硬的东西。兄俯身入水数次，摸上一黑色长物。兄解下腰带，拴住此物，挂在脖上，攀援上来。拔草擦去泥污，竟是一把长刀。找砖头磨去铁锈，发现刀背上刻有两个篆字，经学校老师辨认，说是"葱管"。我与兄闻之愕然，难道古人知道我们会用葱管取水吗？许多年后，我想，也许是一个姓管名葱的人，将自己的名字刻在刀背上。

四、锦　衣

一富家女，容貌姣好，及笄，自言宁死不嫁。其母怪之。每至夜深人静时，闺中即有男子说笑之声。母逼问之，女曰：系一美貌华服男儿，夜来幽会，鸡鸣时，即匆匆离去。母授计于女。至夜，男又至，女将其华服锁于柜中。平明，男索衣欲去，女不予，男怅怅而逝。清晨，大雪，母开鸡舍，见公鸡赤裸而出，不着一毛，状甚滑稽也。女急开柜，见满柜鸡毛灿灿。女抱鸡毛出，望裸鸡而投之。只见吉羽纷扬，盘旋片刻，皆归位鸡身，有条不紊，片羽未乱也。公鸡展翅，飞上墙头，引颈长啼。啼罢，忽作人语，曰：吾本天上昴星官，贬谪人间十三年，今日期满回宫去，有啥问题找莫言。

五、仙　桃

吾少时听爷爷说，崂山西侧悬崖上，有桃一株。三月开花，其华灿烂。八月桃熟，崖下仰望，鲜红如玛瑙，气味芳香，人间罕嗅之也。博者曰：此仙桃也，食之可长生不老。多有渴望不死者，攀岩而上，但终无一近顶者。村中有巧人杜乐，诸工皆能，乃倾其家产，造抛石机一具，能抛石数十丈。俟桃熟，集村中精壮数十人，拉动机器，抛石上崖，先不中，调整数次后，有一石正中桃树，似闻噼啪之声，见数桃下落，众蜂拥上前欲接，但距地数丈时，即被仙鹤嗑去。

抗日战争时，游击队找杜乐造抛石机。其时杜乐已死，其子杜兴按父留图纸，造抛石机一具，在攻打蓝村炮楼时，立下大功。游击队奖励杜乐，赠其蟠桃一筐。

六、茂　腔

吾乡高密有戏曲茂腔，流传二百余年，至今演唱不绝。吾从小耳濡目染，得益甚多。此戏起源于民间，曲调委婉凄凉，如泣如诉，如怨如慕，尤为村妇所迷。剧情多惩恶劝善、帝王将相、才子佳人等老套路。剧中唱词，多使用方言土语，听起来格外亲切，但外乡人不懂也。

黑龙江边祝家屯，系民国初年由一闯关东的祝姓高密人创建，后亲戚朋友皆投奔而来，遂成一高密屯。九十年代中，屯中一老妇病重，对儿女说出最后愿望，临死前想听一段茂腔。那时还没有互联网，但VCD已经有了。其子就给高密的亲友拍电报，索求茂腔光盘，同时去哈尔滨买了一台机器等候着。半月后，光盘寄到，老妇已在弥留之际。家人匆忙将茂腔放出，起调过门一响，老妇手指颤动，慢慢地睁开眼睛。等到著名旦角郭秀丽那悲凉婉转的唱腔响起来时，老妇竟然坐了起来。一曲听罢，心满意足地说："中了，现在可以死了。"言毕，仰倒而逝。

七、褂　子

吾少时曾随生产队里的妇女采摘棉花。深秋时节，天气寒冷，妇女们已有披棉衣者。是秋，余新缝一件蓝华达呢褂子，穿在身上，自觉添了二分人才。因棉花柴磨损衣服甚重，余即将褂子藏在麻袋中。赤膊拾花，身上被花萼划得伤痕累累。一日，冷风飕飕，阴云密布，时有雪花飘落，气温降到零度。妇女们都穿上了棉衣。一常姓大嫂激我："青年，今天还光膀子吗？"我说："光啊！"于是我冒着寒冷脱下褂子，塞进麻袋，放在地头，然后将白布包袱，上挂脖子下系腰，赶紧拾花，塞进包袱，棉花冰冷，凉着肚皮，风吹到背上，如被刀割。妇女们嬉笑不止。为了不让她们看我笑话，我发誓宁愿冻死，也不穿褂子。为了抵抗寒冷，我开始唱样板戏："穿林海跨雪原气冲霄汉——"那些娘们儿，一定认为我疯了。我暗自得意。装疯卖傻是为了吸引女人的注意，她们注意我了，并且知道了我的抗寒和我的爱护衣服。当我拾满了一兜棉花到地头上找麻袋时，麻袋没有了，珍藏在麻袋里的褂子自然也没有了。

装疯卖傻是要付出代价的。

八、踩　鱼

吾家房后五十米，即胶河也。夏天晌午，河中全是洗澡的人。河水被晒得滚烫，浅水处，水仅没脚踝。河系沙底，硬而平滑，有银白鲢鱼被烫得发昏，来回乱窜。吾等追逐踩踏之。有乳名皮囤者，一中午曾踩鱼八十条。

皮囤七岁时，父母双亡。皮囤跟哥嫂生活。其兄懦弱，其嫂霸蛮。皮囤常受其嫂虐待，其兄不敢阻拦。一日，其嫂与邻村一著名泼妇打架，被打翻在地，踢踏不止。皮囤奋勇向前，揪住泼妇头发，将其拽倒在地。有邻人问："皮囤，你嫂子对你那么不好，为什么还要救她？"皮囤说："她再不好，也是我嫂子。"其嫂闻知，甚为感动，从此改变态度，视皮囤如同己出。

吾曾追随皮囤下河踩鱼，但总是踩不到。看那皮囤，在浅水中跳跃腾挪，如同舞蹈，一会儿弯腰，从脚底摸出一条，放到胸前布袋里，一会儿又弯腰摸出一条，放在胸前口袋里。我问皮囤，为什么你能踩到而我踩不到？他说："左脚攥了右脚踩，右脚攥了左脚踩。"

九、虎　疤

吾乡有一奇人，面目狰狞。自言系在关东挖参时为老虎所伤，人送外号"虎疤"。吾曾听其亲口讲述此事。说，一日黄昏，他挖得一枝七品叶，大喜。忽觉脑后冰冷，猛回头，见一只吊睛白额大虫正款款地从林中走出来。大虫说："挖参的小子听着，此参是我栽，此山是我宅。要想拿参走，留下小命来。"那人说，我扑上去与大虫斗，虫死我伤。

这个打死过老虎的人，人民公社时期，在生产队里当饲养员，喂牛喂马，颇有怀才不遇之慨，常常在我们面前发牢骚："奶奶的，老子堂堂的打虎英雄，竟然落魄到如此地步啊……"接着就唱："何日里施展我盖世武功，打尽了老虎再打恶龙——"人民公社解体后，此人成了卖药酒的，四集遍赶，卖虎骨酒、虎鞭酒，当有人质疑其假时，他指着自己的疤脸说："看到了吧？这是跟老虎搏斗时所伤，虎死我伤。"

十、槐　米

槐树分国槐与洋槐。国槐花籽可入药，能治风症。吾家曾养一猪，因去势而染破伤风，牙关紧咬，身体僵直，平躺在地，不能站立。兽医云，必死无疑。吾母曰：死猪当成活猪医吧。遂将槐米灸末，混以米汤，用兽用针管自嘴角灌之，半月后竟愈。之后此猪狂吃疯长，邻人曰，其报恩也。

数十年后，我爬上北海公园白塔所在之小山，下山时，见山路两侧，全是粗大的国槐，槐花半谢，槐米累累。一老人正在采摘槐米，曰：半花半米，正是最佳采摘时。吾问老人采此何用，老人曰：晒干，灸粉，蘸煮鸡蛋，日食两枚，可轻身健体。

十一、深 巷

我的朋友襁糕在县城梧桐街开了一家咖啡馆，生意兴隆。馆名"深巷"，系我所题。戊戌春节，我在故乡。襁糕来访，邀我去喝咖啡。盛情难却，即随其往。进馆便见墙上挂着一幅署名"莫言"的书法，字迹秀美，法度森严。文字内容是："一辆由白鹅驾辕的四轮车由小巷深处摇摇摆摆地驶出来。拉长套的是两只肥胖的绿鸭，车上载着狐狸的新娘。她身披白色的婚纱，头上戴着丁香花冠，睫毛很长。早起送牛奶的工人看到她们来了，慌忙跳到一边，为她们闪开了道路。"

我问："这是怎么回事？"他憨憨一笑说："替你扬名呢！"

十二、爱 马

爱马人爱马甚过爱自己。他自己从不洗脸，但他会给马洗。严寒的早晨，在结冰的井台，用冒着热气的井水给马洗脸，用洁白的毛巾给马擦脸，马神清气爽，目光皎然。他满面污垢，眼睛晦暗。此是我亲眼所见，1969年在城外五里店。爱马人是我家亲戚，姓汪，是地主分子，我该叫他表叔。那还是人民公社时期啊，那时候马和牛一样都是集体财产。那时我们的教科书上说：地主对人民公社怀有深仇大恨，时刻梦想着变天。经常有地主投毒害死人民公社马匹的案件，这个地主怎么会这样呢？一个地主爱人民公社的马爱到这种程度，谁会相信？如果那匹马是他自己的，他该怎么个爱法？又一想，我这想法太不文学了，真正的爱，是与所有权无关的。上帝是所有人的，难道能归你一个人所有吗？祖国是十几亿人共有的，难道能归你自己吗？想到这些，我就明白了。

（原载《上海文学》2019年第1期）

持续写作及其他

——在北京师范大学的演讲

◎张 炜

一

写作时间越长，就越是要总结和回望了。我文集里的第一部短篇小说（《木头车》）是1973年写的，到现在已经过去了46年。可是当年写这篇作品时用的稿纸和笔，好像都在眼前，那种喜悦和新鲜感也在眼前。仿佛只过了十来年的感觉。网络时代的时间更快，也许上帝给我们施了什么魔法：看上去用来度量时间的工具好像没变，实际上早就在暗暗提速。

从彼时到现时，已经走过了一条很长的路。生活足够艰辛，常有不同风景，有难以预料的崎岖和坎坷。文字生涯终能持续下去，如果说依靠了奖赏和鼓励，还不如说是一个接一个的困境，是设法怎样走出困境。它的耽搁让人喘息，也给人磨练和激发。这一切意味着什么，只有跋涉者自己才能更深地体味。那时候只有默默地将它磨碎，也不得不独自面对。这大概对于每个人都是一样的。

每来到一个关口，都得踌躇一会儿，这正是用来缓冲和总结的时刻，然后才能往前走一程，这样一步步往前。

随着时间的推移，文字一定会积累起来。但即便积累了一百万字或更多，也仍然不一定能够积累起十足的信心。这是正常的。一直到后来，失去自信的情况还是时有发生，也许每过一段时间就会这样。这是实情。写作陷入低谷是正常的，通常来说这是一个折磨期，不过也非常宝贵。

我最早不停地写诗，甚至到了入迷的程度。可是身边好多人认为这并不合适，而且似乎也不必再作努力，应该马上改变了。因为不止一次受到这样真诚的规劝，当然要考虑了。好在那时要改变还来得及。

最后让自己相信这条路是走不通的，源于一次退稿。那时已经读了无数新诗，也写了很多。当年最大的诗歌刊物就是刚复刊的《诗刊》，发行量极大。就是这份刊物，通知很快就要发表我的一部"组诗"。很期待，一直期待。可惜最终这部组诗还是没能发表，原因是社会形势变化太快。这让人失望甚至沮丧。

这个记忆很深。几十年来对诗一直热爱，并且认为应该做一个很好的诗人，这才是心心念念的文学理想。作为一个目标尽管忘不掉，但也真的到了放下的时候。几乎与此同时，喜欢上了音乐。

与文学写作一样，先拜有名的老师，练习多种乐器，倍加努力。这稍微比文学起步容易一些，还只差一点就做了专门的演奏者。这段经历给我的体验是：在多种乐器中，手风琴和扬琴比较简单，而弦乐是最难的。比如许多人都熟悉的民乐二胡，极有可能是最难的。

由于二胡演奏本来就难，一旦荒疏就更不成样子。它需要每天操练，每个星期都不能间断才能保持一定水准。从受到挫折之后，琴盒一直蒙着灰尘，就这样彷徨下去。让人尴尬的是后来：如果知道有一天要用它迎接一位自己敬重的人，就会经常操练了。

很久没有动过这把二胡了，再次拾起它来竟然拢不住，觉得十分别扭。就是这样一次令人遗憾的演奏，它使人很久以后都忘不掉，总是记得那个黄昏和夜晚。

我当年如果真的当了一名职业演奏者，大概会欣悦幸福，可是也许就失去了接待一位宝贵客人的机会。诗是一个奇怪的东西，一旦爱上就难以戒掉，所以总是忙里偷闲写一点，总是寻来阅读。长长短短的诗行就像河对岸的一片丛林，发生神秘的吸引，让人不畏艰险地泅渡。

就因为诗的关系，几十年后竟有幸见到了诗人公刘。他的名字早就熟知，其人格、才华与勇气都让人钦佩。当时他住在合肥，我因一个会议到了那个城市，立刻去拜访他。他年纪已经很大了，身体不好，躺在炕上，只有一个女儿陪伴他。那是我第一次见到公刘先生，一边断断续续地交谈，一边回忆读过的诗。

他有一首写张志新的诗，名字忘了。只记得张志新烈士受难的地方叫"大洼"，于是诗中有一句："大洼就是大不平"！每一段结束时，都有一句："可怕啊，可怕!"

这首诗，至今想起来还很激动。

结识诗人公刘十多年后，我在济南竟有一次接待他的机会。他是来济南开会的，会后要到我这儿来玩。那是一个初夏的夜晚，他和另一位诗人一块儿来了。他进门后先是看了一遍我的书房，然后坐在客厅里。不知是在书房还是别处，他看见了屋角的琴盒：那是闲置了许久的二胡，是搬家时带过来的。同行的诗人说到了琴，公刘先生就一直看着。再后来，我不知怎么就打开了它。

在他们的鼓励下，我试着调弦，磕磕绊绊地拉了一会儿，开始演奏自己最喜欢的名曲《二泉映月》。

多么蹩脚的一场演奏。记得刚刚开始，公刘先生说一声"慢着"，然后起身把灯关了。在黑影里，我的胆子稍稍大了一些，好不容易才把一曲奏完，已是通身大汗。

这是怎样的一支曲子，许多年来不知听了多少遍。它凝聚了盲人阿炳的一生。坎坷，欲望，对生活的绝望、悲愤和自我疗救，都在其中了。这是深深打动我的音乐作品之一，自己还曾根据这首曲子的结构，写出了长篇小说《柏慧》。日本的音乐指挥家小泽征尔认为，此曲不应该坐着听，而要跪着听。我能明白他的意思。这是一部用生命谱就的伟大作品。

我不想看到任何人轻慢它。有一次听了某人的《二泉映月》，对方完全把它当成了一支娱乐曲，拉得光滑轻快。还有一家电视台的中秋晚会播放了《二泉映月》，竟让一男一女在月光柳絮下曼舞。一曲类似于贝多芬的《英雄交响曲》或柴可夫斯基的《悲怆交响曲》那样的伟大作品，就这样被糟蹋着。

在那天漆黑的夜色里，我为诗人演奏，忐忑而激动。曲终，诗人把灯打开，长时间一声不吭地坐在那儿。

就是这样一些难忘的经历：围绕音乐和诗发生的一些珍贵记忆，直到现在还是崭新的，就如同发生在昨天一样。

当年我因为诗路坎坷而学习了乐器，并用仅存的一点演奏技能，迎接一位自己喜欢的诗人。

二

音乐之路没有走通，又一次处在了人生的十字路口。仍然因为文学的吸引，继续尝试下去，这时写得最多的是散文和小说。这就有了一开始说过的那个短篇小说。从那时到1996年，我不停地写着短篇小说，一共写了160多篇。开始的十多年，它们几乎让我投入了全部的热情。

在上个世纪七八十年代，当代作家们大多把精力放在短篇上，当时的全国优秀短篇小说奖影响极大，自己20多岁有幸两次获过此奖。这本来是很大的鼓励，却仍然没有让我一直写下去。说来难以置信，从1996年到现在，我连一个短篇都没有写出来。有人可能认为这是将力气投放到了其他题材的缘故，只有当事人知道并非如此。真实的情形是这期间看过了太多的短篇，恨不得搜尽国外国内所有的杰作。就像突然发现似的，我认为自己长期以来所倾心的短篇，原来写得并不好。

短篇真的太难写了，回头看这一百多篇，竟然没有多少真正满意的。而当时写它们时，每一次都倾注了全部的热情，施展了全部的能力，是一笔一画刻在纸上的。我陷入了困惑。

短篇小说是那么迷人。曾经看过一部外国短篇小说集，就因为它的完美，读后竟然觉得满室芬芳。我认为自己没有掌握短篇的要领，一切还要从头做起。20多年过去了，常常在这种状态下徘徊，前后构思了四个，其中有一个今天不宜，其余三个要待状态好的时候写出来。

这期间转向了中篇和长篇小说，写出了《秋天的愤怒》和《蘑菇七种》，还有《古船》和《九月寓言》。这是经历了第二次大的挫折之后，个人创作进入的比较饱满的一个时期。但是《九月寓言》之后，又陷入了一次更大的停顿，走进了更长的徘徊期。

我当然知道，即便是很顺利的写作，也不能说一个作品一定要超过前一个，从事写作的人不能有这样的奢望。单纯的"超越"是不存在的。有时候突然到来的很可能是自我厌弃，是对自己的否定。一个写作者会莫名其妙地陷入一种困境，无法诉说，无法向前，这时候非常痛苦。

也就是《九月寓言》之后，我有过一段山里独居的日子。在山中找了个房子读书，集中思考和反省了不少问题。那是一幢三线时期留下来的老建筑，早就废弃了，十分荒凉。我在这座济南东部山区的老房子里住了三年多，主要是读书。那时候年轻，火力旺，敢于独自住在山中。三年后，我又到胶东沿海的一些地方住了几年。这些年写作不多，只读了大量的书。

总是随身携带许多书和音乐，这是最重要的。它们把我引出困境，是我一直依靠的东西。人在艰困的时期总想挫败绝望，或者还有一种委屈感，不忍放弃。就在这些日子里，我开始结构一部长长的书，它就是《你在高原》。在那些无眠的日子里，我想着从十几岁就离开的出生地，一个人去过的远方、更远方。走过了那么多地方，遇到了那么多人，看到了那么多高山大河，遇到了那么多悲剧和喜剧，心里积聚的东西太多了。

这么多年了，它们一直在心里挤压。我要写一个很长的东西，它必须很长。我知道这个工作大概一生只能做一次，也许是唯一的一次。

计划用十年把它完成，然后再干点别的，或什么都不干了。这是一次个人的长征。十年很快过去了，这才发现它几乎是一个无法完成的任务。几次要放弃它，最终还是坚持下来。一共写了22年。

它完成之后的停顿、精神与躯体的慢慢复苏，有一种再生的感觉。不仅是身体的疲累，而是一头扎入往昔深处，难以回返的那样一种感觉。

这部长长的书既写了所谓的"当下"，也写了更多的往昔。那是十几岁的海边生活，全部的痛苦和幸福。我离开了那里，一个人背着我热爱的书，我的稿子，去南部山区。在那里我几乎没法长时间待下去，而是在整个胶东半岛，东到威海，西到胶莱河，一直游荡着。

在幸福和绝望并存的日子里做工，找寻文学朋友。听起来不乏浪漫，其实过起来很辛苦，是长日子。

我用十部长卷写了这段生活，写了后来，写了整个山东半岛、四处的奔走。积累了太多的情感、事件和故事，准备写出自己的前半生。它不是系列小说，而是长达39卷10个单元的"长河小说"，即从头到尾同一个主人公、同一个大故事。我一直认为它是写给自己的，首先是自己需要它的记录和抒发，让心灵发出回响。

事情就是这样，写的时候较少想到他人，完成之后还要交给读者。那时并不认为有人会读完它，因为太长了，埋藏的秘密太多了，只能属于自己。后来的情况比预料的要复杂许多。它已经出版了十年，有十多个版本，每年都在再版。出自心灵的，必要回到心灵。世界上有各种各样的心灵，共振与回响的心灵。

不过，它又一次成为过去时了。

三

一场漫长的跋涉会让人疲惫，但这往往不是陷入停顿的主因。我一直认为专业写作并不是太自然的生活，创作应该是有了冲动才能进行。如果像上班族一样工作，大概会利弊互见。这些年来尝试过几部儿童文学作品，觉得脚步轻快，但走下去仍然有一种不能割舍的感觉：还在挂记以前停步的地方，那里有留下的遗憾，有没能完成的工作。它们一直在等待我。

写作的激情有时候不知该怎样投放。空白的稿纸在诱惑我，但无法像过去那样抓起笔来，力透纸背地填满它。只好离开桌子参加旅行，参加一些文学和非文学的活动，忘掉一支闲置的笔。以前大部分外地会议都不愿参与，现在却难以独处下去，就像害怕黑暗一样。

在这样一个时期，我和诗评家唐晓渡去欧洲开会。会后我们转了一些日子，间隙里谈了不少写作的苦恼。他说：你是个诗人，应该更多地写诗。

在写作生涯中，我经受的最大一次挫折就是诗，然后就视为畏途。当然，在内心深处，诗的魔力谁也无法摆脱，几十年里还出版过几部诗集。心底总有一个声音在告诫：离诗远一点。

诗评家送来的是适时而至的鼓励。那是一个早晨，我像几十年前一样憧憬着。是的，自己应该是一个很好的诗人。

那次海外归来之后，我变得专注而用力，一切重新开始。就像进入了一片新天地，阳光明媚。发表，出版，寄给诗评家鉴定。一点动静都没有。我把最新的诗作寄出，这是冲出困境之作，想让他写个序言：短短的，一千五百字就可以。

可就是这一千多字，我等了半年。问了，他说正在"思考"。又停了几个月，诗集排版待序已经一年多了。我忍不住再次问起，对方终于回信："我的写作遇到了困境。"

这让我十分惊讶。我刚刚冲破了困境，他却遇到了困境。我于是不再催促，因为深深地知道"困境"是怎样一种坏东西，它生生地折磨着所有写作的人。

我只好自己写了个短序。

也许是朋友的困境影响了我，从那时到现在，我再也没有写出一行诗。可见写作的困境不仅折磨人，而且也很容易传染人。我又陷入了苦闷。在这些格外焦灼不安的日子里，我去了万松浦书院，那里来了不少活泼的作家和评论家。

有一位诗人住在书院，这是一个讨论的好机会。我们一再地探讨，从技巧谈到环境、新诗的历史、雅文学传统及其他。有一天正说着类似的严肃话题，他突然停下来，指着我说：

"你有童心！"

我不知道他的确切意思。他站起来走了一圈，咕哝："你有童心！"

我很快想起了儿童文学。是的，以前好像也有朋友这样说过。他们的意思是，我应该多写一些儿童文学。我知道自己在很早的时候就写过儿童文学，现在只需重拾旧业。

在万松浦书院的日子里，我想得最多的就是"儿童文学"。有点奇怪的是，总觉得这种体裁一直就属于我，甚至连写下的那些所谓的"成人文学"，也是另一种"儿童文学"。

四

从书院归来后，一直在写儿童文学。好像又一次回到了起步处，接续了1973年的那个短篇小说《木头车》。其他的都忘了，只有最初的尝试给予的喜悦难以忘怀。文字落在方格纸上的感觉、纸的特殊香气，又回来了。

自己还是那么幼稚，却有了从头开始的希望和冲动。

这种感觉使人兴致勃勃，于是就长时间停不下来。我写出了《寻找鱼王》，还有《兔子作家》，它们让人十分愉快。我现在又写出了新的作品，它们因为幼稚而不再苍老，还因为重新接上了四十多年前的激动，让我暂时忘掉了诗歌带来的痛苦。

到现在为止，我觉得自己是一个一再失败的诗人、难以为继的短篇小说尝试者、沉迷很久的长篇小说追求者、陷入枯竭的散文家，却是一个生气勃勃的、崭新的儿童文学写作者。好像自己刚刚拾起了这门手艺，刚刚被确认有一颗"童心"。

这个发现如果是确切的，就是一种幸运。只要有了童心，事情就会好办一些，它将比荣誉更为持久地支持我。

无论什么时候，写作者都会有喜悦，有挫折和坎坷，但它们真正到来的时候，心里最好有一种预设和准备，这样也就不再恐惧了。凡难事苦事只要有了化解的方法，也就变成了前进的动力。

现在是网络时代，文字倾泻起来很容易，堆积起来很迅速，消失起来也就更快了。但这些都不必恐惧，因为事情本来就是这样，不过是一个时期有一个时期的特点。

过去全国一年收获四五部长篇小说已经非常好了，现在大概不会少于一万部。多么可喜又多么可怕，但是我们也该明白，这其中大多是没什么用处的，因为好东西也就那么多，最后的结晶也就那么多。

各种各样的娱乐品，席卷而来的文字，都会堆积在一个地方。它们产生得不难，也不会有什么"困境"。真正的"困境"只属于一小部分人，这些人要独自对付它们，不停地解决一些问题。

千百年来，文学可能一直就是这样的。

所以今天，有人总是不止一次地宣布文学的死亡，小说的死亡。但时隔不久，又不断有一些作品发行到五十万一百万，兴旺得不得了。文学还是不愿死去，也许它本来就是个死去活来的东西，几个世纪了，还是咽不下这口气。

作为一种语言艺术，它极有可能是一种生命现象，那也只好和生命一样长久。作为个人的文学也别无他法，只能由一个困境进入另一个困境，就像穿行在一个黑暗的隧道中，去追求光明。

一个字一个字写好，一个标点一个标点抵达，不滑脱，不溃散，也只有这样的解决之道。这么多的书，这么多报纸刊物，很快都会堆在一两个图书馆的最深处。只有时常留在视野里的，才是真实存在的。

不怕困境也不怕荣誉，那就什么都不怕了。

写作者到了五十多岁，功利心会淡下来。有时候会自觉不自觉地触动非常高的目标。一个愉快自由的、有时沉重有时轻松的人，一直走下去，走几十年，就是这样的一种工作。怀疑自己，反省自己，遇到挫折就设法克服，就是这样的一种工作。

我现在主要写儿童文学，说不定又会写起诗和长篇小说。总是寻找各种可能，一次次解决问题，走出困境。这是个辛苦的过程，愉快的过程，坚持下来，持续下来。

（2019年5月19日，于北京师范大学。有删节）

（原载《作家》2019年第10期）

米兰讲座

◎余　华

　　十年前我第一次来到这间阶梯教室，兰珊德骗了我，让我从后面那个门走进来，她说只有这个门。我从最高的地方走下来，我不知道下面这里还有一个门，我当时感觉走了很长的路，才走到这里。今天她还想继续骗我，我不上当了，我知道下面这个门离讲台更近。今天来的学生和十年前不一样，但是有一点是一样的，我面对的都是年轻的脸。

　　刚才贝蒂娜老师提出了一个问题：中国文学史的汉字与文学的关系。我第一次遇到这样的问题，这是一个很好的问题，汉字和其他语言文字有一个很大的区别，就是汉字是单音节的。所以我们阅读中文的文学作品时，会感到节奏感很强，应该会比其他语言的文学作品要强，或者说要明显得多，但是它的旋律感，显然不如意大利语、英语、法语这些语言。因此我在写作的时候，比较注重语言的节奏感。这是我们汉语已经界定了的，我要发扬它的优势。

　　我本来是想让大家提问题，我来回答，这样我比较省事，你们也可以提出你们所关心的问题。今天上午我想，既然米兰国立大学给我想了三个题目，文学、文化和文明，我还是应该先扯几句作为开场白。

　　文学是什么其实是一个很难回答的问题。明天的文化和后天的文明也一样，说实话我不知道它们是什么意思。今天要说的是文学，文学究竟是什么，我不知道，但是文学里有一种东西我是知道的，那就是文学来自叙述，而叙述的力量是什么我恰好知道一些，我就说说什么是叙述的力量。

　　我举几个例子。第一个来自现在西班牙的一位作家哈维尔·马里亚斯的书，他有一部小说《如此苍白的心》，叙述一上来就让我吃了一惊。他写一个女孩，度完蜜月回来。当然已经不是女孩了，已经结婚了。她没有任何理由或者其他什么原因就自杀了。她家是一个富有的家庭，当时她的父亲在宴请宾客，吃饭吃到一半的时候，那女孩站起来，离开自己的座位，走上了楼，走进自己的房间，然后走进卫生间，她面对卫生间的镜子脱下自己的衣服，最后脱掉胸罩，随手一扔，胸罩挂在了浴缸上面。然后她拿起手枪，对准自己的心脏，砰的一枪。就那么一小段，女孩的生命就没了。我在这里说明一下，马里亚斯让女人用手枪对准自己的心脏开枪，证明他是一个好作家，如果你们读到某部小说里一个女人拿手枪对准自己脑袋开枪，那个作家估计不懂得女人，女人是很爱惜自己形象的，不会对准自己脑袋开枪，只有男人会这么干，男人都是些自暴自弃的货色，拿枪顶住自己脑门儿，或者把枪伸进嘴巴，轰掉自己半个脑袋才心满意足。

马里亚斯的叙述上来就是这么一个自杀，把我吓一跳。令人吃惊的一个开头，他根本不写女孩为什么要自杀。接下去就是写她父亲，她的父亲在楼下，刚刚切下一块牛肉放在嘴里，正要咀嚼的时候，突然听到砰的一声枪响，他和他的客人都惊呆了。他连餐巾都忘了取下来，拿在手上，一路跑上去，他的客人跟在后面，打开卫生间的门，看到他的女儿躺在鲜血之中，已经死去了。父亲看到女儿裸露着胸部躺在地上鲜血之中的时候，可能是想到其他的客人也看到他女儿裸露的上身，他用手里的餐巾盖住了挂在浴缸边上的胸罩，没有盖住女儿的胸部。

这一笔非常了不起，能够显示马里亚斯是一个了不起的作家。他没有让父亲用餐巾盖住女儿的上身，而是盖住挂在浴缸上的胸罩。这就是文学里叙述的力量，一个人在惊恐中的一个举动。假如父亲用餐巾盖住女儿上身的话，这样的文学作品很一般，谁都会这么写，只有了不起的作家，像马里亚斯这样的作家，才会写父亲在惊慌中用餐巾盖住胸罩。

第二个例子来自俄罗斯的一个导演，当然也是苏联时期的导演，塔可夫斯基。他在自己的一本书里面写到一个故事，有一个年轻人不小心被电车轧断了腿，然后他用双手把自己的身体一点一点挪到人行道上，靠墙而坐，等待救护车的到来，那时候不少人走过去看着他，他突然感到了羞愧，从口袋里面拿出手帕，盖住自己的断腿处。假如这个故事里的年轻人，当别人围在身边看着他的断腿时，他不是因为羞愧把手帕盖在断腿处，而是指着自己的断腿，以此来博取路人同情的话，那么这就不会是塔可夫斯基写的，可能是别的没有洞察力的导演写的。

我这里所说的哈维尔·马里亚斯和安德烈·塔可夫斯基的两个例子，都是遮盖的动作，一个是父亲想去遮女儿裸露的胸部，结果遮住挂在浴缸边上的胸罩，另外一个是一个人的腿被轧断以后，因为别人看着他的断腿，他觉得羞愧，就用手绢遮住了断腿的地方。两个遮盖的动作在我们文学叙述里所呈现的都是敞开的力量。他们两位把我们带上了艺术和文学更加深远和宽广的地方，前者描写的是文学中惊慌的力量是怎样体现出来的，后者讲述了羞愧的力量在文学中又是怎样体现出来的。文学可以说是无所不能的，任何情感，任何情绪，任何想法，任何景物，所有的任何都可以表现出来，而且可以用非常有力量的方式表现出来，但是要看作者怎么去表现出来，这就是怎样去叙述的问题。

第三个例子是鲁迅的《孔乙己》，这是伟大的短篇小说。这个世界上有很多伟大的短篇小说，但是有些伟大的短篇小说很难去诠释。《孔乙己》是这样的一部小说，它既是一部伟大的小说，同时又是一部很容易去诠释的小说。小说的开头就不同凡响。鲁迅写鲁镇酒店的格局，穿长衫的是在隔壁一个房间里坐着喝酒的。穿长衫的在那个时代都是有社会地位的，穿短衣服的都是打工的。所以站在柜台前面喝酒的都是穿短衣服的。孔乙己是唯一的一个穿着长衫，站在柜台前面喝酒的人。开头这么一段，鲁迅就把孔乙己的社会境况、社会地位表现得很清晰了。

这篇小说是以一个孩子的角度来叙述孔乙己，他看到孔乙己一次一次来到酒店喝酒，最后一次孔乙己来喝酒的时候，腿被打断了。孔乙己的腿健全的时候，对于一个作家来说，可以不去写他是怎么来到酒店的。肯定是走来的，这个很容易，读者自己可以去想象。但是当前面他一次又一次是用双腿走来，最后一次来的时候，他的腿已经断了，作为一个负责任的作家，鲁迅必须要写他是怎么来的，不能不写。

鲁迅是这样写的，下午的时候孩子昏昏欲睡，突然从柜台外面飘来一个声音，要一碗黄酒。因为柜台很高，孔乙己是坐在地上的，所以孩子要从柜台里面走出去。酒店的老板跟他说，你还欠着以前来喝酒的钱呢。他欠的钱是记在黑板上的，就是孔乙己的名字后面写着欠了多少文铜钱，孔乙己当时很羞愧，他说这次拿的是现钱过来的。这个时候鲁迅写他是怎么走来的。写那个孩子，那个学徒走出去以后，看到孔乙己张开的手掌，手上放了几枚铜钱，满手都是泥。鲁迅就用一句话，原来他是用这双手走来的。后来孔乙己自然又是用那一双手走去的。

文学作品的伟大之处，往往是在这种地方显示出来。在一些最关键的地方，在一些细小的地方，你看到一个作家的处理，你就能够知道这个作家是多么得优秀。而另外一些作家，可能是另外的一种处理。

当然，文学还有一个很重要的功能，就是讲故事。新闻也在讲故事，新闻讲的故事可能更加引诱人，因为是每天都在发生的。而且新闻是以一种非虚构的方式，给人感觉好像它很真实。而文学是虚构的，给人感觉常常是不真实和不可靠。

其实新闻经常比文学还要不可靠。我有一个朋友的孩子，小学就去了美国，在美国读完小学，读完中学，在美国上了大学，又在美国读完了研究生。他在美国看电视，发生了一个事件，他先去看左派的NBC新闻，看完以后再去看右派的福克斯新闻。然后他疑惑了，这两个电视台说的是同一件事情吗？所以，发生的一件同样的事，通过左派的电视台说出来的，和右派电视台说出来的，已经变成两个不同的事了。

当然新闻有即时性，第一时间就能够传达到我们这里来。文学没有，文学是在此后，或者很久以后才能够发生的。

大概二十多年前，我会去看中国报纸上夹缝里的消息，当时还没有互联网，也没有什么手机之类的。所以报纸的那些夹缝里的内容是我比较爱看的，因为那里有比较有意思的东西，其他的地方不好看。其中有一条消息是写两辆卡车在公路上迎面相撞，这在当时是新闻，现在不是新闻了。这是一个新闻稿，说两个司机都被撞死了，但是记者在这个事件后面，又多写了一句话，两辆卡车迎面相撞的时候，发出的巨大响声让公路两边树木上的麻雀全部震落在地，有些死去，有些昏迷。

假如没有这一笔——就是两辆卡车相撞之后，满地的麻雀，麻雀都从树上震落下来这一笔——那么两辆卡车相撞这样一个事件，很容易被人忘掉。因为这不是文学，这是新闻。但是有了后面公路上躺满了麻雀这一笔以后，这就是文学出来表现了。所以都是讲故事，但是新闻讲的是前面，文学讲的是后面。关于文学，我暂时就说到这里，待会儿想起来了什么再说。

延续前面的话题，我们还是以虚构和非虚构来说一说，虚构给人的感觉好像它是一个故事，非虚构好像是告诉你是一个真实的事件，总是有这样的一种区别存在。但是我一直怀疑真正的非虚构是否存在，直白说我认为不存在，这个世界就是虚构的。是的，我们可以承认一个作家非常认真去了一些地方，采访了很多人，而且把他们的采访都很认真做了笔记，通过这个笔记写了一本书，我们称之为非虚构。问题是，他所采访的那些人，在讲述那些事情的时候，他们能不能做到非虚构呢？他们在讲述的时候，肯定也带上了自己的立场和观点、自己的倾向和情感，他们很难做到真正意义上的非虚构。

就像我前面说的，发生在美国的同样一个事件，由NBC报道出来和由福克斯报道出来，给人感觉像是在说两件事，这个也是非虚构。即使是一个作家写他自己，回忆他自己童年的文章的时候，记忆也会修改某些事实。因为我知道，当我写散文回忆自己过去生活的时候，我经常发现，在一个记忆和另外一个记忆之间，经常会出现一个空白，如何把这两个记忆连接到一起？我的办法就是继续用虚构的办法。所以当我们走进书店，去选择一本非虚构类书的时候，其实我们选择的可能不是一本书，而是一个题材，一个事件，一个人物。

刚才说到写诗的经验，我没写过诗，我曾经很爱读诗，读过很多诗，可惜没有记住，差不多都忘掉了。今年一月份在塞尔维亚的时候，我遇到了一位姓马提亚的院士，跟我谈起他读到的中国古典诗歌，他觉得特别好。他背诵了其中的一句诗：你只要坐在河边耐心等待，就会有你敌人的尸体漂过。我不知道中国的古典诗歌里有这样的诗句，而且这个好像也不符合我们中国的传统文化。这就是翻译的奇妙，我心想，不知道要经过多少道翻译才会译出这样的诗句。我也不知道傅雪莲（意大利翻译家）把我的小说翻译成谁的小说了。

文学有时候是这样的，让你在某一刻，突然有一个记忆回来了，而这个记忆是文学给你的。我记得好几年前在巴黎街头，应该是十年前——我是十年前从法国来到意大利的，然后也在这个教室里演讲。我刚才说了，兰珊德骗我说只有上面那个门，让我走那么长一段路下来。

来米兰之前我在巴黎，那天晚上我在等我的法语作品翻译，巴黎东方语言学院的教授何碧玉来接我出去吃饭，我不会点他们的法国菜。那个时候天快黑了，巴黎的大街上来来往往的人很多，跟北京的大街、上海的大街，没什么区别，只不过是人的长相稍稍有点不一样而已。所有人都在匆忙地来来去去，他们的身体会不小心互相碰撞一下，他们都不认识对方。当时给我的感受是，那么多人在大街上行走，谁和谁都没有关系。

这个时候我突然想到了当年读过的朱淑真的一句诗：人远天涯近。确实是这样的一种感受，人和人之间是遥远的，但是人和天空，和很遥远的天涯海角，反而是更加亲近。我一直在想，朱淑真写这个诗句的时候，中国的街上人并不多，就已经出现这样的感受了。当然，朱淑真在写这个诗句的时候，不会是像我站在巴黎傍晚大街上那种感受，可能是她感叹人和人之间的冷漠，还不如人和天涯之间的亲近。这就是诗给我们带来的感受，读过了，当时觉得这句诗写得很好，但是不久就忘记了。过了很多年以后，发生了某一个事情，你又想起了某一句诗，想起了某一个小说中的段落，某一个人物，某一个故事情节。文学就是以这样的方式，历久弥新的方式，存在下来。

至于中国传统文化是以什么样的方式保存下来的，我想首先是以汉字的形式保存下来。中国也翻译出版了大量西方的文学作品，这些文学作品通过意大利语或者其他语言翻译成汉字以后，就是以汉字的方式呈现出来。我们读到的这些外国的文学作品，是用中文去读的。中国的传统小说，一直到了明清时期，才开始有篇幅比较长的作品出来，之前的是以笔记小说为主。这有点像中国的思想一样，比如孔子，孔子和苏格拉底很像，他们的思想都是以一种火花的方式呈现出来，突然有一个什么想法出来，然后构成一个系统。而且孔子和苏格拉底是两个只说不写的人，多亏了各有两个好学生，把他们说的话给记录了下来。

欧洲后来出现了德国哲学，庞大的哲学，黑格尔、康德他们，还有影响最为深远的马克思。中国始终没有出现像德国哲学那样的一个庞大的体系，庞大的架构；依然是随笔似的、短文似的这样的方式来表达思想。音乐也一样，我们的音乐一直是民间小调，还有就是一种戏曲的音乐，各个地方以不同戏曲的音乐出现，从来没有出现过像西方那么大的作品，因为中国没有出现巴赫，所以没有出现现代作曲方式。欧洲的宗教音乐作品那么恢弘，我们佛教寺庙里永远只有一种声调，进入寺庙以后，听不到第二种声调。中国的文学为什么很晚才出现大部头的作品，这和白话文的兴起有关系。

所以当我们这一代，以及比我们年轻的那一代写作的时候，阅读的外国文学作品要多于中国文学作品。中国文学，中国的古典文学作品，无论是数量还是品种上，并不是那么多。但是我们生活在这片土地上，我们写出来的故事，还是这片土地上的生生不息的生活。所以要去寻找中国当代文学作品里有哪些是中国传统文学的因素，你们去阅读描写出来的生活就够了，你们会发现今天的文学和过去是紧密联系的。

我发表第一篇短篇小说到现在已经有三十五年了。我走上文学道路，完全是命运的安排。我的第一份工作是牙医，不是作家。我非常不喜欢牙医这个工作，每天看着别人张开的嘴巴，一点风景都没有。我看到在文化馆工作的人，整天在大街上游玩。我就问他们，你们为什么不上班？他们说我们在大街上走来走去就是上班。我心想，这工作我也很喜欢。我很想调到文化馆去工作，那个时代的中国，个人是没有权利选择工作的，工作都是国家分配的。我想从牙科医院调到文化馆工作，不是那么容易的。

我就开始写小说，只要小说发表了，就有希望调到文化馆。非常幸运的是，1983年就发表小说了，1983年就调到文化馆工作了。我记得我第一次上班的时候，故意迟到了两个小时，结果我是第一个去上班的，我当时就知道这地方来对了。从此以后，我就在家里睡懒觉，睡醒了以后写小说。而我的同事们在大街上走来走去，一直走到退休。

大概在1985年，也就是两年以后，我再去几个文学杂志的编辑部时，才感到自己是多么幸运。我当时只是一个小镇上的牙医，我不认识任何编辑，我写的稿子没法寄给编辑，只能寄给某一个杂志。那个时候因为"文革"刚刚结束。中国出现了很多文学杂志，当时已经出名的作家和已经发表过作品的作家所写下的全部作品，还是不能把我们那么多的文学杂志的版面给填满。当时的编辑都在认真地读自然来稿。我就是在自然来稿里被编辑发现的，到了1985年的时候，我已经能够在好几个文学杂志上发表作品了。

1985年以后，我再去文学杂志的编辑部时，第一他们不再退稿，第二我看到自然来稿都堆在一个角落里，等待收垃圾的人把那些自然来稿收走。这时候已经出名的作家和已经发表过作品的作家，写下的作品太多了，文学杂志的版面不够用了，已经超出他们的版面了，所以编辑不需要再去读自然来稿来发现新的作者。发现新作者是很辛苦的工作，一个编辑可能要认真读上几十篇，甚至上百篇自然来稿，才会从中间发现一个有前途的新作者。所以我感觉自己很幸运，我要是晚两年写小说的话，现在我还在拔牙。也就是两年多时间，很少有编辑还在读不认识的人寄来的稿子了。这就意味着一个年轻的新作者，如果没有人推荐，就不太可能发表作品。一直到后来，互联网的兴起，出现了网络作家，他们找到了自己发表作品的平台，才改变这个局面。我现在回忆这过去的三十五年，发现自己是很幸运的作家，重要的火车我都赶上了，重要的地方我也都去了。

我在想怎么来讲述自己的写作经历，还是讲讲走上文学道路时的几个老师。我的第一个老师是日本的川端康成，那个时候我还很年轻，也就二十出头，川端康成所吸引我的，是他对细部的描写。他对细节的描写非常丰富，他不是用一种固定的方式，而是用一种开放的方式去描写细节。我记得，他写到过一个母亲，她的女儿只有十八岁就去世了，然后化妆，因为人在下葬前要化妆。母亲就守着女儿，看女儿去世以后化妆的脸。川端康成写母亲的心情，母亲心里想：女儿的脸生平第一次化妆，真像是一位出嫁的新娘。

当时我很年轻，读到这样的句子，觉得非常了不起。我觉得别的作家写小说，都是从生写到死，而在川端康成笔下，死里面能够出现生。我当时很迷恋他，学习他的写作。从1982年开始，一直学到了1986年。长期学习一个作家，也会出现一个问题，就是这个作家对我来说，已经不是让我飞翔的翅膀，而是一把枷锁把我给锁住了。我感到自己的小说越写越差，这意味着我学习川端康成学到没有自己了，我掉进了川端康成的陷阱。我运气很好，我在川端康成的陷阱里大声喊叫救命的时候，有一个叫卡夫卡的作家从旁边经过，听到了我的救命声，伸手把我拉了出来。1986年，我第一次在中国的书店里看到卡夫卡的小说集出版了，我买了一本拿回家。我读的第一篇小说，不是他那篇著名的《变形记》，而是另外的一篇也很著名的《乡村医生》，里面关于马的描写极其自由，想让马出现就出现。那天晚上我失眠了，我知道了写作中最重要的是自由。卡夫卡没有教会我具体的写作技巧，而是让我知道写作是自由的。

此后我的写作越来越自由，我想怎么写就怎么写。卡夫卡是我第二个老师。我的写作继续向前走，然后遇到了一个很大的难题。那个时候我在中国可以说小有名气了，可是依然会不断进入到某些困难的时刻。当一个作家的写作不断地往前走的话，肯定会遇到困难。有一个困难是心理描写，心理描写曾经是我年轻的时候非常害怕的一种描写，当一个人的内心平静的时候，这样的心理描写是可以去写的，但是没有写的价值。当一个人的内心动荡不安的时候，是很有描写的价值，可是无法描写，写再多的字也没法把他的心理状态表现出来。

这时候我第三个老师出现了，我遇到了威廉·福克纳，读到了他的一个短篇小说。他的那个短篇小说里，一个穷白人把一个富白人杀了。我仔细研究了威廉·福克纳是如何描述杀人者杀了人以后的心理的，我终于知道如何去进行心理描写，就是让心脏停止跳动，让眼睛睁开。威廉·福克纳让杀人者的眼睛麻木地看着一切，用麻木的方式写他看到了什么，血在地上流淌，他那刚刚生下孩子的女儿如何厌烦，写了一大段。我发现，他把杀人者杀人以后的那种心情全部表现出来了。为此，我又去重读了陀思妥耶夫斯基的《罪与罚》，我当年读的时候觉得通篇都是心理描写。结果重读以后发现也没有心理描写。我专门去读中间一个很重要的段落，就是拉斯柯尔尼科夫把老太太杀了以后，陀思妥耶夫斯基是如何描写他的心理的。结果我发现没有一句心理描写，全是他惊慌的动作。比如他刚躺下来，在惊恐和疲惫中，刚刚要入睡的时候，突然想起来可能衣服上还有血迹，马上又从床上跳起来，去看那个衣服上有没有血迹，全是这样的描写。然后我就知道怎么去对付心理描写，就是别去写心理，写别的就可以了。

当然后面还有老师，只是我觉得，前面这三个是最重要的，遇到威廉·福克纳之后，没有任何东西能够阻挠我的写作了，我什么都可以去写了。

（原载《作家》2019年第6期）

私奔、家庭、认知、傲慢与报应

——《傲慢与偏见》的题外话

◎毕飞宇

我今天换一个打法，不去具体地分析作品。我们就围绕着《傲慢与偏见》这本书，说一些作品之外的题外话，有时候，围绕着一部作品，它的题外话也许更有意思。

题外话一　私奔

在《傲慢与偏见》里头，就小说的线索而言，有一条主线：达西和伊丽莎白的自由恋爱。在这条主线之外，有一个小小的枝杈，那就是莉迪亚和威克姆的私奔。我提醒大家注意一下，莉迪亚和威克姆是结了婚之后回到内瑟菲尔德庄园的。既然他们都结了婚了，奥斯丁为什么还要写他们私奔呢？

回到"傲慢"与"偏见"。不是《傲慢与偏见》这本书，而是"傲慢"与"偏见"这两个概念。简单粗暴地说，《傲慢与偏见》这本书的重点就是两个概念，一个是傲慢，一个是偏见。但是，小说不是哲学，它没有能力、没有必要对概念加以推导和辨析，它所擅长的是描绘。具体一点说，描绘人物；再具体一点说，描绘人物的性格、行为和命运。我说了，小说的主线是达西和伊丽莎白的自由恋爱，那么达西是什么性格呢？害羞而又善良。因为害羞，达西的行为缺乏准确的表现力，在他人的眼里，他的害羞类似于傲慢；伊丽莎白同样善良，却活泼，有失于轻浮和草率，这样的性格容易陷入偏见。概括起来说，《傲慢与偏见》就是这样一个故事——貌似傲慢的达西并不傲慢，伊丽莎白也消除了自己的偏见，"公主与王子最终幸福地生活在了一起"。

达西不傲慢，这是《傲慢与偏见》的主旨内容，是小说的内驱；另一半，也就是伊丽莎白的自我修正，她消除了偏见，这同样构成了《傲慢与偏见》的主旨内容，是小说的方向。

如何能体现达西"真的"不傲慢呢？伊丽莎白的妹妹，莉迪亚，她出场了。因为天性里的放荡，她和同样放荡的青年军官威克姆私奔了。达西在这个要紧的关头站了出来，作为一个体面的、高贵的富家子弟，达西丝毫没有顾及自己的身份，他东奔西走，花时间、卖力气、还出钱，最终让威克姆和莉迪亚结婚了，他挽救了伊丽莎白一家的声誉。通过莉迪亚的私奔，达西确立了他真实的性格：热情、乐于助人、体面、慷慨，还有谦卑。奥斯丁描写莉迪亚私奔的原因就在这里。通过这一个枝杈，《傲慢与偏见》的作者告诉她的读者：私奔是可耻的。补充说一句，《傲慢与偏见》写于1796年至1797年，1813年出版。

那我们就沿着私奔这个话题继续下去吧。四十四年之后，也就是1857年，在英国的对岸，法国，一部堪称小说教材的伟大作品出版了，它叫《包法利夫人》。这本书写了一个叫艾玛的女人，因为受到浪漫主义小说的影响，她在婚后一直想做一件事，也就是私奔。艾玛很不幸，她的私奔没能成功，最终，她服毒自尽了。许渊冲先生的译本序言告诉我们，《包法利夫人》取材于现实，夏尔·包法利的原型是福楼拜父亲那家医院的实习生，他叫德拉玛。1837年，德拉玛第二次结婚，他娶了一个十七岁的、名叫德尔芬的乡下姑娘，这个乡下姑娘可不是一盏省油的灯，她在婚后搞过两次婚外恋，1848年的3月6日，德尔芬在倾家荡产之后，选择了自杀。

福楼拜就是以这个故事作为蓝本写成《包法利夫人》的。老实说，虽然我多次认真地研读过这部小说，这部小说究竟说了什么，我到现在都没有把握。也许这正是这部小说伟大的地方。虽然小说取材于一个"不道德的女人"，可是，透过《包法利夫人》，我们看不出福楼拜的立场，他极度地克制，耐着性子呈现。福楼拜最终留给我们的，是唏嘘，是喟叹，是一言难尽，还有荡气回肠。

干脆，我们就沿着私奔这个话题再说几句吧。1877年，也就是《包法利夫人》出版后的第二十年，一部同样可以当作小说教材、同等伟大的小说出版了，《安娜·卡列尼娜》横空出世。我想说，《安娜·卡列尼娜》这本书的内容要比私奔宽阔得多，但是，我们不能否认，它很重要的一个内容和私奔有关，那就是安娜和沃伦斯基的婚外情。事实上，安娜的结局比艾玛惨烈得多，最终，不是砒霜，而是一列火车碾轧了安娜激情澎湃的身体。

一口气说了三个私奔，一个重要的问题浮现出来了。这个重要的问题可以体现为孩子一般幼稚：莉迪亚、艾玛、安娜，她们是"坏人"么？

我们首先来看莉迪亚。在小说的内部，莉迪亚未婚，她私奔的男友威克姆也未婚，她们的私奔最多只是"没办手续"，问题并不严重。但是，在《傲慢与偏见》里头，奥斯丁清晰地告诉我们：莉迪亚是一个标准的"坏女人"，她和威克姆的存在只有一个作用，证明达西是一个"好人"。

艾玛的问题则比较严重。她已婚，还是一个母亲，她的情人可不是一个。艾玛是那种和"多名异性保持不正当关系"的女人。可是我们应当注意到，福楼拜并没有确立作者的道德高地，他没有审判艾玛，更没有宣判。我们这些做读者的固然不会认为艾玛一心想私奔而觉得她光荣，可我们这些做读者的也没有觉得艾玛想私奔就一定可耻。

安娜的问题同样严重。已婚，已育，丈夫疼爱，家境优渥。即便如此，她依然红杏出墙。如果我们是一个仔细的读者，我们会吃惊地发现，托尔斯泰不仅没有审判，相反，尽管安娜的丈夫卡列宁是受害方，同时也没有做错过什么，然而，我们这些做读者的还是不自觉地"站队"了，我们站在了安娜的这一边，我们觉得卡列宁虚伪，我们觉得他配不上我们的安娜。我们衷心地希望安娜幸福，最起码，希望安娜能够活下去。安娜死了，我们像失去了一位朋友。

如果道德审判是公平的，那么，刚才那个孩子一般幼稚的问题就很容易得出结论了：莉迪亚是"坏人"，艾玛和安娜是"更坏"的坏人。可是，道德审判极不公平。文学的"人设"，或者说，文学的阅读清清楚楚地告诉我们：莉迪亚是"坏人"，艾玛只能是一个"灰色的人"，而安娜则绝对"不是"一个坏人。

同样是私奔，评判标准的差距怎么就这么大的呢？

我只能说，从1813年到1877年，短短的六十四年，小说的人物没变：女人，或者说，人类，他们在小说的内部私奔；作家其实也没变：他们始终站在人类文明的前沿，他们一直在关注人类的情感，尤其在关注人类表达情感的方法、方式。

——真正变化的是我们，是我们这些做读者的。严格地说，真正变化的，是读者所代表的人类的道德标准，或者说，文明的形态。人类的文明史在告诉我们，人类从没有权利选择自己的生活，发展到了可以选择自己的生活；人类从可以选择自己的生活，发展到有权利修正自己的生活，或者说，有权利选择更加符合我们意愿的生活——道德，作为人类生活的公约数，它从来就不是恒数，它是一个动态，它越来越有利于我们人类自己。

六十四年的小说史告诉我们——

小说在参与人类的文明史。小说在提醒我们，所谓的文明史，是一部从自我束缚走向自我解放的历史，是一部向人类的情感尤其是人类的情爱致敬的历史。一句话：人类的文明史就是向着人类的内部驱动退让的历史。

我还想在这里谈一谈作者——小说人物——读者之间的关系。

作为小说的读者，我们非常容易产生这样的逻辑错觉：作者写出了小说人物，小说人物在影响小说的读者。就文学这么一个小系统来说，这个错觉可以成立。

问题是，没有一个人只生活在"文学"这个小系统里头，哪怕他是一个职业作家或职业批评家。人类真正的生活场域只有一个，那就是"文明"这个大系统。文明在推动文学，文学也在推动文明、作者、小说人物、读者，他们都具备了能量，在文明的驱动下，他们是互能的。他们彼此激荡、彼此推动、互为因果。作者可以通过小说人物推动读者，读者更可以通过作者去推动小说人物。

我想这样说，莉迪亚、艾玛、安娜，她们做了一件相同的事情——因为激情饱满，她们分别在1813年、1857年和1877年私奔，在本质上，她们是同一个人。然而，不同的文明形态让同一个女人变成了三个不同的女人。也许她们错了，也许她们和我们每个人一样，伴随着人性的贪婪和弱点，但是，正如诗人所说的那样，她们是"追求者"。文明，最终选择了"追求者"——这就是为什么莉迪亚是一个"坏人"，艾玛仅仅是一个"灰色的人"，而安娜则干脆就"不是"一个坏人。

所以，我在这里讨论的既是私奔，也不是私奔，我相信大家都懂的。

作为一个作家，我想说：有什么样的读者就有什么样的作家。

作为一个读者，我想说：有什么样的作家就有什么样的读者。

接下来的一句话是自然而然的：有什么样的文明就有什么样的文学，有什么样的文学就有什么样的文明。

题外话二 家庭

现在，我们拿起了一部小说，一看，它是从一个家庭的内部写起的。我们会轻描淡写地说："喔，写家庭的。"这里头有它的潜台词：一部小说从家庭的内部展开，属于文学的"常规操作"。

《傲慢与偏见》所面对的就是一个家庭。丈夫贝内特，妻子贝内特太太，他们有五个女儿，按照长幼的次序，分别是简、伊丽莎白、玛丽、凯瑟琳和莉迪亚。《傲慢与偏见》所写的就是贝内特家的女儿找男朋友的故事。我们先不管找男朋友的事，《傲慢与偏见》是一部家庭小说，这个结论没毛病。

家庭，或者说世俗的家庭生活，作为叙事文学的叙事对象，它是什么时候进入小说的呢？老实说，我才疏学浅，我不能确定。但是，家庭，我说的是世俗家庭，这个如此普通、如此平凡的东西是从什么时候大面积地进入小说、从而变成小说的叙事主体的呢？这个问题的答案是现成的，文学史上有所体现。它的历史比我们想象的要短得多。

我们都知道一个历史常识，因为自由贸易，更因为商品化，十八世纪的英国走向了强盛。差不多在十八世纪的七十年代，英国出现了一批特殊的人物，也就是以范尼伯尼为代表的职业女作家，史称"蓝袜子"。"职业女作家"可不是我们的"专业女作家"，没有人给她们发工资，她们要走市场的。这就意味着一件事，"蓝袜子"写的是小说，也是商品。为了提升商品——小说——的销量，简言之，为了好卖，"蓝袜子"瞄准了世俗的、日常的家庭生活，尤其是世俗生活里头青年男女的恋爱与婚姻，这个是可以理解的。这固然是写作的策略，说到底也是商品的要求。

"蓝袜子"的文学价值并不高，这个自有定论，但是，这不等于说"蓝袜子"在文明史上就毫无意义。我们必须正视这样的事实，因为"蓝袜子"，世俗的、日常的家庭生活，就此大面积地走向了小说叙事的主体。某种程度上说，《傲慢与偏见》所走的也是"蓝袜子"的道路。因为T.S.艾略特所说的那个"个人的才能"，奥斯丁把这一路的小说推到了一个前所未有的高度而已。

即使没有奥斯丁，我依然要说，普通的、世俗的家庭生活大面积地走进小说，彻底改变了小说的世界。

第一，世俗家庭生活的重点不在家庭，在世俗。世俗有一个同位语：去神。更进一步说，神，或者人神关系，让位给了普通人，让位给了世俗的人际关系。西方文学一直存在这样一个"剪刀差"，神的地位在一点一点地下降，人的地位在一点一点地上升。神——半人半神——（史诗）英雄——骑士——帝王——王公贵族——普通人——世俗生活里的普通人，大体上就是这样。这个次序是激动人心的——小说就此变成了一个完全开放的自由世界。道理很简单，"世俗家庭"包含了每一个人，这句话也可以这样说，小说就此涵盖了每一个人。它为后来的小说探讨人类的复杂性、丰富性、可能性提供了取之不尽的样本。世俗家庭无死角，人物亦无死角，小说就再无死角。从这个意义上说，即使没有奥斯丁，文学史上也会出现奥斯甲、奥斯乙和奥斯丙，谁也挡不住。

第二，小说大面积地描绘世俗家庭生活，直接影响了人类的审美。

在讲私奔的时候，我说，道德标准不是恒定的，它是一个动态。现在我们要涉及的是美学上的常识：审美的标准、审美的趣味也不是恒定的，它也是一个动态。用专业的术语来说，审美有一个"场"，场地的场。"审美场"从来都是一个伴随着文明形态而随时挪移的一个东西，你把梵高的作品拿到达·芬奇的面前，你把罗丹的作品拿到古希腊去，那是能吓死人的。某种程度上说，文明的进程也是一个"审美场"不停漂移的过程。新的审美趣味的出现，通常是以挑战旧的文明形态作为起始的，而新的审美标准的确立，意味着文明形态转变的最终完成。大家只要考察一下三寸金莲和五四运动的关系，这个问题就会一目了然。

小说描写的对象自然也是审美的对象，世俗家庭大面积地走进小说，它会带来一件事：世俗的生活、世俗生活里的每一个普通人，就此进入了审美的范畴。这可了不得，是文明史上的一件大事，我甚至想说，是文明史的一次飞跃。没有文艺复兴，尤其是没有启蒙运动，单纯依靠文学和艺术其实是做不到的。说到这里我估计我会受到质疑，你看看古希腊雕塑里头的人体，普通人和普通人的家庭生活早就是人类的审美对象了。同学们，那其实是一个假象。那不是人，是神。在人类的童年时代，古希腊人只是按照人的样子在表现神。没有对神的巨大热忱和虔诚，尤其是，没有对神的浩瀚无边的耐心与谦卑，那些

"人"不可能是那样的。许多人都说，古希腊艺术是"写实"的，我们东方是"写意"的，在我看来，古希腊固然不是"写意"的，其实也不是"写实"的，是"写神"的——那个怎么能叫做"写实"呢？和"实"一点关系都没有。在今天，我们可以用3D打印机分毫不差地拷贝一个人的躯体，我想说，科学问题另当别论，就艺术创造而言，这样的"写实"狗屁都不是。

小结一下，当世俗的普通人和普通人的日常生活变成我们的审美对象的时候，文艺复兴和启蒙运动才算最终完成。家庭，这正是我要说的题外话二。

题外话三　认知

如果我们仔细，我们会发现，一部《傲慢与偏见》，它真正的主旨不在傲慢，而在偏见，严格地说，在消除偏见。我这样说自然有依据，因为达西从来不傲慢，是伊丽莎白"以为"达西傲慢。

我们先说小说的男一号，达西。这是一个出身高贵同时还有钱的公子哥，在小说的第一部分的第十章里头，达西和伊丽莎白第一次见面了，是在一个舞会上。我这么说吧，一个来自深圳的富二代或者富五代，他来到了偏远的小山村，参加舞会来了。舞会一直在演奏施特劳斯的圆舞曲，突然，音乐换了，变成了大秧歌。来自深圳的富家子弟走到村姑王翠花面前，说："翠花，你是不是很想抓住机会跳一曲秧歌呢？"

——大家不要笑，我在此说明一下：除了人名和音乐的名称，我刚才所说的这句话是从《傲慢与偏见》里头原封不动地实录下来的，是小说里的原话。达西的这句话里头有三个关键词：很想，抓住机会，秧歌。我们来替翠花想一想吧——你的话太傲慢了，什么叫"很想"？什么叫"抓住机会"？什么叫"跳秧歌"？你大爷！你以为我们乡下人只会跳秧歌？姑奶奶就是会跳也不和你跳！你凉快去。偏见就此产生。

既不是傲慢也不是偏见，那么，《傲慢与偏见》这本书到底写了什么呢？是一个人如何从偏见当中走出来、获得符合实际的认知。简言之，获得"真"知。

为了把话说清楚，我们来回顾一下《傲慢与偏见》的情节，也就是事态的发展脉络：

达西来到了乡下——乡下姑娘伊丽莎白以为达西傲慢——伊丽莎白对达西产生了偏见——伊丽莎白和舅舅去湖区旅游，意外来到了达西的老家，通过大管家雷诺兹太太的嘴，伊丽莎白知道了，达西从小就是一个品性优良的孩子——伊丽莎白的妹妹莉迪亚私奔了，她的舅舅加德纳出面了，挽救了莉迪亚——加德纳舅舅说出了实情，挽救莉迪亚的不是自己，是达西——伊丽莎白发现自己过于轻浮，她对达西的认识是错误的，是偏见——伊丽莎白最终接受了达西的第二次求婚。

这一回顾，问题清晰起来了，《傲慢与偏见》表面上是一部恋爱小说，骨子里，它是一部有关认识论的小说。这句话也可以这样说，奥斯丁描绘了一个有关认识论的故事，虽然她不是一个哲学家，虽然她未必真的思考过"认知"这个哲学问题。

重求真，重实证，重认知，重反思，这正是我要说的第三个题外话。

老实说，从文化心理上说，《傲慢与偏见》太欧洲了，甚至于，太英国了。它的文化基础或者说哲学基础是标准的英国式的，这一点尤其体现在求真这个层面。

关于求真，东西方是有区别的。哲学家邓晓芒先生系统地研究过这个问题，依照邓晓芒先生的说法，西方和东方在文化心理上都有"求真"的需求，然而，在方法上又有所不同。前者的"求真"具有死心眼的性质，就是"真"本身，真就是真实，真就是真理。为了"真理"，一切都可以不管，"吾爱吾师，吾更爱真理"。A就是A，老师说A等于B也不行。东方人也求真，"真"很重要，但是，另一个东西也重要，那就是认知主体的态度，你必须"诚"。换句话说，东方的文化心理看重的不只是"真"，更是"真诚"。"精诚所至，金石为开"，这句话非常关键，"金"和"石"究竟是怎样的，这是西方哲学的重点，甚至是唯一的重点。东方的关切则有所区别，它不局限于"金"和"石"，而在当事人的态度。只要我们修身、养性，高度地忠诚，"金"和"石"的问题就不再是问题，它自己会"开"。有一句话我们都很熟悉，"只要关系有，喝什么都是酒"。换句话说，只要两个人都以诚相待，态度对了，酒固然可以是酒，水也可以是酒，可乐和橙汁都可以是酒。"喝什么都是酒"这句话是一把钥匙，可以打开东西方文化的区别。在"关系有"这个先决的态度面前，A可以是B，也可以是C，甚至D。换句话说，"真"与"真理"往往取决于我们的需要，它可以商量，随时都可以移动——这是我对邓晓芒的转述，如果有误，错在我，不在邓先生。

好吧，现在，达西不是一个傲慢的人，伊丽莎白怎么办？是一味地坚持自己，还是反思、勇敢地修正自己？奥斯丁的意思很简单，伊丽莎白有能力反思自己和修正自己。用《傲慢与偏见》的小说情节来说，就是伊丽莎白承认自己对达西"有偏见"，同时接受达西的求婚——在这个故事情节的背后，有一个巨大的东西，那就是实证。

我想这样说，虽然《傲慢与偏见》这本书不见得有多好，但是，它只能来自欧洲，甚至，只能来自英国。这个是由"求真"的文化背景决定了的，中国人不可能写这样的东西。我们的"求真"大多具有口号的意味，遇到具体的事情，尤其是"认知"，那是可以通过"做工作"这样一个特殊的途径来解决的。

对奥斯丁来说，"求真"的问题为什么如此重要呢？因为它牵扯到个人的幸福——如果认知出了问题，或者说，出了问题之后不知道反思，不能够勇敢地修正，美好的婚姻就错过了。相反，如果能获得符合实际的认知，那就可以获得美满的姻缘——这话是不是真的？我们不讨论，反正奥斯丁就是这么想的，她的小说也就是这么写的。

题外话四　傲慢

现在的问题是，要想让伊丽莎白修正偏见，自我革新，可以有许多路径。比方说，让伊丽莎白误以为达西"生活作风"有问题，或者说，让伊丽莎白误以为达西偷了东西——通过故事的发展，它一样可以达到让伊丽莎白纠正"偏见"这个目的。那样的故事更劲爆、更具可读性。男人的缺点多了去，为什么奥斯丁会抓住"傲慢"不放呢？老实说，用"傲慢"来推动故事，这样的故事其实不好看。关于傲慢，这正是我要和大家探讨的第四个题外话。

我想谈两条，那就是，文化背景和时代对一个作家的影响。

首先我要说，一个作家，无论他具有怎样惊人的、颠覆性的才华，他依然会受到文化背景的影响，正面、侧面或者对立面。这个背景起码有两个方面：

一、社会；二、家庭。社会文化的影响是共识，可我想强调的是，家庭文化，就"影响的力量"而言，它的作用也许更大。我们应当注意到，奥斯丁出生在一个牧师家庭，这样的家庭强调道德、在道德上偏于保守主义，这个说得通。同样，因为家庭内部宗教氛围，这样的家庭对于"傲慢"和"谦卑"有着不同于常人的敏感与侧重，这个不仅说得通，更可以理解。

另一个就是时代。《傲慢与偏见》写于1796年至1797年，也就是十八世纪的世纪末，它是工业革命如火如荼的时代，而事实上，工业革命是一个粗略的说法，一般来说，它起始于十八世纪的五十年代。但是，有一个时间点是关键的，那就是1785年。这一年发生了一件大事，联动式蒸汽机正式投入使用。不要小看了这一台机器，它对人类生活的影响是革命性的。是它，给工业革命带来了异乎寻常的加速度。

可是，有一点我们不能忽视，在《傲慢与偏见》的开头，宾利和达西是坐着"四轮马车"来到乡下的。这是英国的乡村，我们尚未看见工业革命对它的影响。可以这样说，如果简·奥斯丁再晚上十几年或者几十年，在小说的开头，来到内瑟菲尔德庄园的也许就不再是马车，而是汽车或火车，如果是那样的话，这部小说就彻底不一样了。补充一句，《傲慢与偏见》出版于1813年的11月，就在十一个月之前，那个即将书写"最好"和"最坏"时代的伟大作家，他刚刚来到人间，他是狄更斯。

另外的一点我们必须同样不能忽视，奥斯丁写作《傲慢与偏见》的时候，卢梭和伏尔泰离开这个世界也才二十来年。所以，我想这样说——工业革命加速了，奥斯丁却没有做好准备，她尚未进入新的时代；启蒙时代远去了，奥斯丁的精神依然停留在那里。

启蒙运动，这是一个无限庞大的话题，谈论它我力所不能及。但是，就小说的内容而言，《傲慢与偏见》笼罩在启蒙运动的思想光环里头，这话我们可以说。启蒙运动起始于英国，中心却在法国，在法国发展，在法国壮大，然后，再一次波及四周，《傲慢与偏见》是启蒙思想在小说内部的具体体现，这话我们也可以说。

扼要一点说，启蒙运动的中心思想其实就一句话：争取世俗生活的幸福。如果一定要文雅一点，也可以换成康德的说法："用人的眼光看人。"

那么，究竟是什么东西在影响我们"用人的眼光看人"呢？宏观地说，两个：宗教和封建。启蒙运动就是摒弃"宗教教义"和"奉天承运、皇帝诏曰"。如何才能摒弃呢？还是借用康德的说法，我们要"勇敢地使用我们的理性"。通过"勇敢的"理性，正确地认识自然、正确地认识社会，用"自然的法则"和"社会的法则"去替代"宗教教义"与"皇帝诏曰"。只有这样，人，才能成为"人的目的"，才能够告别蒙昧，才能够走向"明亮"。启蒙就是明亮，就是世俗的幸福。

那么，《傲慢与偏见》这本书到底说了什么呢？具体说来，追求爱情，获得美满的婚姻，这和启蒙运动的精神——"争取世俗生活的幸福"——高度地契合。如果你们允许，我想这样说，《傲慢与偏见》就是一部关于启蒙运动的"主旋律作品"。

刚才我们说到了启蒙运动的几个关键词：理性、法则、明亮、幸福。这个是哲学意义上的，那么，把启蒙运动的精神换成接地气的说法，另外的三个关键词就出现了：自由、平等、尊重。

——自由。每个人都必须是自由的；

——平等。每个人都必然是平等的；

——尊重。人与人之间只能是相互尊重的关系，人不可以傲慢与自大，每个人都不可以做人上人。

《傲慢与偏见》写的是自由恋爱，不是包办婚姻，所以，自由在这里不是话题，免谈。但是，平等、尊重，这个就必须面对了。亲爱的达西先生——你自己觉得你和我是不平等的？——你居然在我面前傲慢？——NO。

故事就此产生。奥斯丁选择了傲慢，这又有什么可奇怪的呢？

题外话五　结草与衔环

现在，利用最后的一点时间，我再来说点其他的题外话，我们先来看看奥斯丁所描绘的四对恋爱吧。

第一对，简和宾利。这是一对符合各种道德标准的好青年，他们体面、优雅、礼貌，最终，他们幸福地生活在一起；

第二对，伊丽莎白和达西，这是一对同样体面、优雅、礼貌的好青年，然而，他们有瑕疵，有缺点，经过自我修复和自我的更新，他们保持了优点，改正了错误，他们自然也应当幸福地生活在一起；

第三对，柯林斯和夏洛特，他们自私、阴暗，但总体上还是好人，他们生活在一起了，但是，无聊，窘迫，可以过日子，却说不上幸福；

第四对，威克姆和莉迪亚，这是一对问题青年，男的卑劣，女的放荡。在达西、舅舅加德纳和舅妈加德纳太太的帮助下，他们虽说结婚了，但是，生活非常不幸，即使伊丽莎白不停地救济，他们的生活也是入不敷出的。

可以总结了。简单地说，奥斯丁是依照这样一个逻辑线索来完成这部小说的——品性好的、做好事的人有好婚姻，品性不好的、做坏事的人则没有好婚姻，尽管在现实生活中这样的因果关系并不成立，但是，《傲慢与偏见》确实就是这么一个思路，这是一部以道德规劝为目的、因果报应为特征的小说。

说起因果报应，我们也许会非常开心，因为我们中国人很讲究因果报应，我们的文化心理里头有这个东西，我们的文学心理也是这样的。你们去把冯梦龙和凌濛初的《三言二拍》找出来统计一下，你们很快就会发现，因果报应的故事占有相当大的比例。

说起因果报应，我们也许会有这样一个结论，因为佛教强调因果，尤其强调轮回，是佛教导致我们产生了因果报应的文化心理。实际上不是这样，我们"因果报应"的基因在佛教来到中国之前就有了。

在我们的汉语里头，最能体现"因果报应"精神的，是一个成语：结草衔环。

我们先说"结草"。这个典故来自《左传·宣公十五年》。公元前594年，晋军和秦兵在辅氏（今天的陕西大荔县）交战，晋将魏颗与秦将杜回厮杀。难分难解之际，魏颗突然发现一个老人用草编的绳子套住了杜回，杜回被魏颗俘虏了。

为什么会出现这么离奇的事情呢？有原因。晋国大夫魏武子有一个爱妾，叫祖姬，她没生孩子。魏武子生病的时候对儿子魏颗说，我死了，让祖姬改嫁。到了临死的时候，老先生却改口了，说，我死了，让她殉葬。没想到，在父亲死后，魏颗没有执行父亲的临终遗言，他让祖姬改了嫁。魏颗认为，父亲临终前已经糊涂了，糊涂话不能当作遗嘱来执行。

晋军胜利的当天夜里，魏颗做了一个梦，他梦见了祖姬的父亲，祖姬的父亲告诉了魏颗实情。这个实情就是，因为魏颗做了好事，他救了祖姬的命，他从祖姬的父亲那里得到了福报。

"衔环"的典故则来自南朝吴均的《续齐谐记》，说东汉的杨宝在九岁的时候救了一只黄雀，一百天之后，黄雀飞走了。当天夜里，来了一个黄衣童子，告诉杨宝，说："我是西王母的使者，是来谢谢你的。"表示感谢的礼物则是四个白环，这四个白环可以确保杨宝的四代子孙位列三公。后来，杨宝的儿子杨震，孙子杨秉，曾孙杨赐，玄孙杨彪，他们都做到了太尉。

同样是因果报应，我的问题是，《傲慢与偏见》里的因果报应和中国式的因果报应有没有区别呢？如果有，区别到底在哪里呢？我愿意把这个问题留给大家，我个人认为，这个问题特别有意思。

以上内容都是个人的一些浅见，是《傲慢与偏见》的题外话。因为切口比较大，不少话题实际上超出了我的能力，我也很勉强。不妥当不正确的地方恳请大家批评指正。

（原载《收获》2019年第2期）

杜甫的咏怀

◎陈丹晨

一

公元755年，即天宝十四载，在长安已经"北漂"了近十年的杜甫，因为不愿折腰事权贵，才不做"河西尉"，得了另一个小官"右卫率府胄曹参军"。据说只是一个类似看守库房的闲差。这对怀着"致君尧舜上，再使风俗淳"大志的杜甫来说，实在是一个"羞辱"。他并不是计较地位的高低，那是一个要去伺候王侯、看权贵们颜色的活儿，所谓"衔泥附炎热"。所以不久他就请假去远在二三百里路外的奉先县看望妻子儿女了。

那是十一月寒冬，出发时已是半夜，大小也算是一位"公务员"的杜甫，因为手头拮据没有雇车马，只能徒步行走。寒风凛冽，草木已经发黄枯零，气温已是零度以下，两手冻得指头僵硬发直，连衣服上的衣带松散了都没法重新结上。天色漆黑，走山路还要特别小心，怕结了霜冻的石子路滑，踏空了跌下崖谷，连命都没了。

杜甫走着走着，已是天色微曙，才刚刚走到长安远郊的骊山脚下，就看到一排排、一列列全副武装的羽林军士布满骊山上上下下，刀戟在晨曦中闪着寒光，安全保卫工作非常严密，闲杂人员都不许靠近，远远地就被叱喝走了。杜甫一看就明白了，这是唐玄宗李隆基正驻跸在骊山。

骊山并不算高，只不过一千三百多米，从山下往上可以看到浓密的苍翠黛绿，掩映着一座座巍峨的金黄色房顶。这些亭台楼阁就是当今皇帝经常幸临的离宫华清宫。这时虽已凌晨，一般人还睡意蒙眬时，山上却仍传来响亮热闹的丝弦鼓乐声，嘈杂的笑语欢声。杜甫知道皇上又在通宵作乐了。

唐玄宗李隆基这些年沉湎酒色，寻欢作乐已是遍传京城。老百姓虽都听说却不敢乱议论。杜甫毕竟也是官府中人，看到听到的更是不少。像这样通宵达旦大摆欢宴对于唐玄宗来说已是平常事。他的享受，平民百姓是想都想不出来的：吃的是驼蹄羹、霜橙、香橘，穿的是绣着孔雀麒麟的绫罗绸缎、貂鼠皮裘，全身戴满了闪光的金银首饰，观看全国顶尖的歌舞伎大场面演出，还可在华清池洗温泉澡。能有幸参与皇家聚会的都是皇亲国戚、贵族高官。唐玄宗还有一个癖好，出手特大，经常喜欢撒钱物赏赐给大臣，有时多到记事的人记不胜记。今天肯定又是撒了不少钱帛。杜甫记得很清楚，去年天宝十三载三月，就有过一次皇上大撒钱帛弄得京城老百姓议论纷纷。他在欢宴群臣之际，赏赐给右相杨国忠绢一千五百匹，彩罗三百匹，彩绫五百匹；左相陈希烈绢三百匹，彩罗彩绫各五十匹；三品官赏八十匹；四品五品官赏四十匹。那时的匹，据《汉书·食货志》记载，应该是"布帛广（宽）二尺二寸为幅，长四丈为匹"。唐代变化不大，所以一千五百匹都得用车装载了。现场赏赐只是先给一筐。所以杜甫诗里就说"圣人筐篚恩"。称皇帝为圣人，这样巨大的恩赐是用筐来装的。

唐玄宗平时赏赐大方得有点奇怪。有一年，那是天宝六年（747），他竟然把全国各地进贡的物品全部赏赐给了宰相李林甫。安禄山不断弄点虚虚实实的战功邀赏，几年之内就连续得到越级提升，不仅做了节度使，还被封为东平郡王，去年又加了一个尚书左仆射，实封千户，奴婢十房，庄、宅各一区，又加闲厩、五坊、宫苑。他宠幸杨贵妃，连她的三亲六故都有封赐，两个姐姐成了韩国夫人、虢国夫人；族兄杨国忠原是个无赖，竟成了右相，据说前后兼了四十多个职务，显赫一时。那年春天，在长安郊外的著名风景区曲江边，杜甫亲眼看到杨氏家族车队出游，穷奢极侈，豪华排场，兴师动众，驱赶游人，封路警戒。老百姓都怒目而视。杜甫愤怒至极，当时就吟诗嘲讽说："炙手可热势绝伦，慎莫近前丞相嗔！"

杜甫一边想一边赶路。实在走累了，他不得不临时在驿站雇了一头驴。不觉来到一条大河面前，那正是从西北来的泾水和从西边来的渭水合流的地方，水面宽阔，河流汹涌激荡往东流去。幸亏渡口有一座简便的桥梁，行人在上面走动时还会感到晃动，听到吱吱呀呀的声音，大家都很紧张，互相抓紧了手，攀着栏杆。过河时看到脚下的洪流奔驰，像是高山巨柱崩塌倒下来似的，不免有种惊险的感觉。这时杜甫想到这样艰难的旅途，与清晨在骊山看见的场面，心里总有点想不通：你皇帝老子大手大脚挥霍撒钱，赏赐的这些绢帛绫罗，你知道都是哪儿来的吗？你可清楚，穷苦百姓家的女子起早贪黑纺花、织布，又染又缝，一点一滴辛辛苦苦地做出来的，容易吗？可是官家到处派人把这些钱物一家一户收缴，抵作税款和劳役；稍有不足或争执，就说那些男人寻衅滋事，用鞭子抽打他们。这可是老百姓的血汗啊！想到这里，杜甫不禁热泪盈眶，质问：这是怎么回事啊！

唐玄宗对逢迎自己的臣僚如此阔绰，随意挥霍，是因为有了一个雄厚的祖业家底。当年唐太宗是接受了隋炀帝灭亡的教训，使农民有休养生息的机会。他本身也还比较节俭，不喜欢那种奢华的生活。有一次秋雨连绵，大臣建议修建地势高一点避免潮湿的楼阁他都不许。宫苑里有大批宫女，他认为"妇人幽闭深宫，情实可愍"，又浪费人力财力，便将她们遣散，多达三千多人。他说，这样不仅可以节省开支，她们还可求偶成家。这是相当讲人情、通人性的。他也是历代封建王朝中最能听取下属意见的君主。他懂得："以天下之广，岂可独断一人之虑？"鼓励大臣们随时可以向他进谏。经过二十多年励精图治，有了一个繁荣强大、史称"盛唐"的局面。多代经营之后，唐玄宗李隆基初登皇位时，任用的大臣姚崇、宋璟、张说等都比较贤明能干，继续有一个较好的气象，因而连同唐太宗的贞观年间，被人们誉称为"贞观开元盛世"。

杜甫是一个有浓厚忠君思想的人。他祖父杜审言是初唐著名的诗人，仕途也很曲折。但世家子弟，诗书传家，杜甫接受的无疑也都是视皇帝为君父的传统思想。他把自己比作向日葵，本性就是要向着太阳般的皇帝转，希望他们像传说中的尧舜那样贤明，自己也一心想为国家效劳。但是，他的心同时也和百姓连在一起："穷年忧黎元，叹息肠内热。"忠君是和老百姓同忧共喜相一致的。当发现老百姓受苦受难时，他就会在诗中为之呼号。

可是唐玄宗是一个妄自尊大的人，一旦有了这些财富和国力就飘飘然，经常炫富摆阔。有一次，唐玄宗还带着百官去参观国库里多得像小山一样的钱币。这样的人当然听不进别人的忠言劝告，只喜欢对他谄媚吹拍的小人。他重用李林甫为宰相长达十七年，把重要政事几乎都交给李林甫去打理。这个李林甫恰恰是历史上有名的"口蜜腹剑"的贪腐奸佞。后期又重用同样贪腐且最会说假话的杨国忠为宰相；把一个野心勃勃的安禄山一再提升执掌重要军权；把高力士这样的太监奴才任命为将军。他不断提拔、赏赐这些大臣，大臣们就越发厚颜无耻地使劲吹捧献媚于他。可笑的是他还热衷于吹嘘炫耀自己，譬如把自己的尊号前前后后至少加码了五次，从最初的"开元圣文神武皇帝"开始，那些宏大的颂词越加越多，到第五次成了"开元天地大宝圣文神武孝德证道皇帝"，来显示和满足他的权威和虚荣心。这样一批掌握国家大权的人，被后来的史官们评点说："朝廷罕有正人，附丽无非险辈……朋比成风，廉耻都尽！"（《旧唐书》第一卷，中华书局1975年版，第235—236页）

对于这种局面，杜甫非常痛心。他说：朝廷里挤满了大臣，按理说他们都应该懂得财帛来之不易，一个有良心的人会感到很可怕，这样搞下去是会完蛋的，还不快劝说提醒皇帝不要这样挥霍寻欢。但是他们不仅没有这样做，还在一起腐败享乐，醉生梦死。杜甫已经深深感到一种绝望。他看到了这个表面上辉煌繁荣的社会正在糜烂崩溃。他唱出了"朱门酒肉臭，路有冻死骨"这样惊天地、泣鬼神的千年不朽的诗句，把面临的最严重的社会危机大声喊了出来！

天气阴冷，寒风吹骨，下起了纷纷扬扬的大雪，路越来越难走。杜甫赶着驴往北继续进发。二百多里路走了三天才赶到奉先县。奉先又名蒲城。去年秋天，杜甫因为长安米贵，实在维持不了日常生活，于是把妻子儿女送到奉先暂时寄住。那里的杨县令是他的近亲，想能有所照顾。但是匆匆过了许多日子，心里非常惦念，想着自己不能长久不顾家里，即使生活再困难也应一起共患难，这才冒着风雪赶回家来。

无论如何没有想到，他刚走进家门，就听见里面一片嚎啕哭声，原来他幼小的儿子饿死了。妻子满脸都是泪水向他诉说经过，还痛责自己没有尽心。这能怪妻子吗？看到躺在床上的幼儿的遗体，这样悲惨的景象使他痛心伤悲。但是《礼经》却又规定长辈不哭丧婴，唐代仍遵此习俗。杜甫即使不便痛哭，但更感到自己为人父的愧疚，让家人长期处在饥饿的状态，连一个孩子都不能养活，致使他夭折。想到这还是秋收刚结束不久，怎么会没有吃的了呢？是被横征暴敛去了！那他总还是一个官员，与老百姓不同的是他不必交税，也不用服劳役，应该境况要好一些嘛！怎么会穷到这个地步呢？

周围邻居们看见他回来了，都过来看望。大家也都伤心落泪，叹息发愁。杜甫看着这些老百姓，他们不是更处在绝境吗？他们中还有很多的家人长期在边境当兵打仗，家里的劳力少，生活不更艰难吗？这是什么世道呀？这个日子怎么过下去呢？杜甫悲伤地想：自己的忧愁与这个社会面临的危机一样，像是终南山般高，又像洪水汹涌袭来不可收拾！

几乎就在这同时，镇守在北方幽州的范阳节度使安禄山发动了叛乱，率领十多万大军浩浩荡荡南下，十二月就攻陷了东都洛阳，正向长安进发。一场大动乱开始了！

二

杜甫在家里住下不久，安禄山叛乱的消息很快传到了奉先。杜甫开始很震惊，再想想也不觉得意外。安禄山的父亲是胡人，母亲是突厥人，对唐朝本来就不是真心归附。他骗得唐玄宗信任，经过多年的经营，所辖管的军队里从将领到士兵很多是蕃人，其中突厥、契丹、奚等多种外族都有。安禄山拥兵自重，经常在所辖地区制造战争事端，唐玄宗却反以为有功，对他宠信有加，不断给他加官晋爵。其实有些人已经看出一点端倪。杜甫就是其中之一，他在这之前的诗里就不点名地指出："主将位益崇，气骄凌上都。边人不敢议，议者死路衢！"就是说安禄山的地位越来越高，气势骄横连皇帝也不放在眼里。老百姓都不敢说话，一议论就会被公开弄死。现在安禄山终于撕下伪装公开叛乱了！

安禄山叛军每攻破一个城市就肆意掠夺财物、妇女，强迫男子参加作战，随意杀人。到第二年的六月直逼潼关，京师长安震动。昏庸的唐玄宗最早听到安禄山反叛的报告时还不相信，自以为他信任的人不会背叛他。到了镇守潼关的大将哥舒翰被叛徒出卖而失守时，他就慌慌张张带了杨国忠、高力士等少数亲信在一个微雨飘洒的清晨狼狈逃出长安城，连许多皇亲贵族都来不及得到通知逃脱。

这时杜甫住在偏僻的奉先城郊，开始时还算安全，也能不时听到传来的时局形势变化。他住在家里将近半年的时间，常常沉入回忆和深思。朝廷的腐败和混乱、百姓的苦难都一一在他眼前重新闪现。连年战争，不断征伐，朝廷一而再，再而三地召募兵丁补充，几乎家家户户都有年轻人被强征入伍。那还是几年前，杜甫在长安北郊咸阳桥边就看到过这样一幕：被新征的壮丁队伍正要开拔往前线去，人多得尘埃四起。那些老老小小的家人闻讯都来送行，拉着新兵的衣服舍不得他们离去。也有的顿脚痛哭，哭喊声声震耳。有些知情的老汉就议论长叹："拉壮丁实在太频繁了！几乎年年都有，甚至一年好多次。"这样的当兵没有规定年限，有的少年不到十五岁还没成年就被征去，到了四十岁头发都白了还回不来。村子里年轻男人几乎很少见了，只能靠女人们下地干活，做不过来，大片农田荒芜减少了收成。但是，官府照样不断来追讨税钱，逼得农民走投无路。

杜甫看到路人都在愤愤不平，却只能窃窃私语，因为旁边都有官府的人在监控着，不许发牢骚，不许讲真相。听说也有些人曾想逃避服役，但会遭到更大的惩罚。杜甫想：为什么朝廷一再声称这是报效国家的好机会；青年人应该有志气打仗立功；有了战功还能加官晋爵。但这些好听的话诱惑不了年轻人，因为他们看穿了这种战争是不义的。有一位老兵悄悄地揭露说：军队里也是极为腐败，即使你有了一些军功，也被将领们弄虚造假冒功邀赏；士兵欺生，新兵处境艰难；有时明明打了败仗还当胜仗往上报功；有时明明此地挑起事端却说是对方侵犯边境。所以有的当了几十年的兵侥幸活着也都想办法逃回乡来，不愿在贪腐邪恶的军队继续混下去。

杜甫对战争给老百姓带来的灾难有切肤之痛。他想到当年隋炀帝之毁灭，除了暴政，还因为他三次攻打高丽失败，连年征发士兵和夫役耗尽国力，民怨沸腾。史书就曾评点说：隋炀帝"内恃富强，外思广地，以骄取怨，以怒兴师，若此而不亡，自古未闻之也"（《隋书》第一卷）。隋末群雄造反，各自割据，称王称霸，互相残杀，如孟子说的"春秋无义战"一样也是汉人不义的内战。唐太宗前后用了近十年时间的武力加政治，才得以打平诸雄，改变这个纷争的局面。杜甫历来很称颂唐太宗"煌煌太宗业，树立甚宏达"，但是他同样也不满唐太宗晚年错误地从海陆两路攻打高丽直达平壤，无功而返。所以杜甫一想到那许许多多的内外战争，心里就犯堵。

那时的战争是用兵士的肉搏、面对面的刀砍剑击论胜负的。据说从秦朝开始，是以计算砍杀的人头来记功的。到唐代时，战报还是经常那样记录称："斩首万余级""斩首三千余级""斩首十万级，横尸三十里"……诸如此类的记载在史书里随处可见。试想一场战事血流成河，尸体遍野，双方死亡就是万千人头血淋淋的,何等残酷血腥。最后成王败寇,也就是现在人们常说的如动物世界里的"弱肉强食,丛林法则"。人类到那时还没有完全脱离野蛮阶段呢!

杜甫的前半生几乎都是与唐玄宗即位一起过来的。所以唐玄宗的作为,他都看在眼里。早期的富裕安逸生活使唐玄宗越来越骄妄,滋生了"吞四夷之志"的愚蠢想法,一味夸耀武功,通过发动对外战争为自己树立权威,企图让四方来朝贡,他也就成为"天地大宝圣文神武"至高无上的皇帝了。那些镇守边境的节度使很多迎合上意,以开边衅邀功求富贵,唱着今天武统谁、明天灭了谁的好战调子。那时周围边境东有高丽,北有突厥,西有吐蕃,以及其他外族,互相之间经常有摩擦,有时和亲了,有时打仗了。既有这些外族的入侵劫掠,也有唐朝进攻侵略。高宗时,曾攻陷了高丽的平壤。到了唐玄宗时,更是迷信武力,远征极为频繁,如先是灭了西突厥;开元三年(715),又派张孝嵩率兵万余人进军西域,攻打吐蕃,直达龟兹外数千里。天宝九年(750),高仙芝率军远征,在葱岭以西与大食等大战失败。尽管最强的时候唐朝政治势力远到里海东岸,杜甫不但不引以为荣,还忧虑山河因此有变,他吟诗道:"登兹翻百忧……秦山忽破碎,泾渭不可求……日晏昆仑丘。黄鹄去不息,哀鸣何所投?"并清醒地指出"祸转亡胡岁,势成擒胡月"。杜甫认为"安史之乱"就是好战开边带来的恶果!

战争在任何时候都是杀人的机器,受战争伤害最大的永远是平民百姓,即便是互相残杀的兵士,也都是穿了军装的百姓。生命财产全家老小都可能在战争中毁于一旦。杜甫想起一个怪事:唐玄宗十分推崇《老子》,开元二十一年(733),他曾下令规定读书人家里都要置备一本《老子》。每年科举考试时减少有关儒家的《尚书》《论语》方面的考题,增加有关《老子》的内容。安禄山十一月叛乱前的一个月,这个唐玄宗还颁发《御注老子》和《义疏》让全国人学习。他难道不知道《老子》的思想是认为"兵者不祥之器","夫乐杀人者,则不可以得志于天下矣",是最反对战争杀人的,更强调要对老百姓好,批评"圣人不仁以百姓为刍狗"?唐玄宗干的事与这些话全是反的,说的和做的完全是两回事。杜甫无法明白这个皇帝到底在想什么,想干什么。

杜甫在奉先,想到自己在不久前写的诗歌里,就已经按捺不住愤怒,曾多次批评唐玄宗好战扩张,不顾人民死活。他在《兵车行》中吟唱:"边庭流血成海水，武皇开边意未已！""武皇"，原来是指汉武帝，但这里人们一看就知道实指唐玄宗，指斥战争是没完没了的"开边"。整篇描述的是战争造成的百姓痛苦："君不见青海头，古来白骨无人收。新鬼烦冤旧鬼哭，天阴雨湿声啾啾！"他在《前出塞九首》中更直截了当地责问："君已富土境，开边一何多？"你皇帝已经有了那么多的疆土，为什么还要一而再，再而三地在边境发动战争？这些诗歌都是直接指向最高统治者的严厉责问，是别的诗人作品中很少见的。

杜甫不但反对战争，而且主张即使为了制止进犯的敌人，只要把敌人首领抓住就行了，何须多杀人。对于杀人，他是那么反感："杀人亦有限，列国自有疆。苟能制侵陵，岂在多杀伤！"把敌人赶回他们的疆土，不要一味杀个没完！这是对以首级论功的传统旧制、频频出塞作战的穷兵黩武的批评。杜甫对生命敬畏的思想和胸襟即便穿越时光，到今天对人们仍有很大的启示。

安禄山叛军进攻潼关时，距离较近的奉先城开始陷入混乱，人们都紧张地纷纷疏散逃亡。五月，杜甫也带着妻儿全家往北徒步走了一百多里地到达白水县。前一阵他曾先来看望过这里的县令，也就是他的舅舅崔明府，受到了款待，现在也得到了庇护暂住。哪想不到一个月，叛军攻陷了潼关，白水县也不安全了。杜甫只好携全家继续沿着洛河北上流亡。

那里不是平原地，而多河流和高坡。因为正是夏日，天气酷热，河水汹涌，却无桥梁小舟可渡；遇到山丘土坡还要手脚并用艰难攀爬；有时还会遇到雷雨交加，身上无遮雨的衣伞，脚下泥泞，只好手牵着手一步步挨着走。杜甫抱着的小女儿饿了，就哭着舔老父的脸。听见山谷里野兽的吼声，杜甫赶紧把怀中女儿的嘴捂住，她还不高兴地挣扎着。另一手牵着的小儿子看见树上的李子就要吃，他不懂那李子是苦的。就这样，走得非常辛苦，一天只能走几里路。晚上捡几个野果充饥，找一些树枝搭个棚过夜。杜甫悲叹自己只是一介无用的书生，自嘲弄得不好恐怕会葬身鱼腹。

他们经过长途跋涉，先过彭衙再到同家洼，找到那里的老朋友孙宰的家。那时天已昏黑，孙宰和太太、孩子闻声点着灯出来欢迎他们。杜甫和孙宰执手相视，热泪满面，满腹心事不知从何说起。接着一个个用热水洗脸洗脚解乏。几个小孩子早已困倦得睡着了，等端出饭菜时，还得把他们唤醒起来吃。孙宰把起居活动的房间腾出来让杜甫一家安住。经过多天风餐露宿、饥肠辘辘的旅行，突然有了舒适的住处、饱餐热菜热饭，杜甫感动得要和孙宰结拜为兄弟，说："这样的艰难困苦时刻，谁肯真心热情帮助落难的人！只有你孙宰兄弟帮助了我们。你的高义薄云让我刻骨铭心。"

他们全家在同家洼孙宰家临时住了几天。看孙宰家也不宽裕，并非久留之地，于是又重新出发，经过华原和坊州，走了近二百里路到达了鄜州，总算暂时落脚在此安顿下来。

三

杜甫在鄜州虽然一家团聚，心里却念念不忘外面世界的风风雨雨。许多消息陆陆续续传来：唐玄宗逃出长安后，卫护他的军队在马嵬驿哗变，要求处死杨贵妃、杨国忠兄妹。玄宗被迫照办了。之后他带着一千多人马流亡到了蜀都。太子李亨则从马嵬驿分兵往西北退却到了宁夏灵武。公元756年，安禄山叛乱后的第二年七月，李亨称帝即唐肃宗，据说当时手下只有三十几个文武官员。但各地勤王的军队先后赶来参加对安禄山叛军的作战。大家对肃宗期望很高，希望能够从此一举平定叛乱。

杜甫听到这些消息又坐不住了。与妻子商量后，他决心离家去投奔唐肃宗，为国家中兴改变满目疮痍的局面出点力。那时安禄山的同伙史思明率领的叛军正从太原往西进攻。杜甫离了鄜州想经过芦子关去往西北方向的灵武，哪知走不多久迎面就遇上叛军，他和许多乡民一起被掳掠到了京城长安。叛军看他已是四五十岁的老头，头发都已开始花白，一身布衣，既非官员也不能当兵干苦力，有时也会叱喝欺凌他，就要他在贼营里做点杂事。这样，他偶然还可以到处走走。

那已是秋天。他在长安城街头有时会遇到那些叛军，他们很多都是外族人，刚从战场下来，一队队非常得意猖狂，大声呼叫，唱着胡歌，狂饮醉酒，甚至亮着满带血迹的刀箭，耀武扬威，招摇过市。杜甫心里悲愤，那是他熟悉的乡亲子弟们的血呀！他看到行人眼眶里满含热泪，只盼望着官军早日收复京城。哪知道事后他才听说是在长安附近的咸阳郊外刚刚打完的仗，官军大败，死了好几万人！

有一天，杜甫悄悄地来到曲江边，看到昔日繁华不再，江头的行宫已是冷清清地大门紧锁，野草都已长了出来。当年唐玄宗携杨贵妃常幸临于此，是多么得意骄狂，每次出行时都是大队人马，旌旗遮天蔽日，全副武装的军士重重保护着他们，把老百姓撵赶得远远地不见踪影，好像他们将永远是这个天下的主人，可以予取予求。现在呢！现在他们又在哪里呢？走的走了，死的死了！荣华富贵都已化成尘埃！这样的悲剧是怎么回事？那不是他们几个人的事！那是国家的不幸！祸国殃民啊！想到这里，杜甫不禁悲愤地吟唱着："人生有情泪沾臆，江水江花岂终极？"是啊！不要悲伤，世界是不会因为他们带来的灾难而随之衰败的！

在贼营半年多的日子里，杜甫是很郁闷、很痛苦的。他看着时节的变化，春天又来临了，地里麦子开始返青了，红红粉粉的桃花杏花又盛开了……这样下去总不是长久之计。他一心想找机会脱离羁绊。到了这年春天，听说官军已积极反攻，唐肃宗也已在二月移临凤翔。凤翔就在长安西边二三百里路。在一个深夜，趁叛军不注意时他悄悄地溜出贼营，寻找到一条偏僻的小路只身往西狂奔。

多年的战乱，杜甫居无定所，也无收入，又被掳掠在贼营，所以面目老瘦，身上没有一件像样的衣服。一路徒步奔走，几天下来人已疲惫不堪，头发凌乱，满脸尘土，麻鞋破烂，衣袖已磨破露出两肘，像一个乞丐似的到达凤翔。他直接找到唐肃宗驻跸的地方，见到朝廷官员才高兴得笑出了声，却又呜呜呀呀地哭了起来。真是喜极而泣啊！唐肃宗接见他时，他就是这副模样，成了有名的"麻鞋见天子，衣袖露两肘"。唐肃宗很怜悯他的忠诚正直，给了他一个从八品左拾遗的官，是能够有机会在朝廷议论政事并进谏补阙的。他高兴得流着泪拜受了，因为他觉得可以参与他历来关心的国家大事了。这时他真的满怀信心，认为从此李唐皇朝将会得到中兴。

杜甫上任后，认真履行职责，发现处理房琯的案子有问题。房琯在唐玄宗后期曾任吏部尚书。唐肃宗也欣赏他的才干，接受了他的请求，任他率军分兵三路去收复长安和洛阳两京。房琯是个书生文官，去年十月在咸阳陈涛斜一战打了大败仗。现在唐肃宗要问罪于房琯撤他的职。杜甫和房琯是布衣交，如今他上书为房琯说情，认为房琯虽有罪错，但毕竟胜败乃兵家常事，不宜因此对一个大臣轻易治重罪。其实打败仗与唐肃宗自己急于收复两京想早日成至尊的皇帝心切有关，所以他特别恼怒，就把气也撒在杜甫身上，命令相当于管政法的三司审讯治罪于杜甫。这么一来，杜甫做了左拾遗后第一件事不仅没有做成反而成了罪过，是他意想不到的。幸亏宰相张镐劝谏唐肃宗说："如果你因为此事治杜甫的罪，以后人们就不敢说话了！"这才把杜甫救了。

杜甫到达凤翔以后，就写家书寄往鄜州家中问好。因为陷贼营后就无法与家里通消息，不知道妻儿怎么样了。那年八月他就告假回鄜州探亲。从凤翔往东北方向到鄜州数百里路，正是战争之后，夜行经过昔日的战场，还能看见白骨累累。当他到家时，已近黄昏，归鸟叽叽喳喳在树丛柴门间乱飞。他的妻子没接到他的信，不知道他的生死，这会儿突然看见他回来惊讶得又哭又笑。小儿子紧紧挨着他的膝不肯离开一会儿。邻居们闻声来看望他，连院墙上都爬满了人，有几位父老带着酒来与他痛饮畅叙。说到田里没有劳力去耕种，打仗打得村里连未成年的少儿都被拉去当兵了。杜甫饮酒激动时站起来高歌长叹，大家听了忧伤悲苦得热泪纵横。

这次回家与上次探亲不同，他是八品官了，官职虽不高，但有了薪俸，带着仆人，还有给家里妻儿的许多礼物。看到妻子穿的衣服已成百衲衣；最喜欢的小儿子营养不良脸色苍白，两只赤足都是泥垢；两个小女儿穿的衣服补丁摞补丁，短得仅仅过膝。这日子过得实在艰难，活下来就已不容易了！杜甫把礼物一一打开铺在炕上展示，有吃的、穿的，甚至化妆的，样样都有。女儿学她妈妈拿着新梳子梳头，拿着化妆品往脸上抹，还画眉画得像个大花脸。小儿子趴在他身上一边问事一边揪着他的胡子，屋子里洋溢着欢笑声，使杜甫难得享受了这番天伦之乐，竟忘了自己还没喝上一口水吃上一口饭！

那年杜甫四十六岁，在那个时代已是老人了，他也常自称"老夫"。他是个顾家的男人，一直非常爱自己的妻子和儿女。每次被迫离开他们，他总是苦苦思念，写诗抒发怀念之情：有思念妻子的，有思念儿子的，有思念兄弟的……有名的《月夜》《春望》就是其中的代表作。他想以后尽可能不要再离开家了，即使共患难全家人也要在一起。

虽然如此，杜甫在家里还是只待了个把月就回到凤翔继续做他的左拾遗。九月，朔方节度使郭子仪率兵收复两京。十月，杜甫跟着朝廷扈从唐肃宗回到长安。到了下一年（758），唐肃宗听了谗言重新启动对房琯案的处理，五月贬逐了房琯，六月贬杜甫出朝廷去离长安西面不到二百里路的华州当个司功，管当地文化方面的事务。杜甫在朝廷里待的时间不长，对许多事他总有一些不同意见，譬如唐肃宗为了打败叛军引进了回纥军队，还竭力讨好许诺给予大量财物，后来还把自己的小女儿宁国公主嫁给回纥的可汗。杜甫认为回纥兵剽悍能战，但是外族历来成患，怎能让他们的军队深入内地进出京城，骚扰民间，掳掠府库财物。他还幻想两京收复了，安史之乱差不多平定了，天下又该河清海晏了，再也不要打仗杀人了，所有的兵器都可以入库了。但是事实远非如此，内乱外患的大大小小战争仍然不停，朝廷里也是权斗不息，他的朋友房琯、严武等这些正直的臣僚遭到贬逐，唐肃宗没有什么才能却又自以为是，信任奸佞宦官，再加藩镇坐大，矛盾迭起。杜甫在朝廷时，每天五更三点上朝，过的是看皇帝脸色赔笑的日子，且还紧张得衣裳都来不及穿整齐，对国事忧愁终日无从说起。现在到了华州，更插不上嘴说什么不同意见了。

一心想"致君尧舜上"的杜甫有了很大的挫折感。虽然这个时期也写了一些应付朝廷的歌功颂德的辞赋，但更多的诗里抒发了一种惆怅无奈消极的情绪。他开始吟唱及时行乐，不为虚名束缚自己；懒于应付每天上朝那些表面的繁文缛礼；官场生活使他感到离开百姓越来越远，时光却越来越徒然逝去，自己追求的目标却越来越模糊。所以他曾不无牢骚地吟诗称："无才日衰老，驻马望千门。"开始萌生了退意。

那年冬天，杜甫去收复不久的东京洛阳探亲访友，许多朋友都热情接待宴请他这位名满天下的大诗人。杜甫出生在巩县，离洛阳约一百里路。他也是有意看看家乡的情况。他在那里没有田产，许多家人兄弟也都在外地，看来回家定居已无可能。他沿途来回经过潼关、陕县、新安等地。在前两个月，邺城（安阳）一带刚刚经历了一场十分惨烈的大战。杜甫所经之地大量壮丁被强制征兵增援，农村一片荒凉悲惨的情景使他的内心再一次遭到冲击。

他在新安道看见正在征兵。县城里虽然大肆宣传呼唤，但已找不到合格的壮丁了。上面却还是下了死命令必须强征凑数。十八岁以上的没有了就选以下的，以下的年纪太小打仗不管用也要上。选的要不是胖子，就是瘦子，身体不合格的也要选上。村里只听得哭哭啼啼，家家户户都伤心得眼泪都干了！

他经过陕县的一个晚上，投宿在老百姓家。半夜里听到县里的小吏跑来狠劲砸门抓人。这家老汉闻声就从后门翻墙逃走了。老婆婆开门应对。她对官吏一边哭一边说："三个儿子都已在军队里参加邺城之战。大儿子只有信来人回不来，二儿子已战死，三儿子正守卫邺城。家里男人只有一个小孙子还是吃奶的婴儿。婴儿的母亲穷得只有一条破裙穿。我自己老了也已没有力气了，如果你们一定非要抓的话，那我就跟你们去到兵营还可以做做饭。"老婆婆的一番泣诉使杜甫一夜没睡着。这些断肠悲戚的话如针穿心一样，深深地刺痛了他。老婆婆最后还是连夜被征用跟着走了。天明时，杜甫只能与潜逃回来的老汉道别。

他所经过的城乡，都是这样哀鸿遍野。有一次遇到一位新婚的年轻女子，听她哭着诉说：自己的丈夫在婚后的第二天一早就被抓去从军。"嫁女与征夫，不如弃路旁。结发为妻子，席不暖君床。暮婚晨告别，无乃太匆忙……"杜甫还曾遇到一位老翁，听他诉说：他的儿子、孙子都已上战场捐躯牺牲。他也不想留着自己孤独地活着，也准备去报到打仗。他的老妻正哭哭啼啼躺在路旁不舍得他走。因为她知道此去他必不能再回来，这是生离死别啊！

战争是如此恐怖和血腥，带给百姓的是无穷的痛苦：家破人亡，如同活在地狱。农村凄凄惨惨，田地荒芜，剩了一些寡妇老婆婆，都还不得安宁，生不如死。战争摧毁了人们的生命和正常生活。此次战争虽然是安禄山、史思明等叛乱引起的，究其根本原因还是唐玄宗等统治集团的腐败昏聩。

杜甫的忠君思想是出了名的。但是，他并不认为皇帝就是一贯正确的、不可批评纠正的。他要"致君尧舜上"，就是想帮助皇帝从不贤明成为贤明的君主。他认为皇帝是会有失误的，所以说"恐君有遗失"，需要"谏净"。但是，杜甫经历了唐玄宗、唐肃宗两朝皇帝，他们的昏庸霸道、好大喜功、亲信奸佞、远逐贤臣、胡作非为、权欲熏心，使杜甫不再有早年的信心和期待。他开始知其不可为而不为之了，他不想再与这个朝廷有什么干系，他已离开权力中心，现在索性不想再做什么官了。他要求的是心灵的自由，不受外界的压力和束缚，更不愿再委屈自己为五斗米而折腰。于是他决心辞官离开了华州，带着全家走上一条漂泊不定的路。

那个时代的读书人，历来把做官当作稻粱谋，即使有政治抱负，生活也还是靠此维持的。不做官，像陶渊明那般退隐，是因为幸而在家乡有几亩薄田可以求温饱，但到了灾荒年还是会沦落到乞讨。杜甫的家人最多时有十口之多。对他来说，如果不是对朝廷、对仕途绝望，对官场的极端厌恶，甚至认为有些人比老虎还要凶恶，像这样事关一家人的生存，是不会轻易放弃官俸的。可见他是下了多大的决心！

　　往东回家乡无望，他就选择了往西比较偏僻但水土比较好的地方，希望开垦一点荒地养家。然而桃花源难寻。在后来的十一年间先后到过甘肃、四川以及荆楚等一二十个地方，除了在成都时间稍长一些，在老友严武的关照下，生活相对比较安逸，其他几乎都是临时短暂的居留，过得很艰辛。广德元年（763），朝廷召他回去任京兆府功曹，他都毅然拒绝不去。杜甫一生痛恨战争，然而发现现实是"战血流依旧，军声动至今"，几乎没有一处是安定和平的。他渴望化剑为犁，把那些刀剑兵器改铸成"农器"，让"一寸荒田牛得耕。牛尽耕，蚕亦成"。当他自己在天寒日暮，白头乱发垂过耳，手脚冻皴皮肉死，跟着养猴子的人一起在山谷拾橡栗，过着饥寒日啾啾的生活时，他最挂念的仍是百姓的不幸；当他知道处处都有人为了交纳租税而卖儿鬻女时，几乎痛心疾首。当他自己的茅屋顶的茅草被风雨卷走，他想到的是"安得广厦千万间，大庇天下寒士俱欢颜"，即使到那时，他自己的房屋"独破受冻死亦足"。

　　这就是一千多年前中国伟大诗人的胸怀，可敬的人道精神！

（原载《上海文学》2019年第6期）

斗士诚坚共抗流

◎叶兆言

一

"斗士诚坚共抗流"是鲁迅先生的诗句，在中学时代，它萦绕在心头，始终让我困惑，好像弄懂了，又不太明白。免不了望文生义，作为一名"文化大革命"时期中学生，鲁迅的作品，他的杂文和小说，他的旧体诗，几乎是当时唯一有点文学含量的东西。然而还是有太多的似懂非懂，太多的想当然，譬如他的《题三义塔》，其中"精禽梦觉仍衔石，斗士诚坚共抗流"，前半句容易理解，后半句一直迷糊。虽然也有注解帮忙，帮忙帮忙，有时候越帮越忙，越注解，越混乱。

为了便于回忆，容易解释，不妨先把鲁迅的全诗录下来：

奔霆飞熛歼人子，败井颓垣剩饿鸠。
偶值大心离火宅，终遗高塔念瀛洲。
精禽梦觉仍衔石，斗士诚坚共抗流。
度尽劫波兄弟在，相逢一笑泯恩仇。

很长时间，"共抗流"的"共"，我都是理解为共产党的"共"，当年的中学生竟然会那么幼稚，说起来可笑，却不足为奇。如果不这么理解，没办法解释下一联句的"度尽劫波兄弟在，相逢一笑泯恩仇"。"文化大革命"，流行斗争哲学，什么都可以阶级斗争。革命者都是斗士，鲁迅这首诗给了我们一些什么印象呢，按照当时逻辑，革命者，无产阶级，都站在反战的一边，而反动派，日本帝国主义，世界列强，包括国民党反动当局，又站在了另一边。"兄弟"是指全世界的无产者，全世界被压迫被剥削的人民，不愿意做奴隶的人们。

鲁迅的这首诗，并没选进中学教材，被选的是《友邦惊诧论》。根据当时解释，所谓"友邦"就是"国联"代表的那些帝国主义列强，它们和日本帝国主义一个鼻孔出气，鲁迅因此很愤怒，搁一起一顿痛骂。大先生的风格，向来是要骂一起骂，金猴奋起千钧棒，玉宇澄清万里埃，国民党政府，日本人，"国联"的英美法，都要骂，要扫除一切害人虫，全无敌。

不妨看看那个年代的注解，1976年江西大学图书馆编的《鲁迅诗歌选注》是这么写的：

中日人民应该意志坚定，共同抗击反动逆流。那么饿鸩虽死，也一定会像精卫鸟一样在中日人民心中复苏，填平日本统治者在两国人民间制造的鸿沟，唤起两国人民团结奋斗，夺取反法西斯战争的彻底胜利。这是作者写本诗的愿望。

尾联鲁迅以马列主义历史观高瞻远瞩预见到：经历了千难万阻，冲破惊涛骇浪，革命人民必将把共同的敌人——法西斯彻底消灭掉，到那世界人民会师日，什么恩呀仇呀统统置之一笑，那才会建立起牢不可破的兄弟般的革命情谊呢！

……

鲁迅用马列主义阶级观把日本统治阶级和日本人民区别开来，把世界被压迫人民视为兄弟，号召他们团结起来，为共同推翻一切剥削制度而斗争，这就再一次证明，鲁迅"不但是伟大的文学家而且是伟大的思想家和伟大的革命家。"

今天，中国人民已经推翻了三座大山，正在为彻底推翻资产阶级和一切剥削阶级，用无产阶级专政代替资产阶级专政，用社会主义战胜资本主义，为把我国建设成为强大的社会主义国家，为最终实现共产主义而奋斗。日本人民正在逐渐认清苏修和美帝两霸的真面目，鲁迅的愿望一定要在日本实现。正如一九七二年九月十八日伟大领袖毛主席为日本工人朋友题词说的："只要认真做到马克思、列宁主义的普遍真理与日本革命的具体实践相结合，日本革命的胜利就是毫无疑义的。"这一天是一定会到来的。

1977年出版的由临沂师专中文系编的《鲁迅诗歌注析》，这时候，"文化大革命"虽然已经结束，腔调还是差不多：

> "精禽梦觉仍衔石，斗士诚坚共抗流"，这一联运用革命浪漫主义手法，发挥丰富的想象，以神话传说中的精卫鸟为喻，激励中日两国人民团结一致，共同抗击法西斯逆流。这是作者写本诗的美好愿望。一九三三年二月，鲁迅在吊唁日本共产党员作家小林多喜二的电文中说，"中日两国人民群众亲如兄弟，资产阶级欺骗人民，用血在我们中间制造鸿沟，并且继续制造。但是无产阶级和它的先锋队正在用自己的血来消灭这道鸿沟"。

语境从来都很重要，我们常常会说时过境迁，所谓境迁，就是语言环境已不一样，在不同语境下，对世界的看法会发生变化。"斗士诚坚共抗流"的"共"，理解为共产党的共，当然是个幼稚可笑的错误。这很容易改正，问题在于鲁迅所说的"斗士"到底是谁，真说不太清楚。事实上，时至今日，我依然迷糊，很迷糊。诗无达诂，疑义相析，所能见到的更早一些注释，譬如张向天先生的《鲁迅旧诗笺注》，这本书由广东人民出版社出版，时间是1959年，关于"斗士"的注释直截了当。

> 【斗士】暗指序中的日本农人，也指当时为世界和平努力献身的日本反战人士。

斗士暗指日本"农人"有些牵强，为写这篇文章，特地查了周振甫先生的《鲁迅诗歌注》，这本书初版于1962年，后来又出过修订版。我对周先生做学问的认真态度一向佩服，可惜关于"斗士"二字，竟然没有一个货真价实的注。

鲁迅的《题三义塔》，不仅有小序，还有跋，"农人"最早出现在序文中：

> 三义塔者，中国上海闸北三义里遗鸠埋骨之塔也，在日本，农人共建。

跋也不是很长：

西村博士于上海战后得丧家之鸠，持归养之，初亦相安，而终化去。建塔以藏，且征题咏，率成一律，聊答遒情云尔。一九三三年六月二十一日鲁迅并记。

周振甫关于这段掌故的注解非常清楚：

《鲁迅日记》1933年6月21日："为西村真琴博士书一横卷云：'奔霆飞焰歼人子……'"诗中"熛"作"焰"。西村真琴是个日本医生，一·二八事变中，他作为大阪每日新闻社医疗服务团团长来上海，在闸北三义里废墟中得一鸠，携归日本，与家中鸽子养在一起，不久死去，即埋于院子内，并立一碑，上刻"三义冢"。

冢上立碑称为塔，鸠就是鸽子。

二

上世纪八十年代末，一位日本记者采访，问我南京人怎么看待日本人。此前不久，一位中国台湾的朋友也问过类似问题。记不清当时是怎么回答，这个话题有些沉重，一时还真答不出来。

首先，我出生在南京，却并非土著。生活在一个讲吴语的圈子里，儿时从未听过本地人说当年日本人怎么样。周围小伙伴跟我一样，父母都不是南京人。我们所知道的就是电影银幕上的日本鬼子、《红灯记》、《地道战》、《地雷战》、《平原游击队》，它们是最初的教材。日本人给我们的印象，第一是坏，第二是蠢。

1974年中学毕业，进工厂当学徒。当时月薪十四元，下车间，政工组长叮嘱，所在小组有个四类分子，姓胡，以后不要喊师傅，他若有反动言论应该汇报。好在车间里的阶级斗争不强烈，大家都干活，四类分子也一样，一样说笑，一样吃女工豆腐。有一天说起解放前，说小日本曾用糖果哄过他们。这是我有记忆以来，第一次听说南京人说日本人，说用糖果哄小孩。直觉就是有点反动，很反动，当然，还不至于要把这事去汇报，只是在心里想，难怪会是四类分子，竟然吃过小鬼子的糖果。

在工厂干了四年，直到上大学才离开。这期间，没接触到任何有关大屠杀的文字，对南京的这段历史一无所知。我的一名中学同学父亲是国军少将，出身黄埔，参加过南京保卫战。我们因为他是国军，虽然起义成了共军，成了军事院校的教官，也仍然不太把他当回事。他知道大家有些轻视，不把他放在眼里，因此很认真地对我们说：

"蒋公打不过共产党，这是对的，说他不抗日，恐怕也不完全正确。"

同学父亲参加了八一三淞沪抗战，从上海一直退到南京，在南京死守，最后凭借两个粪桶，绑在一起，渡江逃了一条命。太多的战友都死了，作为幸存者，他说八年抗战，整整八年，自己一直都在玩命和日本人对抗，真枪实弹，身边的人一个接一个战死了，怎么能说他们不抗日？

在很长时间里，南京保卫战和南京大屠杀，仿佛根本不存在。读大学后，开始阅读各级政协出版的文史资料，里面有大量回忆文章，开始知道不少没听说过的故事，接触很多与南京大屠杀有关的文字。对于当时历史真相，终于有比较全面的了解，终于明白，关于南京大屠杀的前前后后，很多人不是像我们小时候一样什么都不知道，就是从媒体上略知一点皮毛，然后自以为是地胡说八道。胡说八道是对逝者的最大不敬，抗日战争的悲壮，南京保卫战的惨烈，前所未有，把被俘将士被杀说成孱弱，把市民不反抗说成麻木，不止是无知，而且非常恶毒。

因为大量阅读，对鲁迅的旧诗《题三义塔》，有了新认识，对那位向鲁迅索诗的日本友人西村真琴，也有了比较全面的了解。西村博士比鲁迅小两岁，比周作人大一岁，基本上可以算作同龄人。他们经历相似，在孩童时期，经历了中日甲午之战，然后又目睹了庚子事变，目睹了日俄战争。都是旁观者，都到过对方的国家，都在对方国家生活过，都熟悉对方国情。都是学医出身，最后都放弃了做医生，周振甫注释说他是位行医的医生，并不准确。

没有1931年的"九一八"，就不会有1932年的第一次"一·二八"淞沪抗战。同样，没有1937年的七七事变，也不会有发生在同一年的第二次八一三淞沪抗战。因果关系显而易见，想阻挡也阻挡不了。第一次淞沪抗战结束，西村率医疗服务团来到上海，在战火焚毁的闸北三义里，看到一只饿昏的鸽子。他救下了这只鸽子，把它带回日本精心饲养，给它起名为"三义"，还找了一只日本鸽子做伴侣，希望它们能繁衍后代。结果非常遗憾，"三义"第二年便客死他乡。西村在附近农人帮助下，在自己住宅院内，为它建了一座坟墓，立了墓碑，碑上刻"三义冢"三个字，背面写着"此处葬三义鸠之灵，哀哉"。

这以后，西村致信鲁迅，并附一幅《小鸠三义之图》，图中又有和歌一首：

> 地处各西东，
> 小鸽子们啊，
> 生活在一个窝笼。
> 父母之邦不相同，
> 相互亲善乐融融。

> 回大阪后，（三义鸽）与日本鸽同舍共居，见其亲睦之姿态，感而咏之。

一九三三年二月九日

说起中日的恩仇历史，"亲善"二字，作为被侵略被欺凌的一方，中国人绝对不认同。然而通过鲁迅和西村的交往，却不难体会双方当时的反战之心。事实难免是一厢情愿，"历尽劫波兄弟在，相逢一笑泯恩仇"，恩仇一词很耐人咀嚼，要认真分析，可以仔细品味。恩仇并不是指恩和仇，这个汉语是有重点的，所谓偏正词汇，恩在此处是定语，是修饰词，它的中心语是"仇"，说是恩仇，其实只有仇，只剩下仇。换句话说，恩也用不着记，也无所谓报，关键是要泯灭心中的仇恨火种。

历史发展常常不以人的意志为转移，用文学的眼光看，"三义鸠"客死他乡，充满了一种不祥的暗示。黑云压城城欲摧，善良的愿望有时候十分可笑，非常脆弱，根本不堪一击。细读鲁迅的《题三义塔》，让人最为感慨，不是精禽仍衔石，也不是斗士共抗流，更不是相逢一笑，泯灭了恩仇，而是必须不得不度尽的"劫波"。

关于劫波的解释，查一下百度便可以搞定。专业的说法有些吓人，所谓劫波，是个外来词，梵语的音译，佛教中的时间概念，有大、中、小劫之分。一小劫是很多很多年，大约1679.8万年，二十小劫等于一中劫，八十中劫为一大劫，数目多得让人没办法想象。非要按照这个字面来解释，就是说要想度尽劫波，真比登天还难。

还是周振甫注释简明扼要，"世界从成就到毁灭为劫"，并引佛学词典《祖庭事苑》上的句子，"日月岁数谓之时，成住坏空谓之劫"。当然，这注释不过是看起来简明和扼要，非要搞明白什么"成住坏空"，也不是件很容易的事，要下一番功夫才行。

鲁迅先生逝世于1936年10月，一年以后，上海再次成为血肉横飞的战场，这时候的中日大战，规模之大，伤亡人数之多，远远超过五年前的一二八淞沪抗战，远远超过四十二年前的甲午之战。很难设想，如果鲁迅还健在，他会为我们留下什么样的文字。

鲁迅的独生子周海婴，那时候只有八岁，还没到可以当兵的年龄。日本的西村先生有三个儿子，无一例外地都卷入到了战火之中，有两个儿子死于战场。一男附书至，二男新战死，战争一旦真爆发，很多事情便难以避免。子弹不会长眼睛，结果就是存者且偷生，死者长已矣。十万青年十万军，我的父亲便差一点参加青年军，朱自清先生的长子朱迈先，田汉先生的长子田海男，都是在当时参加了国军。

战争是人类历史上最大的不幸，日本军队穷兵黩武，给亚洲人民带来了巨大灾难。西村先生幸存的那个儿子叫西村晃，参加了随时准备玉碎的敢死队，在1945年8月14日那一天，本该轮到他去执行飞行任务，因为大雾而被迫放弃。第二天，日本宣布投降了，他总算有幸活了下来。

再以后，西村晃成了电影明星，主演过很多有名的电影。对于中国人来说，大家可能最熟悉的，只是扮演《追捕》中大反派长冈，一个为人心狠手辣的制药株式会社总经理，事件的幕后主使，虽然是配角，却演得出神入化，给观众留下很深刻印象。与父亲一样，他后来成为一个和平主义者，反对日中再次对抗，是日中不再战的坚定拥护者。

说起中日友好，鲁迅与西村交往的这段佳话，经常还会被提起。当时的珍贵手迹应该不在了，信息发达的今天，如果有，早就被人发掘出来。但是"三义冢"还在，起码是上世纪的八十年代还存在。西村的大女儿1912年出生在中国东北，"三义冢"则是在二女儿家院子里，晚年的西村和二女儿住一起，西村和二女儿离世，二女儿的女儿和子继续居住在这。因为房子是租的，后来搬家，便将"三义冢"搬进新宅院。大阪的市府曾经动员，要她把"三义冢"迁往公园，作为公共资源供大家参观，和子没有同意。

三

鲁迅先生留学日本，有许多日本友人，喜欢日本文化。与内山完造先生相比，与山本初枝女士相比，与增田涉先生相比，西村显然算不上鲁迅特别熟悉的朋友，他们之间的关系肯定很一般。西村向鲁迅索诗题咏，更像是中国古代文化人之间那种普通交往，由此也可见到一个日本人对中国文化的热爱。

好几年前，为了纪念中日建交四十年，南京一位在媒体工作的年轻人，发现一段不一样的史料。1937年日本军人占领南京期间，有位日本士兵在偷偷给一个南京婴儿送奶粉。在大屠杀横尸遍野的背景下，这个故事有着别样意蕴。主管领导很重视，觉得可以进一步挖掘，可是后来不得不放弃了，因为此前一直友好的中日关系，正在发生微妙变化，或者说已经发生了重大变化，这样的史料明显不合时宜。

2012年9月28日，日本《朝日新闻》以邮递问卷和面谈的方式，实施民调。结果发现中日民间对立情绪高涨，被调查的83%中国民众，90%的日本民众，认为中日关系不好。这个调查结果，让希望中日保持友好的人士非常失望，为什么会这样，三言两语说不清楚。

请注意2012年9月28日的时间节点，四十年前这一天，也就是1972年的9月28日，周恩来与日本国内阁总理大臣田中角荣，在北京进行了最后一轮会谈。此前一天，毛泽东在中南海会见了田中角荣，进行了认真和友好的谈话。此后一天，9月29日，签署《中华人民共和国政府与日本国政府联合声明》，宣布从即日起建立大使级外交关系。

中日关系的发展和变化，不是普通老百姓所能左右。战争是人类的浩劫，能躲过这一劫是幸运的，然而由于历史的原因，相逢一笑泯恩仇，又谈何容易。《朝日新闻》的民调难免让人沮丧，为什么只有5%的日本人觉得中日关系是良好？这个数字远远低于中国人，当然，觉得中日关系良好的中国人也不多，只有14%。

这是2012年的民调，现在又怎么样呢，大概也不能太乐观。我们不能不相信民调，也不能太把民调当回事。回顾历史，鲁迅和西村生前，如果进行民调，恐怕会是100%的不友好，不仅不友好，相互敌视到了极致。日本发动了战争机器，疯狂碾压亚洲大地，给别人也给自己带来了惨痛恶果。

现实不乐观，前景并不一定悲哀。太乐观是不对的，一点也不乐观，也是不对的。中国古人相信，前事不忘，后事之师，吃了一堑，会长一智。毫无疑问，鲁迅诗中的"斗士"，应该是反战的前贤，在人数上可能不一定多，或者说一定是少，但是"精禽梦觉仍衔石"，无论劫波多么漫长，无论愚昧多么得势，人类将越来越文明，越来越理智，要求和平的愿望，对战争的唾弃，终究不可阻挡。

2019年8月13日　三汊河

（原载《腾讯·大家》2019年8月19日）

八国联军袭来前后

◎王彬彬

一

　　义和拳起自山东，本来是民间邪教一类组织。如果官府厉行弹压，应该也成不了大气候。但因为权贵阶层中一些人将其作为排外的工具，终于酿成奇祸。李剑农在《中国近百年政治史（1840—1926）》中说，企图借助义和拳抵抗、消灭洋人者，最初是李秉衡、毓贤；继而有廷雍、裕禄；最后是刚毅、载漪而达于西太后。光绪乙未年（1895），李秉衡任山东巡抚，山东有大刀会仇视西方宗教，李秉衡便很奖许他们。后来，大刀会杀了两名德国传教士，这也是德国占据胶州湾的起因。德国政府并且要求清廷将李秉衡革职。李离任后，继任山东巡抚者是张汝梅。1899年春，张汝梅离任，毓贤继之。毓贤此前曾任山东曹州知府、山东藩司，本就是李秉衡的亲信；在对待洋人和对待大刀会、义和拳这类极端仇洋的民间组织的态度上，毓贤与李秉衡完全一致。当了巡抚后，毓贤继承李秉衡的做法，对这类组织劝勉奖励。朱红灯们自称"义和拳"，毓贤则以官府名义贴出告示，改称为"义和团"。所以，"义和团"这称号，实际出自当时的山东巡抚毓贤之口。既然受到巡抚衙门这般宠爱，朱红灯们便"树毓字旗，杀教民，焚教堂"。杀传教士，杀中国信洋教者，焚毁教堂，自然引起西方驻华使节的关注。法国公使向清廷责问，清廷便召毓贤入京，而以袁世凯代之。在对待义和团的问题上，袁世凯与李秉衡、毓贤态度截然相反，厉行剿灭。于是。团首朱红灯被官府捕杀，而山东的拳众则逃往直隶（河北）去了。可以说，义和团之所以终成燎原之势，首先要归因于李秉衡、毓贤在山东巡抚任上时的鼓励、纵容、诱掖奖劝。1900年二三月间，拳乱便在直隶蔓延。当时的直隶吴桥县令劳乃宣（后撰《义和拳教门源流考》《拳案杂存》《庚子奉禁义和拳汇录》等）在自己的治内严禁义和团的传习，并上书直隶总督裕禄，建议对义和团采取厉禁政策。裕禄将劳乃宣的信交给臬司廷雍和藩司廷杰处置。廷杰嫌烦而置之不理。廷雍则早与拳党声息相通、联为一气。于是，劳乃宣的忧心如焚，便无人理睬。很快，总督裕禄也赞许、支持拳团。这样，到了三四月间，拳乱便蔓延直隶各县了。李剑农指出，拳乱在直隶的发生、发展，首先是因为廷雍、裕禄的同情、宽纵和勉励。如果说拳团如野火，从山东烧到直隶后，作为地方政要和封疆大吏的廷雍、裕禄，则使劲地往这野火上浇油。

毓贤从山东到北京后，在端王载漪（其子溥㑺已立为皇储）、大学士刚毅等人面前极尽称颂义和团之能事。他向载漪、刚毅等人保证：义和团十分忠勇可靠，完全能够赖以剿灭洋人，一吐长期受列强欺侮之怨气。载漪、刚毅闻言欢喜异常，立即将喜讯禀告西太后。西太后听了自然万分兴奋，而毓贤也因此得授山西巡抚。受到廷雍、裕禄宠信的拳团此时已经在直隶各处大肆杀教民、焚教堂、毁铁路了。西太后此时还能严下谕旨，严令拿办胡作非为的拳团，但一面又派刚毅和刑部尚书赵舒翘等下去了解拳团实情。据李剑农的说法，赵舒翘实地考察后，明白拳团不过是游民痞棍，完全不足信托。但他同时明白西太后内心是希望拳团果如毓贤所言的，于是便像西太后所希望的那样禀告了西太后：义和团果真是忠勇可靠的义民。至于刚毅，西太后本来就是听了载漪和他的报告，才知道拳团忠勇可靠，才希望拳团忠勇可靠。奉旨考察后，刚毅当然不会否定先前的说法。刚毅不但仍然在西太后面前极力赞美义和团，还和载漪一起，主动邀请义和团进入北京，这便是义和团在1900年6月蝗虫般涌进北京的原因。[1]

义和团开始进京后，西太后慈禧短时间内召开了四次御前会议，讨论如何对待义和团。结果，反对借助义和团排外、认为义和团不过乌合之众者，都招来杀身之祸。西太后决定依靠义和团一举打垮列强，将洋人彻底赶出中国，于是，以朝廷的名义下达宣战诏书，同时向英、美、法、德、日、俄等十一国宣战。为了鼓励义和团奋勇抗敌，西太后称之为"义民"，并"颁赏义和团银十万两"。[2]受到西太后的奖赏、激励，义和团于是在北京大大地干了一场。

---

① 李剑农：《中国近百年政治史（1840—1926）》，复旦大学出版社2007年版，第180页。

② 中国社会科学院近代史研究所编：《庚子记事》，知识产权出版社2013年版，第11页。

西太后慈禧本来是希望义和团能抵御、消灭列强派来的军队的。但实际上，义和团根本谈不上与八国联军对抗。美国学者柯文在《历史三调：作为事件、经历和神话的义和团》一书中说："8月14日，联军进入北京城。到了这时，大多数义和团抛弃武器，脱掉能表明身份的红色（或黄色）服装，回到了老百姓中间。8月15日清晨，慈禧太后、光绪皇帝及朝中一大批大臣化装成老百姓，在军队的武装护卫下向西踏上了逃亡之路。"[1]柯文说联军进城后，义和团便改装易服而溃散。实际上，真实的情况是，联军尚未进城，只是风闻即将袭来，绝大多数"义民"便逃之夭夭了。

二

义和团进京后，主要干两件事，一是烧，一是杀。烧，首先是烧教堂和教民之家，其次是烧卖洋货的店铺。至于杀，首先是杀洋人，其次是杀信奉洋教的中国人，甚至仅仅使用洋货者，也在劫难逃。这两件事，有时又是一件事，因为烧往往就同时是杀。

中国社会科学院近代史研究所《近代史资料》编译室主编之"近代史资料专刊"《庚子记事》，收录了仲芳氏所著《庚子记事》、杨典诰所著《庚子大事记》、华学澜所著《庚子日记》等史料。据"编者按"，仲芳氏所著《庚子记事》，原稿本分上、下两册，上册题名《庚子五月义和团进京逐日见闻记略》，从庚子五月起，迄于七月二十日，记述义和团运动中的北京情形；下册题名《洋兵进京逐日见闻记略》，起于七月二十一日，迄于辛丑年（1901）十一月二十八日，记述八国联军入侵后北京情形。据原稿序知成书于辛丑年十二月。作者字仲芳，居于宣武门外椿树胡同二巷，真实姓名不详。书中日期当然都是阴历。仲芳氏在上册中说，五月十五日，"义和团纷纷进城"。这一天，仲芳氏亲见大队义和团进城便有十数起。这一天，仲芳氏目睹了义和团团民烧杀南西门内姚家井信奉洋教的吕姓全家。义和团并非胡乱烧杀，其行动过程有很强的仪

---

① ［美］柯文：《历史三调：作为事件、经历和神话的义和团》，杜维东译，社会科学文献出版社2015年版，第58页。

式感。据仲芳氏所见，点火前，众团民面向东南，躬身而口诵咒语，这是在请神灵附身，名曰"上法"。"上法"之后，团民立即形色改变，拧眉瞪目，声音喘呼，作万分愤怒状。这时候，他们已经不是原来的他们，而成了那请来附体的神，关云长、张翼德、岳飞、孙悟空、猪八戒等。这样还不能马上放火，还要手执宝剑或手掐剑诀，向前后左右非教民之家四面指画，说这样便把火路封住了，不会延烧到并不信洋教的无辜人家。这样把火路封住后，也还不能马上放火。这时候，团众每人举着一股点燃的高香，在决定焚烧的房屋前一齐跪下，周围若有看热闹者，也须同样跪下，如果不跪，那就是信洋教的"二毛子"，在杀戮之列，故无人敢不跪。跪下的团众手举香火，叩头碰地，口中念念有词，似念咒语，然后一齐将手中之香向房内抛掷，于是立即燃起大火。火起后，拳团不许人扑救，必待其燃尽自息方休，如有扑救者，即是信洋教者的同党，立即捕获处死。拳团称信奉洋教者为"二毛子"，"哄言在教之人，头顶皮内暗有十字，团民一望即知，视如杀父深仇，众团民枪刀齐下，即时杀毙，无人敢为掩埋，竟为猪犬所食，惨不可言"①。

仲芳氏说，五月十七日，义和团将西城根魏姓信洋教者房二所、数十间焚烧，"擒杀男妇数人"。又把八面槽、双旗杆等处的教堂、西医院、讲经堂烧掉。到夜间，团众手持点燃的高香，"百十成群在各胡同喊嚷"，命令家家必须向东南方烧香，特别禁止向街上泼倒脏水，说这样便亵渎了神路。又哄传各家不准存留外国洋货，无论巨细，都须自行砸抛，如违抗义和团命令，存留洋货，一经搜出，则视同"二毛子"，房烧毁，人杀毙。其时的北京人民，谁家没点洋货，弃之可惜，留又不敢，于是人人不安，家家惶恐，整个北京城当然都陷入恐怖之中。②

庚子年五月二十日，义和团焚烧北京前门外大栅栏老德记大药房。这是一家老字号的西药房，属"洋货"之列。义和团在北京的几月间，放了无数把火，前门外大栅栏的这场场火烧得特别有气势，因而也属特别著名者。拳团放火前，要用宝剑指指画画，封住火路，不令殃及无辜。这当然是扯淡。如果大

---

① 中国社会科学院近代史研究所编：《庚子记事》，知识产权出版社2013年版，第4页。

② 中国社会科学院近代史研究所编：《庚子记事》，知识产权出版社2013年版，第5页。

火真的听从了命令，那一定是事先做了手脚。反正阴历五月二十日前门外大栅栏的这场火，没有听从拳团命令。大火从老德记大药房向别处延烧，先是由大药房延及庆和园戏楼、齐家胡同、观音寺、杨梅竹斜街、煤市街、煤市桥、纸巷子、廊房头条、廊房二条、廊房三条、门框胡同、镐家胡同、三府菜园、排子胡同、珠宝市、粮食店、西河沿、前门大街、前门桥头、前门正门箭楼、东荷包巷、西荷包巷、西月墙、西城根。火又由城墙烧入城内，延烧东交民巷西口牌楼，并附近铺户数家。这场火，从五月二十日清晨烧起，烧到次日天亮方息，整整烧了一天一夜。按地面官保甲牌，约略烧毁铺户一千八百余家，大小房屋七千余间。幸而火起于白昼，人还能够逃脱，伤人不多。义和团在老德记点火时，喝令四邻焚香叩首，不可惊乱。大火烧及别处时，团众又不准扑救，仍令各家焚香，声言可保无虞，无须自生慌乱。等到大火在邻近铺户烈焰腾空、不可挽救时，放火和不准救火之团众，已趁乱逃遁。如果拳团不禁止四邻抢救财物，那在老德记药房火起时，相邻各铺户还可把比较值钱之货物抢挪到安全处。无奈拳团保证没事、不准抢挪，只好眼睁睁看着家中财物化为灰烬。仲芳氏写道："计其所烧之地，凡天下各国，中华各省，金银珠宝、古玩玉器、绸缎估衣、钟表玩物、饭庄饭馆、烟馆戏园无不毕集其中。京师之精华，尽在于此；热闹繁华，莫过于此。今遭此奇灾，一旦而尽。"①

　　杨典诰的《庚子大事记》，记叙了庚子二月至七月三十日的京城情形，日期当然也是阴历。杨典浩也以较多篇幅记述了五月二十日起自前门外大栅栏老德记大药房的那场大火。又说，自五月十六日始，京师城内两翼地面，城外五城地面，所有教堂和教民住户房产，焚毁殆尽。每天都有教民被杀。很耐人寻味的，是这样的叙述：

　　　　且有自投罗网者，常见奉教妇女途行时，遇义和团即跪下，率被拉去斩之。②

---

　　① 中国社会科学院近代史研究所编：《庚子记事》，知识产权出版社2013年版，第6—7页。

　　② 中国社会科学院近代史研究所编：《庚子记事》，知识产权出版社2013年版，第76页。

义和团浩浩荡荡开进北京后，北京人民家有洋货者，哪怕只有一枚洋钉，都可能遭殃。杨典诰在《庚子大事记》中记述道："自教堂教产烧毕后，所有城内外凡沾洋字各铺所储洋货，尽行毁坏，或令贫民掠取一空。并令住户人等，不得收藏洋货，燃点洋灯。于是家家将煤油或箱或桶泼之于街。又传言杀尽教民后，将读洋书之学生，一律除去。于是学生仓皇失措，所有藏洋书之家，悉将书付之一炬。"[1]

而义和团鉴别一个人是否是信奉洋教的"二毛子"的方式，是焚烧一张黄表纸，如果纸灰上升，则不是"二毛子"；如果纸灰不起，则是"二毛子"，必死无疑。而纸灰是否上升，取决于纸的质地和焚烧时的天气。一个并非教民的人，被认定为"二毛子"从而死于乱刀之下的概率太大了，所以人人都有理由恐怖。只要是"二毛子"，便必须惨死，这没有任何商量的余地。那些本身确实是"二毛子"的人，内心的恐惧就更为强烈了，女性一般恐惧更甚。女性洋教徒，见了义和团，不待盘查、鞫讯，就主动跪下，那是内心巨大的恐惧使他们不由自主地有了如此举动。

义和团杀人，并非简单处死了事。包士杰所辑的《拳时北堂围困》中说，义和团进京后，老少扯旗，旗帜上都是"替天行道，保清灭洋"等语。对天主教和耶稣教徒都不放过，"俱以乱刀剁之，后又开膛，其心肝五脏俱同猪羊一样，尸身任其暴露，犬鸟嘬吃，目不忍观。天桥坛根一带尸横遍野，血肉模糊"[2]。

义和团立誓灭洋。然北京洋人寥寥可数，而天下洋人无穷无尽，倘若列强遣兵来华，如何应对？有人曾就此问题与义和团有过一番对话：

> 或问义和团既系与国除害，洵为义举，自必杀尽洋人教民，烧尽教堂洋楼而后已。然在京居住之洋人有限，各埠各国之洋人无穷，倘各国调兵前来报复，为之奈何。团民答云："不妨，京中之洋人与二毛子指日就可灭绝，然后先至天津、上海烧尽洋房，杀净洋人。再分队驰赴各国埽平巢

---

① 中国社会科学院近代史研究所编：《庚子记事》，知识产权出版社2013年版，第80页。

② 中国社会科学院近代史研究所编：《义和团史料》（下），知识产权出版社2013年版，第629页。

穴。直待九月间，便可斩草除根，天下太平矣。若恐洋人调兵来京，更不足虑。洋兵航海而来，必坐轮船，只须大师兄向海中念咒，用手一指，兵船不能前进，即在海中自焚，有何惧哉。若由旱路而来，避住彼之枪炮，众团一拥齐上，手到擒来，更不足虑矣。"①

三

义和团杀洋人、烧教堂、毁铁路，当然会引起列强的注意和干预。于是，各国军队组成的联军在天津大沽海面集结。当时的俄国《新边疆》报记者德米特里·扬契维茨基，作为随军记者，参与了八国联军进军中国的全过程，后来写了《八国联军目击记》。八国联军首先攻陷天津的大沽炮台，然后攻占天津，再由天津进入北京。

扬契维茨基在《八国联军目击记》中记述了联军攻打大沽炮台的情形：

所有军舰都烧好了蒸汽，大炮都装上了炮弹……

新炮台上闪了一下火光。大炮轰隆一声，炮弹隆隆掠过"基立亚克人"号上空。各个炮台火光迸发。一发发炮弹接连不断掠过军舰上空。我方的军舰发出作战警报。"海狸"号首先发出警报，接着，"基立亚克人"号、"朝鲜人"号和"阿尔杰林"号也发出火光信号回答。

从"基立亚克人"号到最近的西北炮台的距离为七百俄丈，距最远的新炮台为一千二百俄丈。一批炮弹非常准确地飞过各军舰上空，但没有一艘挨揍。这可以认为是：中国大炮对准的是海水满潮时的军舰，而在战斗开始时刚好碰到退潮，军舰的位置低下去了，因而炮弹越过了目标。②

---

① 中国社会科学院近代史研究所编：《庚子记事》，知识产权出版社2013年版，第8页。

② ［俄］德米特里·扬契维茨基：《八国联军目击记》，福建人民出版社1983年版，第150—151页。

原来，联军的军舰早就停泊在大沽海面。双方有过谈判。联军希望中国方面主动交出炮台，这样可避免战斗。在谈判期间，炮台的炮口当然已然瞄准联军的舰只。如果此时开炮，可能发发命中。但等到谈判破裂，炮战开始，海上已退潮，而岸上并没有调整瞄准角度，仍然朝着原来的目标位置开炮，也就只能"准确"地穿过敌舰上空，而无一命中敌舰了。

联军占领天津后，战地记者扬契维茨基在街头漫步。他看见，中国平民的房屋被圆形炮弹打穿，屋顶、墙壁和围墙上都是榴霰弹爆炸造成的洞眼。一路上都可看到死于炮弹片或子弹的平民的尸体，"没有人来收尸，只有苍蝇、狗和猪来光顾他们"。扬契维茨基记述道："中国人在我走过的时候弯腰鞠躬并出示用麻布或白纸做的白旗。"扬契维茨基看到，所有的房子上都悬挂着白旗，而大部分白旗中间有个红色圆心，这是日本的太阳旗。一般的全白的旗子上，用毛笔写着两个字："顺民"。而太阳旗上则写着："大日本顺民"。扬契维茨基认为，中国人之所以大多数悬挂日本的太阳旗，有两个原因。一是数年前的中日战争"引起的对日本的恐惧是极大的"；另一个原因，是日本人早就准备好了大量国旗，在天津，每占领一个街坊，便立即将日本国旗发给民众。①所谓数前年的中日战争，是指中日甲午海战了。说因为五年前中国在海上败给日本，所以八国联军入侵后，天津人民争挂日本太阳旗，当然也说得通，但我以为，天津人多挂太阳旗，主要还是因为联军中的日本军队事先准备了数量充足的太阳旗，进入天津后便到处发放。于此亦可见日本人的心思有多么细密。

中国人的有关著述，也写到了八国联军进占天津后的情形。天津义和团有两大首领，一是曹福田，一是张德成。张德成本是一船夫。刘孟扬在《天津拳匪变乱纪事》中说，义和团运动兴起后，张德成在静海县独流镇设坛，成为拳众领袖。后率众进入天津，"气焰颇盛，称天下第一团。张谓城内有奸细，随即焚烧民房数处，谕众人曰：'吾在城内安坛，管保城内平安，永不见炮弹。'于是馈送大饼者，不乏其人。"②联军进占天津后，"日本军据东城，招津民各携白旗，前往签字，有写大日本西顾人者。亦有写大日本帝国户人者。亦有写顺民

---

① [俄] 德米特里·扬契维茨基：《八国联军目击记》，福建人民出版社1983年版，第243页。

② 中国近代史资料丛刊《义和团》（二），上海人民出版社、上海书店出版社2000年版，第26页。

良民者。由是各家门首，皆插白旗，行人亦各持白旗焉。各街口皆有洋兵把守，华民身无兵器无红布者，随便行走，绝不伤害。北浮桥口，大德福米铺被抢，抬米扛面者、络绎于途。乐壶洞内各铺，亦陆续被抢，洋人并不拦阻，若一慌跑，即开枪轰击，有被击死者，裕禄及道府县皆逃走，惟看守银钱所李竟成未逃，匪首张德成，持顺民旗出北门而逃，庞某挑水筲一对而遁，其余各匪首亦易装而逃"①。联军进占天津后，许多店铺被抢。抢劫者是中国人，并非联军，联军只是不加阻拦而已。而"天下第一团"团主张德成，则手持顺民旗出北门逃遁，其余各首领也换下义和团"团服"，仓皇逃窜了。

张德成从天津逃脱后，并未金盆洗手，而是招集旧部，仍旧横行乡里。"每率众拳匪向各号讹索银钱"。张德成向商号勒索银钱，并非小数，或数百两，或数千两不等。商号如若不从，则被指为奸细，必遭"焚杀抢掠"。每到一处，必令该处居民以八抬大轿迎接。某日，张德成窜至一个叫王家口的地方。王家口乃一小村镇，并无巨绅显宦。关帝庙里有用来抬关帝像出巡之绿轿，村民便用以抬张德成。而张"即以关帝庙为行台，踞坐其中，而谕众绅商勒派银钱粮米。乃竟触动该处公愤，齐将张德成设谋杀戮，洋枪刀械，并用兼施，尸体尽碎，闻者快之。而崇信拳匪者犹曰，张老师未死，用分身法走矣"②。王家口人之所以敢于将"天下第一团"的团主杀戮并碎尸，当然因为知道义和团气数已尽，当义和团正鼎盛时，是决不敢的。

联军进占天津后，义和团团众，有的逃走了；有的则留下，摇身一变，成了洋人的奴仆、打手。刘孟扬在《天津拳匪变乱纪事》中说：

　　天津所设之华巡捕，内有曾充拳匪者甚多，从前仇视洋人，此刻又乐为之用，殊属可笑。③

联军要维持天津秩序，必须以华人为巡捕。而许多本来万分仇视洋人、以灭绝

---

① 中国近代史资料丛刊《义和团》（二），上海人民出版社、上海书店出版社2000年版，第41—42页。

② 中国近代史资料丛刊《义和团》（二），上海人民出版社、上海书店出版社2000年版，第50页。

③ 中国近代史资料丛刊《义和团》（二），上海人民出版社、上海书店出版社2000年版，第55页。

洋人为职志的义和团团民，又应洋人之招而当上巡捕，充当洋人治理天津的工具。

还有人从联军那里赚点小钱。进占天津的联军，"日美兵最平和"，而德法俄三国兵则奸污妇女、抢掠财物：

> 其所得衣服珍贵物，悉以置城头，而贫民觑之，群搜鸡子酒肉等与易，有因而获利者，贫民无耻，良可恨人。①

用鸡鸭酒肉换洋兵从同胞那里抢来的"衣服珍贵物"，当然有赚头。洋兵毕竟不懂得中国的"衣服珍贵物"的价值。

四

联军的目的地是北京。

扬契维茨基在《八国联军目击记》中说："在一九〇〇年直隶战役的整个期间，从围攻天津直至攻打北京，俄军和日军始终是作战的主力军，他们为这支联军远征队伍挑起了整副重担，掌握了作战行动的统筹与指挥的大局，并以其战绩决定了这支远征军的战果。"②又说："北京是由两个忠实的盟军——俄军和日军，用血汗攻克下来的。"③这让我们知道，在1900年的那场列强欺侮中国的行动中，俄国和日本两个国家起了主要作用。联军进入北京，于是："朝廷和人民逃离京都，显得如此慌张，如此意外，如此混乱，甚至他们只顾逃命，不顾钱财了。富家和穷家，宫廷和衙门，商店和庙宇，所有这一切，连同他们的财物：白银、衣料、丝绸和毛皮、珍珠和名贵花瓶，全部都被抛弃。宫廷匆忙出逃，连路上吃的东西、坐的轿子、穿的衣服都没有带足。据闻，宫廷向西逃往陕西省，途中颇受饥寒之苦，因为沿途城乡居民听说朝廷逃跑了，所以也纷纷

---

① 中国近代史资料丛刊《义和团》（二），上海人民出版社、上海书店出版社2000年版，第70页。

② ［俄］德米特里·扬契维茨基：《八国联军目击记》，福建人民出版社1983年版，第285页。

③ ［俄］德米特里·扬契维茨基：《八国联军目击记》，福建人民出版社1983年版，第332页。

逃亡。"①

这是随军记者扬契维茨基的观察。这个外国记者看到的其实还是表面现象。

扬契维茨基说："从天津到北京，距离一百二十俄里，行军十天，沿途发生两次战斗，一次在北仓，一次在杨村。"②这说明一路走得很顺利，并未遇上强劲的阻拦。在北仓也好，在杨村也好，联军都是与中国的正规军作战。那漫山遍野的义和团并没有来消灭找上门来的洋人。

扬契维茨基没有看到的是，麇集在北京的义和团，在风闻洋兵要来时，便开始溃散了。仲芳氏在《庚子记事》中说，七月初十日，杨村被洋人占据、直隶总督自缢而死的消息传到北京，于是"民心震动"。十二日，又哄传洋人占领河西坞。到了十三日，北京城里便人人面带仓皇之色，而从外州县各村庄涌进京城的义和团，"多有乘机卷旗私遁"。从周边乡村高举"保清灭洋"大旗开进北京的义和团，听说洋兵果真来了，便卷起旗子开溜，于是，北京城里"不似往日到处俱是团民。皆因外信紧急遂多瓦解"③。十六日，风闻我军营垒尽多溃散，敌军直逼通州，于是北京城各城门关闭，人心则越发慌乱。而"外乡义和团纷纷逃窜，红布裹首之人，沿街顿觉减少大半"④。既然洋兵要打进北京了，自然就想家了。那乡间的家，是安全的。于是取下裹头红布，回家去也。好几个月了，在京城忙于"保清灭洋"，家中的田地禾苗、鸡猪牛羊、父母妻儿，也不知怎么样了。是时候该回乡了。

仲芳氏在《庚子记事》中说，七月十七日，从与联军交战的战场上溃散的兵勇，开始大量涌进北京城。过去北京城里到处都是耀武扬威的团众义民，现在北京城里触目皆见丧魂失魄的散兵溃勇。这当然使得人心惊乱。于是街巷行人稀少。而"各处义和团之坛，尽都拔旗拆棚，掩门潜逃"⑤。前几天没走的义和团，现在得走了，赶紧的！十八日，涌进城的散兵溃勇和本来驻守城内的军

① ［俄］德米特里·扬契维茨基：《八国联军目击记》，福建人民出版社 1983 年版，第333—334 页。

② ［俄］德米特里·扬契维茨基：《八国联军目击记》，福建人民出版社 1983 年版，第332 页。

③ 中国社会科学院近代史研究所编：《庚子记事》，知识产权出版社 2013 年版，第22 页。

④ 中国社会科学院近代史研究所编：《庚子记事》，知识产权出版社 2013 年版，第23 页。

⑤ 中国社会科学院近代史研究所编：《庚子记事》，知识产权出版社 2013 年版，第23 页。

队肆行抢掠，"稍有抗拒者，即施械伤人，伤者死者甚多"①。这似乎透露了这样的消息：八国联军进入北京之际，许多中国人死了，但其中一部分，其实是死于中国的官兵之手。既然连官兵也在抢劫杀人了，那么：

> 义和团外乡之人，连夜逃遁，在京之人，改装易服。一日一夜之间，数十万团民踪迹全无，比来时尤觉迅速也。②

两月前，义和团意气风发、斗志昂扬地进入北京时，行动非常迅速。一眨眼间，北京城里到处都是团民。现如今，逃离北京城，行动更为迅速，半眨眼间，便消失得无踪无影。不过，并非所有的义和团团民都逃离了北京，也有一些人"改装易服"留在了北京。留下的团民，当然都成了联军治下的"顺民"。

阴历七月二十日（阳历8月14日），联军袭陷北京。仲芳氏目睹了敌兵袭来时北京城内的情形：

> 无论何路军勇，以及八旗满蒙汉旗绿各营兵丁，无不弃甲抛戈而逃。义和团自前日俱已逃遁罄净，踪影全无，偶有京中之人，或有一二处未及拆棚毁坛而逃者，一闻洋人兵到，亦皆抛掷家眷，抱头远飏。是以敌兵入城，毫无阻拦，洋人垂手而得京师，呜呼！都城竟沦陷矣。自义和团肇乱起事，至于今日京师失陷不及百日。古来叛乱，失家失国，未有如此之速，宁非天数乎！③

这里的"偶有京中之人"，应该指本是京中居民而加入了义和团者。从外地州县涌进京中的义和团团民，在前几日风闻洋兵要到，即已逃离北京了。本是京中居民者，还要观望一下。等到洋兵真的进城了，也赶紧丢下父母妻小，溜之乎大吉。

---

① 中国社会科学院近代史研究所编：《庚子记事》，知识产权出版社2013年版，第24页。
② 中国社会科学院近代史研究所编：《庚子记事》，知识产权出版社2013年版，第24页。
③ 中国社会科学院近代史研究所编：《庚子记事》，知识产权出版社2013年版，第25页。

联军来到北京时，并未遇到义和团抵抗。同天津人民一样，北京人民也以"顺民"的卑躬迎接联军。"城内日人所占领之界内各店铺，每家门首均悬挂'大日本顺民'等旗号"；"所遇华人，均手提一旗，上书'日本顺民'等字样。呜呼，惨矣！痛矣"。①门首挂一面"顺民旗"，已经够凄惨了。走在路上，还手持一面这样的旗子，那是何等难堪之事。北京人民也同天津人民一样，当"日本顺民"者居多，只能理解为确实是日本军队事先准备好了这种"顺民旗"，进城后要求百姓悬挂或携带。

京师地域广阔，八国联军占领着不同的区域。但挂"顺民旗"应该是普遍的现象。另一位杜姓人士在日记中也记述着联军进占后的北京情形："家家挂白旗，上书'顺民'二字。洋人满街行走，尚不伤人。"②陈恒庆在《清季野闻》中则说，联军进京后，他在北城，见家家户户都插着白旗，上写"顺民"二字。接着，陈恒庆说了这样一句意味深长的话："殆仿闯贼入京城之故事。"这让我们知道，当年李自成打进北京时，北京人民也是家家户户挂上白旗，上书"顺民"二字。李自成是本国人在内部造反，是从陕西打到京城的；八国联军是临时拼凑起来的洋人军队，是从海上打过来的。但对于北京人民来说，这种差别并不重要，只要是征服者，管他是谁，管他来自哪里，自己都是"顺民"。这位杜姓人士又说，等到北城归日本军队占领后，日本军队遂"传喻各户撤去'顺民'二字，涂一红日于旗心。搜查拳匪，数日乃罢，此后居民颇相安"③。日本人的心思就是特别缜密。挂着写有"顺民"二字的旗子，不如干脆把"顺民旗"变成日本国旗。挂"顺民旗"，意味着这里还是中国，"顺民"也还是中国的民，只不过臣服于外来侵略者而已。而家家户户挂上日本国旗，看起来这里便成了日本国土，而人民也变成了日本国民了。张廷骧在《不远复斋见闻杂志》中也说，七月二十一日（阴历），皇太后与景皇帝（光绪）"蒙尘西狩"，各国联军遂入城，京城颇受蹂躏，而"前所谓义和团者早已鼠窜兽散矣"。④所有

① 中国社会科学院近代史研究所编：《义和团史料》（上），知识产权出版社2013年版，第173—174页。

② 中国社会科学院近代史研究所编：《义和团史料》（下），知识产权出版社2013年版，第570页。

③ 中国社会科学院近代史研究所编：《义和团史料》（下），知识产权出版社2013年版，第639页。

④ 中国社会科学院近代史研究所编：《义和团史料》（下），知识产权出版社2013年版，第642页。

的资料都显示，在联军进入北京城时，义和团已跑光了。

洪寿山所撰《时事志略》第十五段"洋人破都城"，曰：

> 七月二十夜内，日本兵将登城。文武大臣影无踪，只剩一座空城。次日白旗满巷，皆与日本顺承，我等小民所当从，自古民顺天命。

"自古民顺天命"这说法，真令人唏嘘不已。所谓"顺民"，顺从的并非某个新来的统治者，而是不可抗拒的"天命"。既然是"天命"，便理当顺从。这真为自己在新的主人面前的奴颜婢膝找到了很好的借口。作者在这段顺口溜后面还写有这样的注释：

> 七月二十夜内，日本兵将上城，而白旗插于城上，宣武、朝阳、东直、安定、德胜各门大开，尽被洋人把守，任其洋人出入，而大清文武大小官员，尽皆隐匿无踪，而街市清肃异常，如空城也。二十一日，大小街巷门前，俱插白旗，上书"大日本帝国顺民"字样，我等小民，所当然也。自古以来，民顺天命，今亦然也。惟旗人与民不同耳。今我国大清未灭，偶然都城失守，而大小旗户，以及官宅府第，亦插白旗而从日本，殊属可笑可耻"[①]。

这番注释，实在太有意思了，让我独自笑得合不拢嘴。这意思是说，升斗小民，谁来统治就顺从谁，这本是天经地义。这大清的天下，本就是你们旗人的。将近三百年前，你们旗人打进北京，我们汉人当了顺民；将近三百年间，也一直是你们旗人的奴隶。现在这八国联军打进北京，也就如同当初你们满清入关、进占北京一样。而我们今天当这新的外来统治者的顺民，也正如当初当你们满人的顺民，并无特别失节、不义之处。可笑的倒是你们旗人。天下本是你们的，这联军一来，你们竟然也争先恐后地树起了"顺民旗"。而既然作为主子的你们都树起了白旗，我们本就是奴隶的人，就更可以把"顺民旗"树得心

---

① 中国近代史资料丛刊《义和团》（一），上海人民出版社、上海书店出版社2000年版，第93页。

安理得、坦坦荡荡了。

其实，插面白旗、自称顺民，还不算什么。荻葆贤在《平等阁笔记》中说，联军进入北京时，"箪食壶浆跪迎道左者，不胜指屈"。许多人还箪食壶浆跪迎侵略者。而"其时朝贵衣冠，鼓乐燃爆竹，具羊酒，以迎师者綦众，今悉讳其名"。还有许多富贵之人，美酒牛羊之外，还敲锣打鼓、燃放爆竹，以迎接联军。荻葆贤很厚道，隐去了这些人的名字。荻葆贤接着写道：

> 迨内城、外城各地为十一国分划驻守后，不数月间，凡十一国之公使馆，十一国之警察署，十一国之安民公所，其中金碧辉煌，皆吾民所贡献之万民匾、联衣伞，歌功颂德之词，洋洋盈耳。若真出于至诚者，真令人睹之，且愤且愧，不知涕泪之何从也。又顺治门外一带为德军驻守地，其界内新设各店牌号，大都士大夫为之命名，有曰"德盛"，有曰"德昌"，有曰"德水"，有"德丰厚"、"德长胜"等。甚至不相联属之字，而亦强以德字冠其首。种种媚外之名词，指不胜屈。而英、美、日、义诸界亦莫不皆然。[①]

八国联军进占北京后，按国别划定统辖区域。而各区域的北京人民都给占领国的公使馆、警察署等机构献上万民匾、联衣伞，献得太多，以至于这些机构里面"金碧辉煌"。更让人寻味的是，这种行为仿佛出自真心，仿佛是真的感谢列强对北京的治理。在德国统辖区，许多店家的牌号都带上"德"字，店名都表现了歌颂德国的意思。我以前读书，看见北京的"德盛""德昌"一类店号，总以为这"德"是取古汉语中"德"字之意，读了荻葆贤的《平等阁笔记》，才知道以前实在是误会了。

五

先前的义和团，在联军进城后，变成了入侵者的奴仆、鹰犬，这种情形，

---

① 中国社会科学院近代史研究所编：《义和团史料》（下），知识产权出版社2013年版，第666—667页。

并非个别。龙顾山人的《庚子诗鉴》中有诗云："凭陵车瘦古希闻，可有神沙截海氛。脱得黄巾迎马首，大人北部已如云。"龙顾山人自注道："拳众所至，毁铁路电竿，谓可绝洋兵北来之路。日本兵至，节节前进，亦节节修整，旋复其初。匪扬言海乾神师于海口布沙百里，以阻敌船，亦无验。天津陷，残匪争解巾带，散匪民间，且多有迎降引导者。向者以洋人为大毛子，至是咸尊以洋大人。排外之风变而媚外，盖自此始。"[1]联军来了，原来的义和团急忙解下头上的黄巾，隐身于民间，这也罢了。竟然多有迎接联军、成为联军"带路党"者；以前称洋人为"大毛子"，现在则口口声声"洋大人"。这就不能不令人慨叹了。还有些义和团团民，联军来后，"饰为联军，四出行劫"。[2]化装成洋大人行劫，没人敢反抗，当然会大有收获。

李超琼在《庚子传信录》中则说：

> 京师既破，摇尾供奴隶役者，皆拳党也。[3]

杜氏在《庚子日记》中记道：

> 倭人到各村寻团，要开炮。各团云："此处无团，请搜。"匍匐叩头乞命，求再三，令立合同方饶。此耻西江难濯，颜面千古失尽，令人可气、可恨、可笑、可叹。至有今日，何必当初，想国运当然。[4]

周作人在《知堂回想录》中说，1906年1月，他第一次到北京，住在客栈里。虽然已经过去了五六年，北京人民对义和团仍然谈之色变。周作人怀着好奇心向客栈伙计"打听拳匪的事情"，而伙计慌忙说："我们不是拳匪，不知道拳匪的事。"周作人又说，民国初年，钱玄同在北京做教员，雇有一个包车夫。此人自己承认"做过拳匪"，但其时已经是热心的天主教徒了。他在自己的房间

---

① 中国社会科学院近代史研究所编：《义和团史料》（上），知识产权出版社2013年版，第76页。
② 中国社会科学院近代史研究所编：《义和团史料》（上），知识产权出版社2013年版，第110页。
③ 中国社会科学院近代史研究所编：《义和团史料》（上），知识产权出版社2013年版，第220页。
④ 中国社会科学院近代史研究所编：《义和团史料》（下），知识产权出版社2013年版，第573页。

里供着耶稣和圣母玛利亚的像，每日祷告礼拜十分虔诚。问他为何信仰了此前万分仇视的洋教，他答曰：

"因为他们的菩萨灵，我们的菩萨不灵嘛。"①

2018年12月17日

（原载《钟山》2019年第2期）

---

① 周作人：《知堂回想录》（上），北京十月文艺出版社2013年版，第197—198页。

李卓吾为何不回故乡

◎卜　键

晚明大名鼎鼎的"王学左派"传人李卓吾，曾固执地拒绝返回故乡：辞官赋闲之际不回，妻子苦劝哀求（甚至携女离去）之下不回，在异乡受辱遭逐、颠沛播迁时不回，被关进诏狱、递解原籍之前宁可自杀也不回……这是为什么？

一、曾经丰沛的乡情

李贽（一五二七至一六○二）本姓林，字号甚多，如温陵、卓吾、卓老等，嘉靖六年（一五二七）出生于福建晋江的南安。那是一个滨江临海的秀丽小城，是其家族世代生息的地方，宗祠祖茔之所在、兄弟亲族之所居。据说他有穆斯林的血统，祖上曾做过航海贸易，但至祖父一代已家道寥落。父亲李白斋担任过私塾先生，勉强供一大家子人糊口，他本人读书应试之余也早早操心家计。李贽于嘉靖三十一年（一五五二）考中举人，对整个家族不啻一个喜讯，接下来自然要攻取进士，而两赴春闱不第，在四年后即出任河南辉县教谕。县学教谕，一个最底层的儒学教官，刚刚三十岁的李贽做出这一选择，说到底还是迫于经济压力。他是兄妹中的老大，极有责任心，虽薪资菲薄，仍将父亲迎至任所孝养，对弟弟妹妹也颇多诲引关爱。

入仕之后，李贽曾多次返回晋江，并有两段时间在家乡长住：先是嘉靖三十九年（一五六○）父亲去世，时任南京国子监博士的李贽回乡治丧，依礼制丁忧三年。正值东南沿海倭乱，路途难行，他与妻女走了六个多月才抵达，又遇上倭寇围城，即投身于晋江保卫战。服丧期满，为使家人亲族逃离苦海，李贽携带阖家三十余人迁居北京，一时又得不到任职，只好找些塾师之类的活路，那份窘迫困顿自可推想。十个月后好不容易得了个国子监博士（从八品教官），又传来祖父辞世的噩耗，再次回原籍守孝。经此一番折腾，本来就不宽裕的他更为拮据；贫贱日子百事哀，一大家子的迁出迁回，也会引发不少怨言，使之心力交瘁。靠了同僚和朋友所赠赙银，李贽总算凑了些返乡治丧的资费。而他坚决将妻子与三个女儿安顿在辉县，其一当在于海疆失宁，要保护她们的安全；其二应是为了减少盘费。李贽给妻女买了几亩田，嘱托在当地做官的朋友照料，岂知数月后河南大灾，当局赈济缓慢，两个小女儿竟至于活活饿死。

父亲、祖父之丧前后相连，致使李贽差不多在家乡待了六年。而由于"贫不能求葬地"，其曾祖父母的棺木业已停放待葬五十余年，如何让三代先人入土为安，是他作为长门长子理当解决的问题。这需要钱，但他恰恰没有钱（缺钱，是李贽一生如影随形的梦魇）。从小小县学到皇皇国子监跨度虽大，也都是清水衙门的低品阶教官，丁忧期间又没有收入，李贽必然为筹措银两犯难。古典小说戏曲中常见一句俗谚："世情看冷暖，人面逐高低。"直指古往今来的人情势利，并不分异乡还是故乡。李贽笔下无隐，却像是有意回避了此两段经历。只知道他终于安葬了先辈，也安顿好家中弟弟妹妹，方才离乡往辉县接妻女。到了那里，才知自己家发生的悲剧，痛彻心扉，尝写道："是夕也，吾与室人秉烛相对，真如梦寐也。"

自从那个夜晚，李贽再未返回故乡。

二、辞官与不归

历来谈书论事，总有人容易或喜欢走偏，似乎不偏激便不够精彩。如《红楼梦》中的林黛玉，常被说成只会吟诗联句和耍小性儿，全不见曹雪芹对其明敏性情的层层皴染，不见其聪察洞彻与管理家政之潜质。李贽的境遇也差不多，在世时被丑诋为异端、妖人，越数百年又被奉为满血冲阵的无畏斗士，不近情理，不食人间烟火。

怪异和疯癫，从来都不属于出身寒微、一生艰难度日和阅读思考的李贽。他对所置身的浊世了解很深，看透官场也稔悉市井，厌憎虚伪和矫情，由其评点文字可以见出，那也是他思想中最闪光的部分。李贽文采富赡，也有较强的办事和管理能力，跋涉宦途二十余载，最后一职为云南姚安知府。以一介穷举人，从县学教谕起步，中间还遇到两次丁忧（明代已是官多职少，做官的很怕为期三载的丁忧，一次就可能耽搁甚至断送前程），能做到四品太守，靠的并不是运气。他在姚安官声甚好，清廉明练，治理有方，本可成为优秀的地方官，也能让家人过上稳定富足的日子，但那样也就没有了后来的李卓吾。

还在担任礼部司务期间，李贽就开始研读王阳明的学说。南京刑部任员外郎的七年，得以结识泰州学派重要人物王畿、罗汝芳、耿定向等人，与耿定向之弟定理和弟子焦竑结成终生交。泰州学派被称为"王学左派"，提倡"百姓日用即是道"，注重社会底层人的感受，致力于开启民智，皆令李贽觉得亲切着迷。他与耿定理建立了深厚友情，在其返乡后仍渴慕不已，赴云南上任时特地拐了个弯到湖北黄安相见。李贽真性情，迷恋与好友一起读书论学、解惑辩难的光景，竟然不想赴任去了。定理见他行囊萧瑟，劝之先做一任知府，挣些钱养家。李贽遂将女儿女婿留在黄安，与定理相约："待吾三年满，收拾得正四品禄俸归来为居食计，即与先生同登斯岸矣。"所谓"同登斯岸"，指一起到天台山隐居读书和研修学问。

明代姚安称军民府，是为少数民族地区的行政建置，地处云南中部偏北，境内四围皆山，中间为平原沃壤，有滇中粮仓之称，而彝族、白族与汉人杂居，历来为争战之地，殴斗丛起，管理不易。李贽抵达后尝自题一联：

> 从故乡而来，两地疮痍同满目；
> 当兵事之后，万家疾苦总关心。

看到此间饱经离乱的破敝景象，他立即联想起倭寇劫氛下的故乡晋江，心情沉重。在知府任上的三年，李贽施政务求简易宽和，"律己虽严，而律百姓甚宽"，"一切持简易，任自然"，与各族百姓休养生息。他捐资修桥，兴办学校，创建姚安书院并经常登坛讲学，在僚属和民众中很受欢迎。姚安府城也是洱海分巡道驻地，云南右参议兼道员骆问礼进士出身，素不喜阳明学，对李贽开讲时杂用禅语也很反感，时不时加以限制。李贽和所属土知州、土同知等相处愉快，而与有几分道学气的骆问礼格格不入。

那时的李贽已厌倦官场，三年一任未满，即在万历八年（一五八〇）三月间提出辞呈。与一些佯作清高之态者不同，他是真的要辞，理清账簿，锁闭库房，搬离衙门，避居于鸡足山等地。藩、臬二司不批准，他便带上妻子跑到楚雄去当面诉求。按察使刘维很看重李贽的品格和能力，劝留不得，对他说再等两个月三年任满，看看有无升迁机会，至少等一下朝廷的奖誉。李贽一笑置之，曰：

> 非其任而居之，是旷官也，贽不敢也；需满以幸恩，是贪荣也，贽不为也；名声闻于朝矣而去之，是钓名也，贽不能也。去即去耳，何能顾其他？（顾养谦：《送行序》）

见其如此坚决，刘维只好会同布政使上报朝廷。一旦辞职之请批准，李贽又觉得有几分怅然，在与好友信中诉说心曲："怕居官束缚，而心中又舍不得官。既苦其外，又苦其内。"真实道出心中一段纠结。他又在云南盘桓数月，为众人的情谊所感动，曾有过留在当地的念头，至次年春才离开。

通常说来，辞官是与还乡、归田相连的，而李贽辞则峻辞，却并不还乡。九年夏月，李贽与妻子到黄安落居。

三、从黄安到麻城

泰州学派至颜山农、何心隐一脉，皆曾聚族而社，任侠仗义，重视朋友之道，李贽亦如此。对于退仕后不返回晋江，他的解释是与朋友在一起更快乐，"得一二胜友，终日晤言以遣余日，即为至快，何必故乡也"。

除了好友耿定理，已是福建巡抚的耿家大哥定向、台州知州老三定力都在故乡为父守丧，"天台三耿"对于李贽夫妇的到来由衷欢迎。耿家大哥专于黄安城东南十五里的天台山兴建住房，供李贽一家安居，旁边即耿氏天窝书院。原以为耿家豪富，读定向《观生记》则知大不然，其家躬耕陇亩，数世清寒，在定向与定力苦读成进士后发生改变，但毕竟积累无久。尽管如此，他们先收留了李贽的女儿女婿，待之如同亲生，现又热情接纳其夫妇，足称高义。卓吾开始了一段惬意时光，一家人获得团聚，与三耿及当地读书人时相切磋，兼也教授耿家子弟。住处虽觉僻远简陋，心情则安定愉悦，尝曰："天窝佳胜，可以终身，弟意已决。"反认他乡为故乡，全然预想不到日后之变。

一个思想者的脑袋和嘴巴，都是闲不住的，亦不太适合指导下一代习八股文，科举应试。忽忽两年多逝去，卓吾老人在天台山读经读史，思维精进，言辞也变得更为锋利；而定向在十二年三月回京任职，定理又不幸于当年七月病逝，使他感觉"寂寥太甚"，"实难度日"。他写了好几首悼念定理的诗，怅惘烦郁，也在给耿定向的信中表达失友之痛：

> 仆数千里之来，直为公兄弟二人耳。今公又在朝矣，旷然离索，其谁陶铸我也？夫为学而不求友与求友而不务胜已者，不能屈耻忍痛，甘受天下之大炉锤，虽曰好学，吾不信也。（《焚书》增补一，复耿中丞）

一番话有虚有实。耿氏兄弟二人在学术上并不一致，他真正视为挚友、千里来依者只是老二定理。在写给焦竑的信中，李贽描述了与定理相处的欢愉时光："全不觉知身在何方，亦全不觉欠少什么，相看度日，真不知老之将至。"而没有二弟的遮掩护持，耿老大对李贽的行为渐也难以忍耐。这是由不同的学术观念和教育方式引起的：老三定力与几个耿家晚辈，包括他的儿子克明、定理之子克念，都很佩服李贽的学问，钦敬其犀利言辞中迸溅的思想火花，很让耿定向担忧。他在信中屡次责怪李贽，也对同乡友人抱怨，说自个膝下仅有一子，竟然跟着卓吾学超脱，"不肯注意生孙"，"不以功名为重"，指责卓吾"害我家儿子"。

李贽岂是忍气吞声之人，遂与耿定向产生激烈争论，由学术观点渐及个人私德，函札往返，各不相让。没有材料证实耿定向指使人与之为难，但李贽已经不愿意再住下去，曾到县内似马山的洞龙书院待了一段，又到麻城住了几天，安静读书的生活已被打乱。他曾希望焦竑能来一起住上两年，也希望去南京依焦氏而居，而焦竑作为耿定向的亲近弟子，一则未放弃科举之路，二则知道卓吾与老师闹翻，三则自身穷得要命，不敢接这个茬儿。

万历十三年（一五八五）春，李贽迁居邻近的麻城。黄安人称麻城为旧县，盖因不久前还是麻城的一部分。耿定向是分治活动的重要推手，因此与麻城不少缙绅结下梁子，对于李贽的出走麻城，心中当极为不爽。由这个春天直到万历二十八年（一六〇〇）冬月，李贽多数居住在麻城，先是暂住在友人周思久的女婿家，后来入住城北维摩庵，再后来才进驻大名鼎鼎的龙湖芝佛寺。季节只能算是一种巧合，而以流寓之始的煦暖与被迫离去时的肃杀，也能映见麻城人对他的态度变化。芝佛寺距麻城三十里，是一个偏僻清寂的所在。李卓吾曾欲以此为终老之地，也几次前往外地，如山西大同、山东济宁，或也有意寻找更为合适的容身地方。他在万历十九年（一五九一）五月与袁宏道一起去武昌，游赏黄鹤楼时曾为耿定向门徒鼓噪驱赶，灰头土脸，却受到布政使刘东星的敬重和照抚，住了差不多两年，方回龙湖。万历二十四年（一五九六）春再次出游，至刘东星的家乡山西沁水；次年夏天，接受时任宣大总督的麻城人梅国桢之邀到大同；八月赴北京，得耿定力安排住西山极乐寺；万历二十六年（一五九八）春与焦竑联舟南下，寄寓永庆寺，又是一年有余；万历二十八年（一六〇〇）三月至济宁，刘东星新任漕运总督，于督府近邻安排他住下，时相请益。当时文人讥刺其游走权门，狐假虎威，怎知李贽心中之苦，在与朋友的信中倾诉："一身漂泊，何时底定？"

当年夏秋间，李贽回到阔别四载的麻城，希望能安心著述，完成几部想写的东西。岂知一些士绅对之嫉恨已深，加上对于梅国桢的仇视，毁谤四起，愈演愈烈，李贽虽欲讲和，并托焦竑等人化解，亦无济于事。湖广按察司佥事冯应京扬言"毁龙湖寺，真从游者法"，当地官府和反对者更是有恃无恐。由舆论到行动，烧了芝佛寺上院，拆毁李贽的藏骨塔。得悉当政者的秘密策划时，七十四岁的李贽虽正在病中，亦只得在弟子陪伴下连夜出逃，躲避到河南商县的黄檗山。

李贽的骨头是硬的，但他是无所畏惧的吗？我在这里感受到他那深深的恐惧，以及颓败与无助。黄檗山与龙湖只不过几十里山路，长老无念原为芝佛寺住持，曾与李贽相处亲切，发生龃龉后搬离另建法眼寺，此时仓皇来依，真不知卓吾老人怎样走过这段路程？

四、发妻黄氏

李贽尝写道："余妻家姓黄，家颇温厚，又多男子。其男子多读书，又善读书，纵其不尽读书，亦皆能本分生理，使乡里称善人如其读书者，可谓彬彬德素人家矣。"这样一个书香门第的宝贝闺女，十五岁嫁入夫家，上有公公继母，下有六个弟妹，生计艰窘，却也默默地挑起这个担子。黄氏明事理，坚忍善良，一生操劳，也一直过得紧巴巴，即便李贽做了太守，仍不离针指女红，辛勤若女仆。做一个思想者的妻子很难，而做倔强易怒的李贽之妻尤为不易。

李贽回乡丁忧，黄氏也渴望去看望年迈目盲的母亲，然丈夫要她带着三个女儿暂住辉县，也就住在了辉县；

李贽携其远赴云南姚州任所，却要将唯一的女儿与女婿留在黄安，她应是一百个不情愿，却也让女儿寄人篱下；

李贽好不容易熬到一个太守，未及三年就闹着不做，还要拉着她一起找上司辞职，她也就跟着去了楚雄；

李贽辞官后不回故乡，非要落居距乡遥远的黄安，黄氏纵然思乡心切，却也陪同丈夫住在异乡……

黄氏节操凛然，带领孩子独居辉县时无以度日，二女饿死，有人告知主持赈灾的卫辉府推官邓林材为李贽朋友，劝她去求恳，而其坚执不往。若非邓林材闻知后主动设法救助，她与长女也会饿死。在丈夫与耿定向反目，决意搬离之际，黄氏表达了回归故乡的心愿，她的娘家人黄屿南（记述欠详，应是黄氏的兄弟）专程来黄安，劝说李贽返回晋江，不听。迁居麻城后先寄居友人家中，接下来住进一个寺庵，一住就是两年，大外孙已经长大，二外孙新出生，李贽毫不为意，黄氏则对这样的日子实在无法忍受，回乡之念越发强烈。万历十五年（一五八七）秋，黄氏带领女儿女婿一家返乡，李贽送至黄陂，骨肉分离之际，举家号啕痛哭，而李贽面色怡然。他在文章中也写到妻女归乡一事，说是由于妻子"苦不肯留，故令小婿小女送之归"，并说有女儿朝夕服侍，自己又把所有积蓄都尽数交与她，心里也就不用牵挂，可以安心在外，"与朋友嬉游"。李贽当然知黄氏想要他一同返乡，却绝不接受。

黄氏走时，还留下贵儿夫妇照顾丈夫，孰知贵儿游泳溺毙，令李贽大为伤感："骨肉归故里，僮仆皆我弃。汝我如形影，今朝惟我矣！"根据招魂诗中"汝妇当更嫁，汝子是吾孙"句，林海权《李贽年谱考略》推测贵儿可能是李贽胞弟之子，过继与他为嗣，是。此后，他与家族的最后一条亲情纽带也逝去，孤零零漂泊在外。

黄氏还乡后，始终惦念丈夫，不远千里派人来劝丈夫回去。为表达决绝之意，李贽干脆剃光了头发。这使妻子心情郁结，仅一年后就恹恹病终。耿定力时任福建提学，行牌出资，料理黄氏丧事，并亲撰墓表，将之与李贽相对举：

> 卓吾艾年拔绂，家无田宅，俸余仅仅供朝夕，宜人甘贫，约同隐深山；卓吾乐善好友，户外履常满，宜人早夜治具无倦容；卓吾轻财好施，不问有余，悉以振人之急，宜人脱珥推食无难色；卓吾以师道临诸弟甚庄，宜人待妯娌如同胞，抚诸从若己出。贤哉宜人，妇道备矣！

与大哥定向以大贤自期不同，耿家老三性情温润，对李贽夫妇有很深的理解，对黄氏的悲剧命运极为同情，读之令人泪下。

李贽获知妻子的死讯，佯作满不在乎，实则深为悲伤，一连写了《哭黄宜人》六首、《忆黄宜人》二首，述说妻子的种种贤惠，以寄托哀思。他就是在这时移居龙湖芝佛寺的，却说妻子才是真正的菩萨心肠，"今日知汝死，汝今真佛子"，算是对发妻的追思和礼赞。

五、决绝中那几缕怀恋

古代读书人科举做官，宦游四方，而致仕后回乡颐养天年，结社吟诗，挡弹放歌，几乎成为一种人生定式。李贽的选择显然与众不同，辞官后漂泊异乡，精神上创痕累累，却仍拒绝返回故乡。不光活着不回，还做出周密安排，死了也要葬在外地，甚至叮嘱不要告知家乡的亲人。

万历二十一年（一五九三）秋，芝佛寺住持无念为筹建卓吾藏骨塔游方化缘，到了公安。"三袁"的小弟中道在焉，带着对李贽的崇敬，作《代湖上疏》，题于簿册之上，说他"生平不以妻子为家，而以朋友为家；不以故乡为乡，而以朋友之故乡为乡；不以命为命，而以朋友之命为命"。袁中道时仅二十三岁，当年夏刚随两个哥哥赴龙湖问学，也希望能助李贽一臂之力。李贽反对到处募化，甚至埋怨无念打着自己的旗号蹭吃蹭喝，但表示对中道这段文字很喜欢。

大概也觉得坚不归乡不合常理，李贽曾做过一些解释，先后不太一致。多年后追述生平，卓吾老人将之归结为"平生不爱属人管"。不过不肯回家，怕是还有一个原因，即妻子家人的不管之"管"，家庭与亲情的日常缠扰。行为的束缚必然会影响心绪的舒卷，李贽回顾宦程，梳理一己自由天性所遭受的折挫：

> 余以不受管束之故，受尽磨难，将大地为墨，难尽写也。为县博士，即与县令提学触；为太学博士，即与祭酒、司业触……司礼曹务，即与高尚书、殷尚书、王侍郎、万侍郎尽触也……最后为郡守，即与巡抚王触，与守道骆触。

李贽襟怀坦荡，也承认不少上司并非坏人，像骆问礼"有能有守，有文学，有实行"，但过于刻薄严厉，便不免相抵触。

李贽说的是肺腑之言。作为一个注重研求真知、叩问灵魂的思想者，一个容不得伪言伪行、扭捏作态的读书人，李贽憎恨钳束和牵绊，向往思想的自由。孔子有名句曰"君子怀德，小人怀土"，深刻精警，允宜细细品味。然则思乡是一种普遍的情结，并不分为君子小人，仍以王粲的"人情同于怀土"为是。于流播生涯中，李贽常泛起对故土的牵念。老友之子从福建来，他非常欣喜，问这问那，有诗为证："白首澄湖上，逢君问故乡。何期故人子，相见说高堂。"而耿定力提学福建时来函索书，李贽在回信中说起家乡人重情义、敬师长，过年时会送一些荔枝、桂圆和白糖等物，希望能各寄给他几斤，"使我复尝故乡物，不亦美欤"。还说到麻城虽也有卖的，多产于广东，酸涩大核，无法与家乡所产相比。

生命的最后阶段，李贽逮系诏狱，锦衣卫并没有太难为这位患病的老者，草草一审便丢在一边，所拟处分，应也就是张问礼呈请的押解回籍。他在监室中可以读书写作，陪同照料者可以来来往往，甚至还可以送吃的和陪住。得知官府的遣返之意，李贽真还做过一番回乡的布置。据随侍弟子汪本钶记述，老师曾约他"同到晋江，且结以生死事"，并催他先回安徽探望母亲，孰知刚离开三天，李贽便即自杀。笔者试图寻觅其间想法骤变的心理轨迹：李贽本以为看押甚严，只得权作被押解回乡的准备，以保持一份体面和尊严；而一旦发现有了（或说可创造出）机会，便毅然用剃刀自裁。在生命的最后一息，他仍是与朝廷和当局"有触"，仍能在狼狈万状时做出抉择，仍不愿回到故乡。

哲人其萎乎！

决绝中始终有几缕深情怀恋，或者反言之，怀恋中始终有一份无可更易的决绝。就这样，李卓吾在内心的撕扯中，在追求心灵自由的路上，在京师的诏狱，以对命运那一贯的主动和果决，告别了即将崩解的大明末世，也遥遥作别了自己的故乡。

《荀子·礼论》："过故乡，则必徘徊焉，鸣号焉，踯躅焉，踟蹰焉，然后能去之。"染写的正是故土亲情。而刘邦一曲"大风起兮云飞扬，威加海内兮归故乡"，则为"衣锦荣归"留下一个梦幻般的榜样。"独在异乡为异客，每逢佳节倍思亲"，是游子灵魂孤寂时的吟诉，可哪一处"异乡"又无在外的游子呢？人们因着不同理由离开乡土，又因着近同的感受礼赞故园，乡愁挚切，故乡也被描绘得明洁温润。而从更阔大的视野来看，所有的陌生地都是故土，所有的异乡都是故乡。若故乡的一切都温柔美妙，又于何处滋生罪恶和丑行呢？

不知哪位哲人说过历史不容假设，其实假设一下也有意思：设若李贽致仕后返回故乡，又会怎样呢？他可能生活得娴雅安适，也可能成为备受尊重的乡间耆旧，家中访客常满、孙辈绕膝，可那样大约也就没了李卓吾，没了他在孤寂山寺中的苦读长思，没了他与耿定向的激情论辩，没了"童心说"与"化工说"，没了对《西厢记》和《水浒传》的评点……

而且，从李贽生活的大明以迄盛清，很少有一方土地能容忍"异端"的存在。攻击和围剿思想者，最好能伴随着打砸抢烧，从来都是庸众的精神盛宴，并不区分对象是游子还是同乡，并不因家乡人而有些许客气。作为一个绝假纯真的思想者，即使在家乡，李贽也不会停止写作和发声，那样就难免摩擦和对抗，难保不发生类似麻城的"群众运动"。

李贽为什么要返回故乡？

（原载《读书》2019年第3期）

贾政父子的孝心

◎潘向黎

《红楼梦》后四十回，一直被群嘲为"狗尾续貂"，我自己也是从小就不接受后四十回。

后四十回的作者，过去的标准答案是高鹗，后来有争议，现在，连人民文学出版社新出的《红楼梦》珍藏版的布封面上都写"曹雪芹著/无名氏续"了，部分颠覆了我从小的认知，所以从小说惯的"高鹗的后四十回"，只能变成版权含混的"后四十回"了。

好吧，完整的表达应该是这样的：我从小就不接受当时相信是高鹗所续、现在则不知道是谁续写的后四十回。

各种搞笑级的生硬细节，整体黯然失色的对话，各种后语不搭前言，让人随时随地得重度尴尬症。

搞笑、尴尬还不说，"中乡魁宝玉却凡尘　沐皇恩贾家延世泽"，这个结局，从回目到内容，俗得大红大绿，俗得彻彻底底，俗得无以复加，即使曹雪芹的棺材板压得住，庸人气味也容易熏坏了猝不及防的我们。

有人说后四十回的主要功劳在于使《红楼梦》完整了，我觉得它的主要功绩在于：让普通读者也能充分体会天才作家与寻常写手的区别。

所以我一直认为，宁可《红楼梦》是残缺的，也不要俗手擅自来续写。在我很多年的印象中，后四十回，除了好歹没有让宝黛幸福，黛玉终究还是泪尽而亡，这一点还对得起曹雪芹，其他的一无可看。

"我的"《红楼梦》，就是那出神入化、撼人心魄又沁人心脾的八十回，后面的四十回，非常遗憾，空白与残缺也比狗尾续貂的所谓完整好。因此，无数次重读，后四十回，基本上是不看的。

但是心里偶尔也有一丝疑问飘过：续写《红楼梦》的人很多，为什么唯独这个版本被重视？也许是在所有的狗尾之中，这一根还算不错的？还是有什么其他原因？

前年偶然重读了后四十回，却被第一百二十回的一处吸引了。写宝玉出家，来向父亲辞别。

且说贾政扶贾母灵柩，贾蓉送了秦氏凤姐鸳鸯的棺木到了金陵，先安了葬。贾蓉自送黛玉的灵也去安葬。贾政料理坟墓的事。一日接到家书，一行一行的看到宝玉贾兰得中，心里自是喜欢；后来看到宝玉走失，复又烦恼。只得赶忙回来。在道儿上又闻得有恩赦的旨意，又接家书果然赦罪复职，更是喜欢，便日夜趱行。

一日行到毗陵驿地方，那天乍寒，下雪，泊在一个清静去处。贾政打发众人上岸投帖，辞谢朋友，总说即刻开船，都不敢劳动。船中只留一个小厮伺候，自己在船中写家书，先要打发人起早到家。写到宝玉的事，便停笔。抬头忽见船头上微微的雪影里面一个人，光着头，赤着脚，身上披着一领大红猩猩毡的斗篷，向贾政倒身下拜。贾政尚未认清，急忙出船，欲待扶住问他是谁。那人已拜了四拜，站起来打了个问讯。贾政才要还揖，迎面一看，不是别人，却是宝玉。贾政吃一大惊，忙问道："可是宝玉么？"那人只不言语，似喜似悲。贾政又问道："你若是宝玉，如何这样打扮，跑到这里？"宝玉未及回言，只见船头上来了两人，一僧一道，夹住宝玉说道："俗缘已毕，还不快走！"说着，三个人飘然登岸而去。贾政不顾地滑，急忙来赶。见那三人在前，那里赶得上？只听得他们三人口中不知是哪个作歌曰：

"我所居兮，青埂之峰；我所游兮，鸿蒙太空。谁与我逝兮，吾谁与从。渺渺茫茫兮，归彼大荒！"

贾政一面听着一面赶去，转过一小坡倏然不见。贾政已赶得心虚气喘，惊疑不定。回过头来，见自己的小厮也随后赶来。贾政问道："你看见方才那三个人么？"小厮道："看见的。奴才为老爷追赶，故也赶来。后来只见老爷，不见那三个人了。"贾政还欲前走，只见白茫茫一片旷野，并无一人。贾政知是古怪，只得回来。

众家人回船见贾政不在舱中，问了船夫，说是老爷上岸追赶两个和尚一个道士去了。众人也从雪地里寻踪迎去，远远见贾政来了，迎上去接着，一同回船。贾政坐下，喘息方定，将见宝玉的话说了一遍。众人回禀，便要在这地方寻觅。贾政叹道："你们不知道，这是我亲眼见的，并非鬼怪。况听得歌声，大有玄妙。那宝玉生下时，衔了玉来，便也古怪，我早知是不祥之兆，为的是老太太疼爱，所以养育到今。便是那和尚道士我也见了三次：头一次，是那僧道来说玉的好处；第二次，便是宝玉病重，他来了，将那玉持诵了一番，宝玉便好了；第三次，送那玉来，坐在前厅，我一转眼就不见了。我心里便有些诧异，只道宝玉果真有造化，高僧仙道来护佑他的。岂知宝玉是下凡历劫的，竟哄了老太太十九年！如今叫我才明白！"说到那里，掉下泪来。

不知道为什么，我也掉下泪来。自从十一二岁读《红楼梦》至今，陪黛玉宝玉流过泪，陪探春迎春流过泪，陪尤二姐尤三姐流过泪，陪晴雯鸳鸯流过泪，只是做梦也没有想到，有一天，我居然会陪贾政落泪。在我心目中，他不仅是冷面大家长，而且是书中第一号乏味人物，怎么，到了红楼梦寒、白茫茫大地真干净之时，我竟然会陪着他落泪？

后四十回还有另一处写得不错的：黛玉死后，"一时大家痛哭了一阵，只听得远远一阵音乐之声，侧耳一听，却又没有了。探春李纨走出院外再听时，惟有竹梢风动，月影移墙，好不凄凉冷淡。"我曾经鼻子有点发酸，但终究没有落泪。

因此，贾府父子道别，的的确确，是《红楼梦》后四十回，唯一让我落泪的地方。

贾政为贾母安葬，人生到了这个时候，去路已经看得很清楚，是最需要儿孙的温暖和支撑的，那是生命的延续，会让人看到希望，感觉到生命的热量。这时候听说宝玉不知去向，如果真的就此失去这个最看重的儿子，对一个父亲打击其实是最大的，也很残忍，幸亏贾政还抱了一些希望，觉得宝玉也许可以找回来，所以只是"烦恼"，而不是绝望的悲叹，他这时候心里想的，应该是赶快回家，设法到处寻找宝玉。

然后，生命中的一场大雪突如其来。他遇见了宝玉，并且知道从此不用再找这个儿子了，不但自己，连同整个家族，整个现实的此岸，都失去了宝玉。

我原来没有读细，一直以为是在船边的雪地上父子相见的。仔细看，不是。是"船头上微微的雪影里面一个人"，是在船头上。宝玉来向父亲告别，他怎么会让父亲上岸？哪有这个道理？是他上父亲的船。

回想当初无忧无虑时的宝玉曾对黛玉说，心里最重要的人是祖母、父亲、母亲，第四个就是林妹妹，看似随口一说，其实很可能是真的。宝玉特地来拜别父亲，而且是在雪中，光着头，赤着脚，一直走上父亲的船头。必须恭恭敬敬地拜谢和拜别过这个人，他的俗缘才能了断。

父子一场，不相知也有不相知的爱法，那爱，绝不浅淡，也从不曾失了发自内心的敬重。

宝玉怎么道别的呢？他"光着头，赤着脚，身上披着一领大红猩猩毡的斗篷，向贾政倒身下拜"。

想到第三回宝玉初登场的时候，"头上戴着束发嵌宝紫金冠，齐眉勒着二龙抢珠金抹额，穿一件二色金百蝶穿花大红箭袖，束着五彩丝攒花结长穗宫绦，外罩石青起花八团倭锻排穗褂，登着青缎粉底小朝靴；面若中秋之月，色如春晓之花，鬓若刀裁，眉如墨画，面如桃瓣，目若秋波，虽怒时而若笑，即视而有情。项上金螭璎珞，又有一根五色丝绦，系着一块美玉。"真是今非昔比，便知道他是什么都抛下了，温柔富贵，烦恼绝望，就像他原来奢华的衣着打扮，统统都不再跟随他去往精神的彼岸，更不要说家人和童仆了。那件"大红猩猩毡的斗篷"，也许暗示了他的修行道行，也许是呼应他"怡红公子"的旧身份，或也许是作者出于视觉审美效果：雪地上，还有什么比一件大红斗篷更醒目、好看的呢？

宝玉出现得突然，又形容装扮大变，加上在雪中，再加上他并没有口呼"父亲"，所以他"倒身下拜"的时候，"贾政尚未认清"，他只是"急忙出船，欲待扶住问他是谁"。

当儿女决绝的时候，父母的反应总是慢的。

贾政还没有看清他的脸，宝玉已经拜完了四拜，又站起来行礼，贾政才认清了是宝玉。他问："可是宝玉么？"这一句，问得多么心酸。

"那人只不言语，似喜似悲"。只能"不言语"，因为说什么呢？说起来话长，而尘世的相聚太短。更往往只在不知道自己是谁的时候才得相聚，等到知道了自己是谁，就是不得不分别的时候了。尘缘如电，彼此终于原宥体恤了，却要离散了，这是悲；但是，父亲在分别之后也马上会明白，骨肉亲情尚且是幻梦，世间哪有可靠可信的？那时我们这一世的恩怨就都了清了，嗔痴贪怨，就各自解脱了，这是喜。

宝玉和一僧一道离去，贾政在雪地上追宝玉。他不顾地滑，不顾威仪，拼尽全力，追得气喘吁吁。这是全书中贾政第二次失态。第一次，是他痛打宝玉的那一次。两次失态，都是因为这个儿子。他太看重这个儿子了，太爱这个儿子了。可是这个一本正经的一家之主、社会栋梁，他的失态，一点都没有用。贾宝玉该顽劣时多么顽劣，该决绝时多么决绝，何曾在意他那个濒临崩溃的父亲？

世间多少父母，总是为了孩子而失态，然后这些失态，除了汇入"可怜天下父母心"的浩叹之海，便统统归于无效。

宝玉不见了，白茫茫大地真干净了。这个父亲知道，他找不回来他的儿子了，即使他回家，动用所有的人脉、派出再多的人手，都找不回宝玉了。

他是可以怒骂的，他是可以想不通，怨天咒地加自怜自艾的。剥去了贵族的血统和外衣，他不过是一个在世间按照常理生活、循规蹈矩的中年人，命运给他这样奇突的转折，他就不能觉得不公平吗？

他没有。贾政在这里显示了他的贵族气和人性美。

他的天分不低，所以，宝玉郑重的告别，他看懂了，那首当头棒喝的歌，他也听懂了。他马上领悟了——"岂知宝玉是下凡历劫的"。这是个明白人。

知道真相之后，他的第一反应，是自己上当受骗了，还是妻子上当受骗？都不是，他第一个想到的不是"我"，而是自己的母亲——"竟哄了老太太十九年"。"那人"并不是贾家的人，只是顶了荣国府二公子的名义来这温柔富贵乡一遭，贾母把他爱得像个凤凰蛋，是被他哄了，而且一哄就哄了十九年。但是这样的一场"哄"，也未必不好，因为终究是让贾母在儿孙满堂的感觉中离去，宝玉的十九年，也是带给老太太人生圆满的十九年，贾政可能也想说：哄得老太太喜欢了，哄得好！

这种时候，满心只想着自己的母亲，这是何等的纯孝！不但老太太已经不在，连需要他表演、"装"的外人也没有一个，可见这是一个人发自内心、出乎本性的纯孝。

最后一句，"如今叫我才明白"是心酸，是感慨，因为父子一场，十九年后的临别之际才明白；更是不舍和伤感，十九年，多少欢乐多少心血，多少苦心多少期望，却原来都只是自己的痴心！更可伤的，破灭之时，竟然连一个可以谴责可以怪罪的人都没有。这叫一个父亲，叫一个人生过半、身心疲惫的人如何承受？但是他没有怪儿子，也没有怪天，只是"落下泪来"。

遇到变故，第一反应很迅速，就是去全力争取，作为家长很称职；灾难来临之际，首先想的不是自己，是母亲——哪怕母亲已经不在了，这个心理反应的顺序一点都不变，作为儿子是纯孝；意识到母亲已经超脱了，此刻是自己在接受打击后，仍然不怨天尤人，也不作势暴跳如雷来宣泄，只是"落下泪来"。

对比前八十回里面，你会发现，到了此刻，那个习惯性地端着、习惯性心口不一的贾政，已经变得不再掩饰他的内心了，他变得真实了。

称职，尽力，纯孝，坚忍而不失真实，你还能要一个中年男人怎么样呢？

"竟哄了老太太十九年！如今叫我才明白！"这两句话，和忍不住掉下的眼泪，让贾政这个人物完整和丰满了。后四十回，所有的人都干瘪、失血，唯有贾政，被艺术的神光照到了。

加上白茫茫大地上的那一点的红——纯白，大红，天地茫茫，那点红飘然而去，转眼不见。

后四十回，还是有其价值的。

（原载《腾讯·大家》2019年3月7日）

玉 碎

◎邵 丽

大观园中，探春是一个拿得起放得下的主儿。先从她的拿得起说起：大内总管凤姐生病，园内的事务交由李纨和探春定夺，在下人看来，"便添了一个探春，也都想着不过是个未出闺阁的年轻小姐，且素日也最平和恬淡，因此都不在意，比凤姐儿前更懈怠了许多。只三四日后，几件事过手，渐觉探春精细处不让凤姐，只不过是言语安静、性情和顺而已"。

王夫人被人撺掇，决计抄检大观园。大家无不噤声，但到了探春这里，却遭到公开的抵制，而且从此可以看出探春的勇气和担当。"探春道：'我的东西倒许你们搜阅，要想搜我的丫头，这却不能。我原比众人歹毒，凡丫头所有的东西我都知道，都在我这里间收着，一针一线，她们也没的收藏，要搜，只管来搜我。你们不依，只管去回太太，只说我违背了太太，该怎么处治，我去自领。'王善保家的不知深浅，竟然对探春搜身，换来的结果却是："只听'拍'的一声，王善保家的脸上早着了探春一掌。探春登时大怒，指着王善保家的问道，你是什么东西，敢来拉扯我的衣裳！我不过看着太太的面上，你又有年纪，叫你一声'妈妈'，你就狗仗人势，天天作耗，专管生事。如今越发不得了。你打量我是同你们姑娘那样好性儿，由着你们欺负她，你可就错了主意！"

拿起就拿得风生水起，而放下则放得纹丝不动。探春被父亲定好一门亲事，要远嫁千里之外，虽然心里有百般的不愿，但还是毫不犹豫地答应。她怕众兄弟姐妹担忧，反而一一地安慰他们。"次日，探春将要起身，又来辞宝玉。宝玉自然难割难分。探春便将纲常大体的话说的宝玉始而低头不语，后来转悲作喜，似有醒悟之意。于是探春放心辞别众人，竟上轿登程，水舟车陆而去。"

这不仅仅是聪明，更是智慧，不仅仅是通透，还是练达。在她所生活的那个社会和环境之中，某些时候坚持就是放弃，而放弃就是坚持，探春深深地懂得这一点，这也是只有她在金陵十二钗里得以善终的主要原因吧！

十二钗里的妙玉与探春比起来，性子倒要暴烈得多。不管老少贫富，很少有人能入她的法眼，即使一言九鼎的贾母，她也并不十分放在眼里。贾母带刘姥姥和一干人等去她那里喝茶，她只让贾母用"旧年蠲的雨水"，而把黛玉宝钗让到里面喝体己茶，后来被宝玉发现，反倒落了一顿奚落："宝玉细细吃了，果觉轻淳无比，赏赞不绝。妙玉正色道：'你这遭吃的茶是托她两个福，独你来了我是不给你吃的。'宝玉笑道：'我深知道的，我也不领你的情，只谢他二人便是了。'妙玉听了方说：'这话明白。'黛玉因问：'这也是旧年的雨水？'妙玉冷笑道：'你这么个人，竟是大俗人，连水也尝不出来。这是五年前我在玄墓蟠香寺住着，收的梅花上的雪，共得了那一鬼脸青的花瓮一瓮，总舍不得吃，埋在地下，今年夏天才开了。我只吃过一回，这是第二回了。你怎么尝不出来？隔年蠲的雨水那有这样轻淳，如何吃得？'"

这"如何吃得"四个字用得甚妙，活脱脱一个不食人间烟火的主儿。

茶杯仅仅因为刘姥姥用了一下，她就坚决不要了，而且放狠话说："这也罢了。幸而那杯子是我没吃过的，若我吃过的，我就砸碎了也不能给她。"

果然是"云空未必空"啊！遁入空门，却被满心的俗事拖累，只能是既无此岸，又无彼岸的凄惶。心比天高者则命比纸薄，最终还是落入"千红一哭、万艳同悲"的宿命里。表面上看来，她既非穷途末路，也不是无一技之长。之所以不低头，不过是自以为有所依凭罢了——有时候，盲目的恃才傲物，不过是把穷酸当成了清高。

如妙玉一般刚烈者，在红楼里比比皆是：黛玉、晴雯、金钏、尤氏姐妹……而与探春比起来，更会左右逢源者亦不少，比如宝钗。我觉得宝钗是一个始终被误读的人物，之所以被误读，主要是在《红楼梦》第二十七回里的一段描写，似乎让人窥出她的心机之深：

"宝钗在外面听见这话，心中吃惊，想道：'窗户一开了，见我在这里，她们岂不腮了。况才说话的语音儿，大似宝玉房里的红儿。她素昔眼空心大，最是个头等刁钻古怪的东西。今儿我听了她的短儿，一时人急造反，狗急跳墙，不但生事，而且我还没趣。如今便赶着躲了，料也躲不及，少不得要使个金蝉脱壳的法子。'犹未想完，只听咯吱一声，宝钗便故意放重了脚步，笑着叫道：'颦儿，我看你往哪里藏！'一面说，一面故意往前赶。那亭内的红玉、坠儿刚一推窗，只听宝钗如此说着往前赶，两个人都唬怔了。宝钗反向她二人笑道：

'你们把林姑娘藏在哪里了？'……一面说一面走，心中又好笑：这件事算遮过去了，不知她二人是怎么想。

谁知红玉听了宝钗的话，便信以为真，等宝钗去远，便拉坠儿道：'了不得了！林姑娘蹲在这里，一定听了话去了！'坠儿听说，也半日不言语。红玉又道：'这可怎么样呢？'坠儿道：'便是听了，管谁筋疼，各人干各人的就完了。'红玉道：'若是宝姑娘听见还倒罢了。林姑娘嘴里又爱刻薄人，心里又细，她一听见了，倘或走露了风，怎么样呢？'"

作为一个客居者，与黛玉比起来，宝钗与贾府的关系毕竟要远一点，所以担待也小很多。她处处小心，广积人脉，除了改善自己的生存环境，同时也能给别人取暖，何错之有？即使对待黛玉，她也是一片真心，所谓与她争夺宝玉的猜测终是妄言。她时时处处为黛玉着想，最终还是把这个"冰人"给感动了："往日竟是我错了，实在误到如今。细细算来，我母亲去世得早，又无姊妹兄弟，我长了今年十五岁，竟没一个人像你前日的话教导我。怨不得云丫头说你好，我往日见她赞你，我还不受用，昨儿我亲自经过，才知道了。"

其实从整个《红楼梦》看下来，人物大体上分为两类：有人活得张扬，宁为玉碎；有人活得低调，愿作瓦全。薛宝钗肯定是属于后者。不过，我宁愿认为，宝钗虽然不算谦谦君子，但也不是个势利小人。难道仅仅因此便该遭人诟病吗？站着说话不腰疼，一如我者喜欢《红楼梦》的人，有几个在人格和人品上可以跟薛宝钗相比？她的宽容、善良、大气、果敢和学识，有几个人能赶得上？

而且在宝钗的瓦全里，很少有她自己的私心作祟。家里除了寡母，还有一个狗屎扶不上墙的哥哥。如果没有她的周全和经营，这个家庭最终将支离破碎，对她来说，这就是她的人生大局。家外她也常常与人为善，尽力帮助和周全别人。她设身处地照顾林黛玉、史湘云、邢岫烟等姐妹；香菱没有她的保护，恐怕早就香消玉殒，死无葬身之地了。也许在宝钗她们那个时代，人只知道该怎么活，很少关心为什么活。难道现在我们终于知道为什么活了吗？

实际上，我们已经进入了这样一个时代：所有事情的意义正在被无情地解构，且多是以科学或者学术的名义进行的。这既不是一个好时代，也不是一个坏时代。不好不坏也许并不意味着什么，但当这个时代突然捕获一个人并将之纳入自己的逻辑和秩序的时候，则一定要意味着什么——好，或者坏。没有人可以放言自己可以永远躲过不幸，某一天，周围的一切依然如故，所有人都在按照自己固有的方式生活，只有你从生活的链条上突然滑落了，坠入一个你认为永远不会落入的境地，你才会深深地体会到，所谓命运无非是这样一种东西：除了死亡的结果是你预知的，其他的一切，在没有发生之前，你都是无法知晓的，甚至一点先兆和口信都没有，但又必须硬着头皮去经历它。

而如果你再回首看看自己的生命痕迹，就会发现其中有许许多多的不如意，像砂眼一样掩埋在我们的历史陈迹里。开始，你不服输，总要去较劲，以为这一生可以有很多种活法——即使只有一个活法，也一定要选择自己的活法。毕竟我们只有一次生命，我们不抛弃，不放弃，而且从头到尾就看不开，就不信邪，就不松手——以为看开就是逃避，就是不敢面对。宽容就是投降，而投降是可耻的。可是到了最后，你才感到那些砂眼不是在这里漏水，就是在那里透气，让你防不胜防。于是，你终于看开了，松手了，妥协了。其实对谁来说都一样，人没有更多的活法，只有一种活法，而且绝大多数是你不愿意过的。所以，宁为玉碎只不过是可以壮壮胆，而甘愿瓦全，却实实在在地可以用来为自己撑腰。如果把这个问题想通了，也许剩下来的就是该为什么玉碎，该为什么瓦全的厉害选择了。其实，人生最值得一过的，无非是用玉碎的心态，去做瓦全的事情。

（原载《收获》2019年第3期）

千年之约
——寻访东坡故里

◎王雪瑛

飞跃万里山和水，我从东海之滨来到天府之国，穿越千年云和月，我从眉山走进三苏祠，《红楼梦》中的一句话在心里浮现，"眼前分明是外来客，心中却是旧时友"，想象着与东坡先生相遇，瞬间真实的感觉……怎敢如此自不量力，那是苏东坡，是千年来说不透、说不全、说不完、永远的苏东坡呀，我想是见字如面，神交已久，何况东坡先生夫子自道，"我上可以陪玉皇大帝，下可以陪卑田院乞儿"。持佛家众生平等理念的苏轼，交友不论尊卑贵贱，唯求心意相通。

一

眉山，山不高而秀，水不深而清，蟆颐观、连鳌山、三苏湖是苏东坡兄弟少年时游学的旧址。据记载，两宋时的眉山县，所辖区域为二十乡，共出了近九百名进士，让宋仁宗皇帝也赞叹不已："天下好学之士皆出眉山。"南宋诗人陆游称眉山为"千载诗书城"。

眉山岁月是东坡先生的少年时代，是他人生大河的上游，清澈纯净的水流在故土的青山间奔流着，在阳光下跳跃着，穿过山峦，越过平原，一直向前……

嘉祐元年（1056），苏洵带着十九岁的苏轼，十七岁的苏辙，自西蜀眉山，沿江东下，这是苏轼首次出川赴京，参加朝廷的科举考试。嘉祐二年（1057），苏轼在京应试，当时的主考官是文坛领袖欧阳修，这是他一生中的幸运。

欧阳修正锐意诗文革新，苏轼清新洒脱的文风，让他眼前一亮，苏轼的策论《刑赏忠厚之至论》别开生面，欧阳修十分赏识，他误认为是自己的弟子曾巩所作，为了避嫌，将他评为第二。当欧阳修知道真相后，对苏轼的才学和创新青睐有加，他欣喜地预言："此人可谓善读书，善用书，他日文章必独步天下。"

在欧阳修的盛赞下，正青春的苏轼一时名动京师。他每有新作，立刻就会传遍京师，犹如移动互联网时代的刷屏，成为青年才俊的代表人物。如果苏轼的一生从此就处于如意顺境，享受着春江潮水连海平般的开阔、平静和美好，那他会成为一个怎样的苏轼呢？然而命运并没有给他安排如此的美满人生，而是让他历经了难以想象的磨砺、曲折和艰辛，尝尽了难以承受的贬谪、压抑和困苦。

当苏轼要在京师大展身手时，他的母亲和父亲先后病故，苏氏兄弟两次还乡，守孝三年，当苏轼还朝后，王安石的维新变法震动朝野，苏轼的恩师欧阳修，因反对新法与新任宰相王安石政见不合，被迫离京。朝野旧雨凋零，三十岁时苏轼的眼中所见，已然不是他二十岁时所见的平和京城。

熙宁四年（1071）苏轼上书力陈新法的弊病。王安石大为不满，让御史谢景对皇帝进言，数落苏轼的过失。耿直的苏轼请求出京任职。元丰二年（1079），四十二岁的苏轼调任湖州知州。上任后，他即给皇上奏一封《湖州谢表》，本是例行公事，只为苏轼的真诚与才情，与一般的官样文章有所不同，被新党挑唆成"衔怨怀怒"，"指斥乘舆"，"包藏祸心"，逐步酿成乌台诗案，苏轼身陷囹圄百日，几度濒临绝境，新党们非要置苏轼于死地不可。所幸北宋太祖赵匡胤年间既定下不杀士大夫的国策，苏轼才躲过一劫。

后来与苏轼政见相同的元老们纷纷上书，连一些变法派的有识之士也一起劝谏。当时已经退居金陵的王安石也上书："安有圣世而杀才士乎？"在众人的声援下，乌台诗案因王安石"一言而决"，苏轼得以从轻发落，被贬为黄州（今湖北黄冈）团练副使，本州安置。

乌台诗案的巨大打击成为他一生命运的转折点。此后苏轼的人生不是"漫卷诗书喜欲狂，青春作伴好还乡"，而是"山一程，水一程，身向榆关那畔行，夜深千帐灯。风一更，雪一更，聒碎乡心梦不成，故园无此声"。

东坡声名远扬，超越时空，无论是众人皆知的苏公堤、东坡肉，还是让人耳熟能详的"水光潋滟晴方好，山色空蒙雨亦奇"的诗句……他是中国传统文化的标志性人物，他的影响力不仅仅在传统文化国学研究的书斋里，也在我们活色生香的日常生活中。

隔着千年的时光之海，众人看见的是他的万丈光芒，他的千古风流，而他在风雨兼程中的艰难跋涉，在荒蛮之地的顽强生长，在黑暗幽冥中的心内烛照，更是他人生中的真实：他将一日日的艰辛忧伤和疲惫，变成一篇篇文气丰沛千古不朽的诗词华章，那是多么困难的事，那是历经砥砺之后，升华而成的人生意境，是苍凉寂寥的心境中盛开的诗意之花，弥漫千年，余韵不绝。

有道是不得志造就了苏东坡，是不断被贬成就了他的不废江河万古流，但是这样的造就与成就，这样的承受与超越，何其难，何其痛……

二

苏轼诗词文中名篇佳作多，能朗朗上口的也不少，让我一见倾心、过目不忘的是《赤壁赋》中的佳句，"且夫天地之间，物各有主，苟非吾之所有，虽一毫而莫取。惟江上之清风，与山间之明月，耳得之而为声，目遇之而成色，取之无禁，用之不竭，此造物者之无尽藏也，而吾与子之所共适"。那种开阔的意境，旷达的情怀，清俊的文气，流畅的音韵，竟然是他被贬黄州时所作。

近千年之后，年少十七的我在华东师大的校园里，呼吸着早晨清新的空气，诵读着东坡的性情之句，体会着那种悠然心会，妙处难与君说，寓深邃于简约之中、寓风雅于自然之中的美，从此深深地印在我的心里，积淀成审美趣味。

清人张潮在其《幽梦影》一书中所言："少年读书如隙中窥月，中年读书如庭中望月，老年读书如台上玩月。皆以阅历之浅深，为所得之浅深耳。"三十年的岁月流转，已是人到中年的我更能理解东坡先生初到黄州后，那种沉郁怅惘的心情，他多次到城外的赤壁山流连徜徉，呼吸山间清风，目送大江东去，驱散内心郁积，留下了《赤壁赋》《后赤壁赋》和《念奴娇·赤壁怀古》等千古名作，在苍茫山水之间，在自然大美之中，他感悟天地之间的生命，"寄蜉蝣于天地，渺沧海之一粟。哀吾生之须臾，羡长江之无穷。挟飞仙以遨游，抱明月而长终"。自然的浩瀚、雄浑和力量，让他超越有限的时间和空间，超越人生的障碍和困苦，以万世之心行一生之事，放弃了那种"非如何不可"的悲剧感。黄冈成为他精神的高地，成就他生命的崛起。

绍圣元年（1094）四月初，苏轼接到贬官落职的第一道诰命启程"南迁"，朝廷五改诏令四降官职，一个个贬官诰命追赶着他的脚步，等他赶到惠州时，苏东坡最后的官职变成了宁远军节度副使、惠州安置。

两年半之后，年过六旬的苏东坡再次被贬，他离开惠州赴儋州。在谪居惠州的两年七个月间，苏东坡遍游惠州，他所到之处，光彩顿生，他挥毫留诗，皆成一景，他共成诗词百多首，散文三百多篇，书画二十多幅。东坡寓惠时期的创作仅次于他寓黄时期的创作。东坡不仅将诗文赋予惠州，与他一路同行心心相印的王朝云也永留惠州矣。

苏轼任杭州通判期间，12岁的少女王朝云就到了苏家，她天资聪慧，又受苏家的书香浸润，她学字识文，渐渐知书达理。苏轼被贬黄州第二年，苏夫人提议由朝云贴身侍奉东坡。他们甘苦与共，相知相惜。当年近花甲的苏轼再遭厄运，颠沛流离于惠州时，才年过三十的朝云真情不改，千里相随同来惠州，是苏轼命途多舛中的心灵慰藉。一场疫病掠去了朝云34岁的生命。苏轼在惠州孤山朝云的墓前依依不舍，老泪纵横，脉脉此情，与何人说，"不合时宜，唯有朝云能识我；独弹古调，每逢暮雨倍思卿"。

三

对于苏轼，诗文、书画是他生命能量的发散形式，而为官从政，亦是他艺术人生的重要实践。苏东坡谪惠期间，还以自己的勤政仁厚福泽惠民。他筹资建桥保通行；他修堤防洪护良田；他种草药布施贫民；他禁止士兵扰民，他减轻农民赋税；他推行教育，大办书院，崇尚科举，吸引文人墨客纷至沓来，在昔日的蛮荒之地传播文明，偏安一隅的惠州人才辈出。清代诗人江逢辰盛赞苏东坡："一自坡公谪南海，天下不敢小惠州。"

苏轼一生宦海浮沉，历经磨难，他不仅仁政为民，而且他对封建社会由来已久的弊政陋习，有着深沉的批判意识。苏轼既揭示新政之弊端，也抨击旧党之腐败，他既不能容于新党，又不能见谅于旧党。对此东坡没有畏惧和退缩，他坦荡而磊落地以诗言志，"为国不可以生事，亦不可以畏事"。

无论顺境还是逆境，他都活出生命的意蕴，无论得意还是失意，他都欣赏身边的风景。他在赤壁赏月，他在西湖种柳；他被贬谪黄州能"长江绕郭知鱼美"，他贬谪惠州也能"日啖荔枝三百颗"，所有的日子，无论哪一种境遇，都因心灵的力量而充实和丰富。

花开是诗，花落是词。苏东坡的诗词既向内心世界开掘，也向外在世界拓展。他的诗题材广阔，清新刚健，文思独特，与黄庭坚并称"苏黄"；他的词豪迈雄奇，与辛弃疾同属豪放派代表，并称"苏辛"；苏东坡主张文章诗词应像大千世界一样，文理自然，姿态横生。他的散文气势宏大，语言却平易自然，他的叙事记游之文，将叙事、抒情、议论结合得水乳交融。他与欧阳修并称"欧苏"，为"唐宋八大家"之一。《记承天寺夜游》，全文仅八十余字，但意境超然，韵味隽永，为宋代文中之妙品。

苏东坡擅长画墨竹，绘画注重神似，反对形似，主张画外有情志，反对程序的束缚，提倡"诗画本一律，天工与清新"，影响着以后"文人画"的审美内涵。苏轼擅长写行书、楷书，与黄庭坚、米芾、蔡襄并称为"宋四家"。他曾自称："我书造意本无法"，"自出新意，不践古人"。

苏东坡学养贯穿儒释道，造诣纵横文书画，他是中国文化的集大成者，也是中国文人士大夫的典范。在他漫漫人生之旅走向天涯归处时，回望山重水复的来路，回想风霜雨雪的岁月，他会如何评价自己呢？1101年的初夏，在他辞世的两个月前，苏东坡写下了《自题金山画像》，"问汝平生功业，黄州惠州儋州"。平白至极而无半点掩饰的诗句，表明了他的自我评价，他不认为自己一生的功业，是三次在朝廷官居高位；而是在三次遭遇贬谪黄州、惠州和儋州。

这才是苏东坡的自评。在对命运的自嘲、对境遇的反讽中，有着怎样的辛酸和忧伤，又有着怎样的自信和自勉，亦是看尽了人生沧桑后的旷达和洒脱，历尽了疾风暴雨后的劲草和修竹。

一个如此丰富而顽强的灵魂，有什么厄运可以损毁他？他是一个可以在地狱里活出天堂滋味的人，他是一个可以在贬谪的压抑和寒凉中活出审美光芒的人！他留下的艺海明珠，历经千年时光大潮的冲击，依然熠熠生辉，漫漫的岁月长河中，依然有相通的心灵，诚挚而深切的感应。

四

似乎是命中注定，中国古典文学的这页华章，由苏东坡来书写，他在黄州完成《赤壁赋》和《后赤壁赋》，沿用赋体主客问答的格局，在描写长江浩荡、青山巍峨时，抒写了自己的人生哲学，全文骈散并用，情景兼备，是诗与思结合的散文名篇。

在2017年的初夏，我关上电脑，放下即将付梓的书稿，走出书房，离开上海，飞跃千里，似乎听到了召唤，拜谒东坡故里眉山。他的人生之旅由此出发，经过千山万壑，激流险滩，我想象着他身在落日烟霞中，心里涌起的层层波澜，他是否会想起自己在《眉州远景楼记》中，款款书写的心愿，将来告老还乡定要登临远景楼，尽享观览……很想完成他千年前的心愿登临远景楼，看岷江逶迤青山苍翠中，体会他与天地往来的胸怀，发现自然万物之美，既沉潜于当下的寻常生活，又有着超越有限时空的能力，在高低不同的人生境遇中刚毅坚卓，在冷暖自知中掩尽苍凉。

以东坡先生之盛名，不管世代嬗变，依然是天下谁人不识君，而他在现实人生中不断被贬，时遭困厄，他又是红尘独立中，心怀旷世的寂寥。

我来到蜀地眉山，走进"三分水，二分竹"的三苏祠，隔着千年的时光，惟愿初夏的清风中，传来他内心的话语。缓缓地走过木假山房、来凤轩、抱月亭、百坡亭，流连于启贤堂、洗砚池、荔枝树……没有陌生，而是亲切，仿佛我早已来过，记忆的河岸上出现了他的身影：年少青春的他在洗砚池边，望着层层的涟漪出神；在抱月亭里和父兄们一起吟诗论道，意气风发地畅想未来；在来凤轩里已是尘满面、鬓如霜的他，向远道而来的我，亲近地叙述人生的感慨，艺术的领悟，茶香氤氲中，他温和的目光穿越千年……

不经意间我移步至碑帖前，一个温婉柔和的女声在诵读："自我来黄州，已过三寒食。年年欲惜春，春去不容惜。今年又苦雨，两月秋萧瑟。卧闻海棠花，泥污燕支雪。暗中偷负去，夜半真有力，何殊病少年，病起头已白。""春江欲入户，雨势来不已。小屋如渔舟，蒙蒙水云里。空庖煮寒菜，破灶烧湿苇。那知是寒食，但见乌衔纸……"

这就是慕名已久的《寒食诗帖》又名《黄州寒食诗帖》，此帖是苏轼行书的代表作，在中国书法史上被称为"天下三大行书"之一的《寒食诗帖》，正如黄庭坚在此诗后所跋："东坡此诗似李太白，犹恐太白有未到处。此书兼颜鲁公、杨少师、李西台笔意。试使东坡复为之，未必及此。"

这是一首遣兴抒怀的诗作，至情至性，不可重复。苏轼书于被贬黄州第三年（1082年）的寒食节，那一年他45岁，经历了乌台诗案的生死忧患。全诗在叙写日常中直抒起伏的胸臆，在写实笔意中直面人生的严酷。在苍凉惆怅中依然旷达而有力，淋漓尽致地书写着生命情怀，生气贯注的结字，起伏跌宕的布局，气势奔放而无荒率之笔，一种生命力冲破了现实的压抑和桎梏，将凄凉之境遇，写出了豪放的气度，将个体的悲情，写出了天地的共鸣。

这是贯注了丰厚的生命体验的书写，是诗心与书法意蕴的融为一体。我当然不是第一次欣赏《寒食诗帖》，只是在东坡故里三苏祠的碑帖前，有着特别的生命体验，无法抑制的热泪湿了脸颊，涓涓泪水模糊了视线……自己也不知这是怎么了，突然而至的情感潮汐中，仿佛目睹了他在长期困厄中的勉力自持，在百感交集中的秉笔直书，千年的时光，被他的笔力穿透了，千里的寻访，是为了这瞬间的心灵相通……

我又想起了，同年的冬季寒夜里，苏轼在定慧院写下了那首著名的《卜算子》，"缺月挂疏桐，漏断人初静。谁见幽人独往来，缥缈孤鸿影。惊起却回头，有恨无人省。拣尽寒枝不肯栖，寂寞沙洲冷"。又是黄庭坚对他心领神会而赞叹备至："语意高妙，似非吃烟火食人语，非胸中有万卷书，笔下无一点尘俗气，孰能至此！"

东坡"以性灵咏物语"，选景叙事简约凝练，以场景写心境，孤鸿和深夜，寂寞和寒枝，既因高洁而孤寂，亦不随波而逐流。虽经诬陷和囹圄，依然磊落而独立。

以前就赏阅过《寒食诗帖》，由川返沪后，我又悉心重温，细细看来句句真情流露，字字真切传神。不由地联想到了"意既极于性情，辞亦匠于文理"，《寒食诗帖》是对刘勰《文心雕龙》的审美理想的生动注解。苏轼撰诗并书的墨迹素笺本，横34.2厘米，纵18.9厘米，行书十七行，129字，真迹现藏"台北故宫博物院"。

一生的苍凉悲欢如水流过，在阴晴圆缺的日子里，在现实骨感的人世间，他以诗词营造心灵的家园，生命的意境。花开花落，四季流转，诗词，是他生命中最长情的陪伴，最诚挚的告白。

生成于西太平洋的台风"云雀"携着雨水呼啸而来，驱散了盛夏的暑热，望着雨后翠绿的树荫，又想起了眉山他的故土，三苏祠他的故居，一年前我的前往，仿佛是奔赴一个千年之约，感受他的博大心灵，记得罗曼·罗兰说过的话："伟大的心灵有如崇山峻岭，风雨吹荡它，云翳包围它，但人们在那里呼吸时，比别处更自由更有力……"

东坡先生以审美之心面对大千世界，凡物皆有可观，随处皆有可美。他的人生态度为后人示范了极有魅力的生命形式，他的诗文书画为后人呈现了中国文化的审美韵致……

他以万世之心行一生之事，他是超越时间的存在。

（原载《上海文学》2019年第6期）

《新青年》的上海文学想象

◎陈建华

  关于五四新文学运动的历史意义我们耳熟能详，对其思想大本营《新青年》的研究也汗牛充栋。最近重读《新青年》，注意到有关上海的有趣段子。1917年夏胡适从美国学成归国，先逗留上海十余天，去了书店，看到一本莎士比亚剧本，"原来把会话体的戏剧，都改作了《聊斋志异》体的叙事古文"，要找"新出版的小说，看来看去，实在找不出一部可看的小说"，只是听说"如今最风行的是一部《新华春梦记》"。"总而言之，上海的出版界——中国的出版界——这七年来简直没有两三部以上可看的书！""我看了这个怪现状，真可以放声大哭。"上海的出版文化使胡适失望，跟不上"现代新思潮"。同样他去大舞台看戏，觉得建筑外观和内部装潢很洋气，但舞台上那些角儿"没有一个不是二十年前的旧古董"。于是感慨："装上了二十世纪的新布景，却偏要做那二十年前的旧手脚！这不是一幅绝妙的中国现世图吗？"（《新青年》4卷1号，1918年1月）1918年5月陈大齐在《辟"灵学"》一文中批判宣传迷信的《灵学》杂志，刘半农也在《随感录》中说以前他在上海经过南京路，就看到过那班"灵学会"会员设坛扶乩，装神弄鬼，"每闻笙箫并奏，铙鼓齐鸣"，善男信女在桌下跪拜磕头。于是愤慨表示："洋洋十数万言之杂志，仅抵得《封神传》中'逆畜快现原形'一语。"罗家伦说他在游沪时看到"我理想中之青年学生莫不暮景沉沉，气息奄奄，若医学所谓鬼脉，物理所谓惰性，兵家所谓暮气"。（《新青年》4卷1号）

  的确，上海十里洋场光怪陆离，乌烟瘴气，像在晚清吴趼人《二十年目睹之怪现状》等小说里所描写的，名声本来就不佳。然而正当《新青年》大张旗鼓地开展批判旧文化、改造国民性的文学革命和思想革命运动，胡适等人的上海观感就非同小可。别的不讲，上海一向居全国的出版中心，在胡适看来等同于中国的出版界。即如《新青年》的编辑部是在北京，其出版发行则是在上海。在他们眼中，那些东西光怪陆离，与他们所进行的新文化运动背道而驰，根本上关乎"救救孩子"的问题。

　　胡适说的那本莎士比亚剧本，指林纾的《吟边燕语》，其实是查尔斯·兰姆与其姐玛丽根据莎剧改写的故事集，与胡乱改作剧本不同。其实《新青年》同人讨论文学革命时，林纾已被视为"桐城谬种"的魁首。钱玄同说他"与人对译欧西小说，专用《聊斋志异》文笔，一面又欲引韩柳以自重，此其价值又在桐城派之下，然世固以大文豪目之矣"。（《新青年》3卷1号）林纾不懂英文，最初通过王寿昌口述翻译了《巴黎茶花女遗事》而声名鹊起。民初商务印书馆与林纾签约，此后他继续与人合作，短短数年里翻译了数十种小说，皆畅销一时，此即"大文豪"的由来。1918年3月《新青年》刊出《王敬轩之来信》，把林纾当靶子。其实这封信是钱玄同与刘半农假造的，林纾终于被激怒，次年2月间在《新申报》上刊出《荆生》和《妖梦》的短篇小说，对新文学也恶言相加，在京中一时黑云压城，形成所谓"新旧思潮之决战"，林纾成了过街老鼠，遂酿成一宗文学史冤案，这在最近出版的樽本照雄的《林纾冤案事件簿》一书中有详细考索。

　　毫不奇怪，对上海的文化现状进行抨击或批评，在《新青年》的旨在整体改造"新"、"旧"文化的话语建构过程中，是不可忽视的部分。除了林纾事件，如对南社"国粹"的訾议、对"旧戏"的抨击、陈独秀对《东方杂志》的"质问"，以及鲁迅对漫画杂志《泼克》的嘲笑等，不一而足。同样如本文所讨论的"鸳鸯蝴蝶派"小说《玉梨魂》与"黑幕书"问题，对于中国现代文学史产生深刻影响，也具"事件"性质。近数十年来"鸳鸯蝴蝶派"被正确对待，学者对于"黑幕书"也有所研究，但本文采取本雅明的蒙太奇"并置"法或布厄迪的"平行阅读"的方法，回到当时文学现场作一种历史化考察，一方面在《新青年》的"文学革命"的语境中分析批评话语的结构性涵及杂志同人之间的共识与差异；另一方面回到上海文坛恢复《玉梨魂》与"黑幕"文学的真实形态，其某些方面至今为历史所遮蔽。通过比较能增进我们对中国问题较为全面的把握，也可从历史中得到有益的教训和启示。

"鸳鸯蝴蝶派"与"黑幕"的由来

1931年鲁迅在《上海文艺之一瞥》中回顾了从晚清以来以"才子+流氓"为特色的"上海文艺"的历史，说到民初"才子+佳人"的小说又盛行起来：

> 到了近来是在制造兼可擦脸的牙粉了的天虚我生先生所编的月刊杂志《眉语》出现的时候，是这鸳鸯蝴蝶式文学的极盛时期。后来《眉语》虽遭禁止，势力却并不消退，直待《新青年》盛行起来，这才受了打击。(《二心集》，人民文学出版社，1973，页86)

在1949年之后的文学史中"鸳鸯蝴蝶派"被定性为"反五四逆流"而受到严厉批判，凡属该派的作品几乎全遭屏蔽，鲁迅这篇文章可说是起了关键作用。文中说的《眉语》杂志流行于1914年至1916年，主编高剑华，与她的编辑团队皆为女性，遭到民国教育部"通俗教育研究会"取缔而停刊。天虚我生即陈蝶仙，1914年与王钝根、周瘦鹃等创刊《礼拜六》，极受读者欢迎，据说销量达数万册。鲁迅记错《眉语》的编者，但确实"遭禁止"，当时他也是"通俗教育研究会"的成员之一。这段话表明鲁迅一向对"鸳鸯蝴蝶派"持反对态度。在发表《上海文艺之一瞥》那一年他身为"左翼"领袖，曾对刚到上海的胡风说：千万不能放松对鸳鸯蝴蝶派的斗争。

"鸳鸯蝴蝶派"之称起源于《新青年》，发明者是鲁迅之弟周作人。1918年7月《新青年》刊出他的《日本最近三十年小说之发达》一文，最后将中国小说作比较，认为晚清以来的"新小说"乏善可陈，作者们缺乏"人生"观念，把小说当作闲书或教训讽刺、报私怨的工具，"所以做来做去，仍在这旧圈子里转"，特别提到"《玉梨魂》派的鸳鸯蝴蝶体、《聊斋》派的某生体，那可更古旧得厉害，好像跳出在现代的空气以外，且可不必论也"(《新青年》5卷1号)。自1917年初胡适的《文学改良刍议》与陈独秀的《论文学革命》先后发表之后，经胡适、陈独秀、钱玄同与刘半农等杂志同人以"通信"方式多次讨论，在用白话文代替古文、以"进化"观念重估文学史方面达成共识，这与

《新青年》的反对"孔教"、传播欧西现代文明的立场是一致的。周作人先是发表翻译作品，没参加讨论，但《日本最近三十年小说之发达》一文表明他完全接受了讨论成果。其中钱玄同最有趣，扮演了"改良"与"革命"的双重角色。为推行白话，他提出注音字母、标点符号、改直排为横排、使用西历纪时、用阿拉伯数字等建议，极具体而周详，在技术层面他的贡献最大，不过他也最为激进，提出废止汉字而使用世界语。陈独秀在《论文学革命》中把前后七子与唐宋八大家称作"十八妖魔"，此后同人们惯用妖魔化语言来谈论古典文学。钱玄同发明"选学妖孽，桐城谬种"（《新青年》2卷6号），明确了两大主攻方向，也实有所指。"桐城"特指林纾，经常连带到《聊斋志异》。"选学"指骈体文，当代代表是刘师培。钱玄同最初给陈独秀的信中说到"阮元以孔子为文言之祖，因谓文必骈俪"时，括号里加了一句："近人仪征某君即笃信其说，行文必取骈俪，尝见其所撰经解，乃似墓志。"（《新青年》3卷1号，1917年3月）"仪征某君"即刘师培。胡适也举出《中国学报》中刘师培的《休思赋》，说根本无法看懂，且特地把原文刊登出来"奇文共欣赏"（《新青年》4卷3号）。

由此可明白周作人文中所说的"《聊斋》派的某生体"是指林纾，事实上此前刘半农已在回答王敬轩的信中把林纾狠批了一通。而"《玉梨魂》派的鸳鸯蝴蝶体"把"选学"引向当代，开拓了新的战场。的确，周作人在文学理论上高出一头，半年之后在《新青年》又发表《人的文学》一文（《新青年》5卷6号），学者认为其重要性不下于《文学改良刍议》和《论文学革命》。《人的文学》开宗明义："我们现在应该提倡的新文学，简单的说一句是'人的文学'，应该排斥的，便是反对的'非人的文学'。"他不光像大家一样主张达尔文"进化"论，更明确提出以欧洲启蒙思潮的"人性"和"人道主义"为衡量文学的价值标准，并开列了属于中国儒道系统的十种书，都属"非人的文学"，都应当从"纯文学"领域里"排斥"出去。这十类包括《水浒》《西游记》与《聊斋志异》等自不消说，所开列的有"色情狂的淫书"、"迷信的鬼神书类"、"神仙书类"、"妖怪书类"、"奴隶书类"、"强盗书类"、"才子佳人书类"、"下等谐谑书类"和"黑幕类"等，还包括"以上各种思想和合结晶的旧戏"，这份单子比胡适等人讨论的涵盖更广，分类名称更为醒目，其激进程度更有过之。周作人认为以"新"、"旧"作区别过于笼统，而提出进化的"人"与"人道主义"的观念，即所谓"个人主义的人间本位主义"。另外所谓"纯文学"是十年前王国维与鲁迅所主张的观念，这些无疑使"文学革命"提升到一个新的理论高度。不过吊诡的是，将文学只分两种，一种是"人的文学"，另一种是"非人的文学"，却是"新旧"二元逻辑的产物，

其中"黑幕类"未列书单，也未作解说，其实跟四个月前教育部"通俗教育研究会"发布的《劝告小说家勿再编黑幕一类小说函稿》有关。文中说："近时黑幕一类之小说，此行彼效，日盛月增。核其内容，无非造作暧昧之事实，揭橥欺诈之行为。名为托讽，实违本旨。况复辞多附会，有乖实写之义；语涉猥亵，不免诲淫之讥。此类之书，流布社会，将使儇薄者视诈骗为常事，谨愿者畏人类如恶魔。"又表示以前研究会对于"不良小说"有过"查禁"，但这次采取劝告方式，希望小说家不再写这类"黑幕"小说（《东方杂志》1918年9月）。接下来1919年1月的《新青年》刊出题为《"黑幕"书》的通信，宋云彬来信说他看到"黑幕小说"很流行，那些"可称作杀人放火奸淫拐骗的讲义"对青年造成恶劣影响。钱玄同回信说"人人皆知'黑幕'书为一种不正当之书籍"，当然是通俗教育研究会发表其《函稿》的结果。他同意"黑幕"书"贻毒于青年"，但提醒说："其实与'黑幕'书同类之书籍正复不少：如《艳情尺牍》《香闺韵语》及'鸳鸯蝴蝶派的小说'等等，皆是。"这就和周作人的"鸳鸯蝴蝶体""古旧得厉害"的说法接上了。钱玄同进一步引申说："自1913年袁皇帝专政以来，复古潮流一日千里，今距袁皇帝之死已二年有余，而复古之风犹未有艾。'黑幕'书之类亦是一种复古，即所谓'淫书者'之嫡系。"最后感叹："到了民国成立，反来提倡复古，袁政府以此愚民，国民不但不反抗，还要来推波助澜，我真不解彼等是何居心。"把"鸳鸯蝴蝶派的小说"和"黑幕"书扯在一起，是钱玄同的发明，说它们都与袁世凯的"复古"沆瀣一气，扮演了专制帮凶的角色。在他看来，反正这些东西都该打倒，但经过他这么政治化处理，就使"鸳鸯蝴蝶派"问题改变了性质。

同一月周作人在《每周评论》上发表的《论"黑幕"》中说："到了袁洪宪时代，上下都讲复古，外国的东西便又不值钱了。大家卷起袖子，来做国粹的小说，于是《玉梨魂》派的艳情小说、《技击余闻》派的笔记小说大大的流

行。"（《每周评论》第4期）这显然在呼应钱玄同，但作为文体专家，似乎觉得把"黑幕"和"淫书"看作同类有点麻烦，因此解释说从前流行讲名人隐私的"笔记小说"，也有讲男女之情的"艳情小说"，因而"这两种便是黑幕的根苗"。其实《技击余闻》不等于"黑幕"书，而周作人说是"笔记体的淫书"，或"艳情掌故的黑幕闲书"，尽管反复解释仍显得含混，文章最后一段值得玩味，他说："我们决不说，黑幕不应披露。且主张说，黑幕极应披露，而不应当如此披露。我们揭起黑幕，并非专心要看这幕后有人在那里做什么事，也不是专心要看做那样事的是什么人，我们要将黑幕里的人，和他所做的事，连着背景，并做一起观。"一面说"黑幕"是"淫书"，一面又说"黑幕极应披露"，又认为都不必深究，或不当"如此披露"，归根到底"我们要看这中国民族在中国现在社会里，何以做出这类不长进的事来。这所做的事，只是结果，不必详说"。这段话显然偏离了他们指斥"黑幕"和"鸳鸯蝴蝶派"的主题而另有所虑所指，这就让人困惑：到底什么是"黑幕"？披露了什么样的事和人？

不约而同，1919年1月北大学生主编的《新潮》创刊，志希（罗家伦）在《今日中国之小说界》一文中也严厉声讨当时流行的三种小说：第一种"是罪恶最深的黑幕派"，明确指出："民国四年上海《时事新报》征求'中国黑幕'之后，此风遂以大开"，如《中国黑幕大观》《上海黑幕》《上海妇女孽镜台》等书正风行一时；第二种"就是滥调四六派"，包括徐枕亚的《玉梨魂》与李定夷的《美人福》等；第三种是《袁世凯轶事》《黎黄陂轶事》之类的"笔记小说"。罗家伦提到1916年教育部曾经"查禁"过"杂志小说数十种"，而现在他希望"教育当局注意"这类小说的泛滥而有所整治。

文中除了对第二种小说的看法与周作人、钱玄同相近，其余的看法很不同。罗家伦指出"黑幕"小说源自《时事新报》，虽然征求"黑幕"发生在1916年，而非1915年。他举出《中国黑幕大观》等，正是教育部《函稿》所指的对象，看来他对实际情况较为了解，且就事论事，没把"黑幕"与"淫书"混为一谈。另外属于第三种的《袁世凯轶事》《黎黄陂轶事》等，他认为"或者还可以灌输人民一点'掌故知识'"，因此还不那么有害。实际上这是"黑幕"的产物，这一点下面再说。

紧接着在1919年2月的《新青年》上重刊周作人的《论"黑幕"》，同时刊出杨亦曾的《对于教育部通俗教育研究会劝告勿再编黑幕小说之意见》和周作人的《再论"黑幕"》，作为对杨文的回答。(《新青年》6卷2号)"黑幕"问题就更为复杂了。杨亦曾开头引征宋春舫"黑幕小说是小说界的精彩"之语，并以"辩护士"自居，认为黑幕小说"在新文学上极为重要"，可见当时新派青年当中也不乏称赞黑幕小说者。他从四个方面逐条驳斥教育部《函稿》的观点，说明黑幕小说合乎近世文学与思想之潮流，并不违背"人生"与"道德"问题。

对他的论辩这里不作详细讨论，关键的一点有关"黑幕小说"的"写实"问题。针对《函稿》中"无非造作暧昧之事实"这一段，杨亦曾说："这条理由也不充足，我看黑幕小说中所载拆白党、黑迷党、野鸡的种种欺骗行为，并不是捏造。又如说袁世凯种种阴谋，及诸妃劝进的事，报纸上也载过多次，难道尽是假的？"这里触及"黑幕小说"的社会和政治内容，也就是周作人文中提到的"披露"的人和事了。杨亦曾说中国小说向来具"传奇"性，像狄更斯的《大卫·科波菲尔》"虽带着几分传奇气味，然写实的精神还是很好"，认为黑幕小说融会了近世欧洲写实小说的新潮流，标志着一种"进步"，且总结说："欧洲文学史日愈趋向写实；是批评社会，阐明真理。我国的黑幕小说，现在也本不少，皆用消极方法，描写社会的恶劣事情，也是欧洲写实小说一种新潮流，比以前的旧小说本高出一层。"因此黑幕小说仍体现了"批评社会，阐明真理"的写实精神。

在《再论"黑幕"》里，周作人说："我的意见，总括起来是这几句话：'黑幕不是小说，在新文学上并无位置，无可改良，也不必改良。'所以对于杨君提出的四条重大问题，只有一个'否'字的答案。"其实杨亦曾说到关于袁世凯的黑幕小说，似乎触及钱、周的黑幕即"复古"的问题。而周作人为《函稿》辩护说："通俗教育研究会攻击黑幕的话，有几处我却以为很对，'无非造作暧昧之事实'一节，说的理由十分充足；尤其切实的，是'名为托讽，实违本旨'的两句。他们做黑幕看黑幕的人，岂不藉口于'托讽'么？但他的实际，却正与这本旨相背。如黑幕'满口总说万恶淫为首'，试问中国哪一部淫书不是这样说的？"这里坚持"黑幕"即"淫书"的论点，只是不提黑幕即"复古"的说法了。

上海文学与文化现场

《玉梨魂》是否袁世凯"复古"的产物或与之同流合污？什么是"黑幕"书？是否"淫书"？要回答这些问题，须回到民国初年的上海文学与文化现场。

徐枕亚的《玉梨魂》于1912年8月3日开始在《民权报》连载，次年6月25日结束，不久单行本出版。比照钱玄同说"自1913年袁皇帝专政以来，复古潮流一日千里"的话，在时间上不对接。更重要的是，《民权报》于1912年3月创刊，在沪上各家报纸中反袁最为激烈，抨击其践踏约法、推行专制；尤其在宋教仁遭暗杀后，及孙中山"二次革命"期间，天天声讨袁世凯，因此遭到打压，在1914年1月被迫停办。徐枕亚是该报记者，负责新闻编辑，同时与吴双热、李定夷分别创作有关当时婚姻与家庭问题的"哀情"小说，在该报连载，徐也常为文艺副刊撰文。1912年6月11日，他在《再定读法十条》中说《民权报》对于"专制恶魔、共和之蠹""口诛笔伐，不少假借"，这当然是指袁世凯。他建议读者在阅读该报时要有心理准备，最好先服用半瓶安神药水，因为"《民权报》堂堂正论，势如雷霆奋击，笔如风霜横厉，字如龙蛇飞舞，猝然读之，恐不免魂飞魄散，故宜先安其神"。虽属游戏笔法，也可见其与报馆一致的政治立场。

从思想上看，徐枕亚是"南社"社员，受到"国粹"思潮的熏染。周作人把"《玉梨魂》派的艳情小说"和"国粹的小说"拉在一起，有他的根据。1905年邓实和黄节创办《国粹学报》，成为"南社"的思想基地，政治上靠近同盟会而具反清倾向，学术上受章太炎、刘师培、王国维等人的引导，以现代的自由、平权价值重新阐扬中国文化精粹。鉴于历史上中国与外族的兴衰关系及三百年以来的清朝统治，章太炎以汉语作为文化主体与"国粹"思想的核心。如上文提及的，刘师培继承阮元的"文笔"说，强调抒情美文的特性，认为骈体文代表文学"正宗"，也赞成文学进化而使用通俗的白话。徐枕亚运用骈体文来写小说，受"国粹"思想驱动，应当与刘师培的说法有关，在小说历来受正统鄙视的语境中，是促使小说身份的现代转型而使之如梁启超的"小说为文学之最上乘"的一种尝试。

因为反对袁世凯专制，"南社"遭到严重摧残，宋教仁、宁调元等领袖相继被暗杀，许多社员也横遭迫害，以致柳亚子发出"当年专制犹开网，此日共和竟杀身"的悲叹。在这种情势下，社员纷纷远离政坛而转向文艺领域。如《民权报》停办之后，蒋箸超等人创办《民权素》杂志，转载该报文艺副刊的作品，包括徐枕亚的《水族革命记》。文中把中国譬作"水族"世界，作者最后议论："世界著名凉血动物，居然也要革命，革命居然成功，贪如鲸者，居然为水国大总统矣。所引用者，无非龙王之旧臣，龙族之余孽。嗟尔水族，汝等脱离龙王之专制，不知又入于暴鲸之口矣。欲享共和幸福，岂非梦想？吾不禁望洋向若而叹耳。"（《民权素》第1期，1914年4月）这不啻是一个讽刺时局的寓言，含有对袁氏专制的无奈与悲愤。1914年徐枕亚创刊《小说丛报》，与吴双热等继续发展"鸳鸯蝴蝶派"的小说风格。

历史上"复古"思想无时不有，清末民初中国文化处于现代转型过程中，如学者们指出，"国粹"思潮已是中西交流的产物。小说方面也出现逆袭"新小说"运动的态势，而竞相创作古文小说，包括鲁迅的《怀旧》及其翻译作品。因此有各种"复古"，与袁世凯的尊孔复古的关系须具体对待。从以上对徐枕亚的观察来看，把《玉梨魂》与袁世凯看作一回事是毫无根据的。

一部满是古典诗词与骈文的小说《玉梨魂》风靡一时，数十年里不断再版，又被译成白话流传海外，实在是一个"纯文学"的商业奇迹。近年来学者们给予《玉梨魂》高度评价，其属文学经典殆无异议。章培恒先生认为，其所蕴含的"人性的解放"的要求，出现在文学革命前夕，确属可贵。（《不京不海集》，复旦大学出版社，2012年，第598—600页）夏志清先生在《玉梨魂新论》中指出这部小说传承了中国"伤感—艳情传统"，对其语言艺术极其赞赏，甚至发出其后难以为继之叹。这些方面这里就不必多说了。

关于"黑幕"问题，起始于1916年9月1日上海《时事新报》的"黑幕大悬赏"，这一时间节点至关重要，若照罗家伦说是1915年，就是另一回事了。那是在袁世凯刚死三个月，黎元洪上台恢复了《临时约法》，出版和言论重又放开，因此黑幕潮喷涌，犹如国民大吐槽，且延续数年之久，其本身是个值得重视的文化现象，就政治意义而言是对袁氏专制的反拨，很大程度上是一种民间自发的批评空间和民主实践。上文杨亦曾说"如说袁世凯种种阴谋，及诸妃劝进的事，报纸上也载过多次"，正是黑幕风潮的产物。袁氏呜呼不久，就出现贡少芹与多山合著的《八十三日皇帝之趣谈》一书，以趣味笔墨对洪宪皇帝尽嘲笑揶揄之能事。尤其是他的《洪宪宫闱艳史演义》，1918年7月由明华书局出版，8月再版，讲的正是"诸妃劝进的事"。另外本文开头胡适在上海书店里提说"如今最风行的是一部《新华春梦记》"，这是一部长篇小说，叙述袁世凯盛衰始末，作者杨尘因。书中写到袁世凯称帝，蔡锷在云南起兵，城中男女老少闲聊议论的一段：

> 又有那好事的人问道：袁大总统他做皇帝不做皇帝，与你我什么相干？你们夹在革命军里反对他，岂不是干怄气吗？那些妇人们抢说道：再可也不要说了。咱们自从共和以后，虽然莫得着十二分的大好处，但是天天听着人说男女平权、男女平等的话儿，好像你们那些男子汉是要把咱们妇女看得重些。我们妇女中有那些聪明的，也就很想拼命出头，求一个独立生活，仿佛自己也都不以妾媵之辈自待了。如今又要抬皇帝来，必定又要将我们妇女降作为奴为婢。听说皇帝还要招选什么妃子，这又是我们妇女的一个大劫。……哪能让他再做皇帝呢？那人听说这一番大议论，仿佛无理之中，确有些道理，便叹了一口气道：到今天你们才知道共和的好么？那些妇女抢说道，共和的好处，我们是早已知道了。不过我们的嘴巴拙，不会学那班女学生，按天将新名词当歌唱，难道良心上的话儿，我们也不会说么？（百花洲文艺出版社，1996年，第1009页）

《新华春梦记》也在1916年出版，书名讽刺袁皇帝一场"春梦"，像这一段从大众角度表达了抨击专制、拥护共和的主旨。范伯群先生曾撰文对《时事新报》与"黑幕"的始末论之甚详，且以美国二十世纪之初由新闻记者和作家所发起的"揭黑运动"为例，说明黑幕小说具有监督权贵、揭露社会腐败与不公的功能（《多元共生的中国文学的现代化历程》，复旦大学出版社，2009）。这类小说属虚构类，而罗家伦所提到的《中国黑幕大观》等属非虚构类，几乎铺天盖地，数量惊人，由最初《时事新报》所征集的"上海黑幕"衍生而来。的确，这部《中国黑幕大观》堪称典型，1918年3月由上海中华图书集成公司出版，共四大册七百四十二则笔记，署名作者达一百七十位，包括一些女性作者，编者署名"路滨生"，其实是集体产品。开卷影印蔡元培给作者的复函手迹："谨复者：前于各报广告栏见《黑幕大观》，意为近世写实派小说一流。已函订预约券。今奉惠书，益念诸君子救世苦心，深所钦佩。"此时蔡元培由教育总长转任北大校长。他没有为该书作序，但允许以此函代序，稍后此书在各报大做广告，"近世写实派小说一流"的手迹被复制，出现在《新闻报》上。其目录分政界、军界、学界、商界、报界、家庭、党会、匪类、江湖、翻戏、优伶、娼妓、僧道、拆白党等十六类之"黑幕"，涵盖社会各阶层，而首先是政界和军界，就含政治挑战性。《编者例言》说"本书涉及人名多从隐阙"，说明编者不无顾忌，如书中"段□□"，一看即知是段祺瑞，乃当权要人，善于在政坛上翻云覆雨。虽未写段氏全名，已触及权贵阶级，就中国政治文化来说，像这样广泛的庶民议政，在过去是不可想象的。

《中国黑幕大观》中王钝根的序文说："黑幕者，摘奸发覆笔记也。"在肯定该书的社会意义之后说："予先索其稿读之，殊有未尽之处。即就予十年来所闻见，政局之离奇变幻，大人先生之机巧诈伪，多有报纸所不便揭载，而《黑幕大观》所未能尽行采入者。"他觉得揭露得不够，于是他自己编纂了《百弊丛书》，1919年底由中华图书集成公司出版。该书声言旨在揭露"官场之黑暗"，以国务院、外交部、内务部、陆军部、将军府、京师警察厅等政府各部为子目，果然对于"大人先生"的批评力度大为加强。如写到国务院："乃全国行政之总机关也，然除国务会议外，各部总长对院事从不过问。故秘书长、局长等只服从总理，能得总理信任者，视诸总长若弟兄行，甚且势凌其上，观徐树铮、孙洪伊往事可知矣。"黑幕书大多具这样的挑战性，形成来自民间的强大舆论。另有一部《中国黑幕大观》，刘豁公的序文说："中国上自军政大事，下至里巷琐屑，无不各有一层黑幕笼罩其间。"童爱楼的序文："上而达官名将，下而走卒舆台，试聆其议论，当无一而非仁义道德者，顾察其行为，则适与之相反。"（《鸳鸯蝴蝶派文学资料》，福建人民出版社，1984）批评的矛头指向"军政大事"或"达官名将"。又如《中国黑幕之黑幕》，内容根据"各省通信之员"提供的材料，标榜"实事求是"，尤其声称"不屈于权势"，书中叙事甚至涉及具体的部门与人事。（《新闻报》，1918年6月26日，第4张，第1版）

所有这些无不触及周作人觉得"不必详说"的"幕后"的人和事，如《中国黑幕大观》中的"段祺瑞"，或如《徐世昌》《黎黄陂轶事》等书，皆触及当下实际当道者，却是"黑幕"的聚光点。说穿了鞭尸袁世凯做给活人看，实际意义在于宣示了普通国民对现实政治的监督、揭露与批评的权利。而为"黑幕"站台的大多是所谓"鸳鸯蝴蝶派"作家，如王钝根、陈蝶仙、周瘦鹃、徐枕亚、贡少芹、姚民哀等，或参与编辑，或撰写序文，而他们皆为"南社"成员，对于袁世凯专制无不痛心疾首，宿仇在怀。其中王钝根是个显例。他自民国伊始即为《申报》创刊文艺副刊《自由谈》，日逐发表"游戏文章"，大多由普通市民所作，以嬉笑怒骂的笔法批评时政，体现了共和理念。1913年因"自由"言论受到袁氏当局的压制，王钝根转而创办《自由杂志》，出了两期又被迫停刊，嗣后相继推出《游戏杂志》与《礼拜六》，以消闲方式为市民大众开拓文化空间。

其实，徐枕亚在1918年也编过一本"黑幕"书，不曾为钱玄同、周作人注意。徐枕亚在序文中批评时下"黑幕"书以"宣泄隐密，指示迷津"为名，实际上"著作及发行者，或即为黑幕中之一分子"。于是他与贡少芹、俞天愤、姚民哀、吴绮缘合作，抱着"牗世觉民"的宗旨，"无一事臆造，无一语粉饰"地编了《人海照妖镜》，由小说丛报社出版。书分政海、孽海、幻海、色海四类，比同类黑幕书另具文学色彩，"政海"部分专由揭露袁氏秘辛而闻名的贡少芹撰写。在"总论"中他明确指出，民国以来政府腐败，共和退步，"皆政海诸公之咎之罪也"，因此惟"执政者"是问。此文口诛笔伐，明晓透彻，声情淋漓。书中揭露中央到地方的黑箱政治，包括袁世凯、黎元洪和冯玉祥。痛斥袁氏"诡谲诈虞"自不消说，如"解散国会之内幕"一节指出背后操纵的黑手是"某院议长"，即指段祺瑞，说他是个须提防的野心家。

陈蝶仙也是"南社"社员，作为《申报·自由谈》主编也呼应黑幕热潮，1918年4月至6月新增"百弊丛谭"为《自由谈》头条栏目。跟他一贯提倡"家庭日用"有关，该栏目登刊的读者来稿以揭露社会各方面的弊病为主，如《律师之弊》《教员之弊》《官产置办员之弊》等。市民广泛参与这揭黑平台，交换经验，分享信息，谴责道德败坏和权力滥用，含有各行各业建立规则的要求，希望社会机体变得有序和健康，在整体上推进共和的机制与精神。另一位周瘦鹃在1919年也编刊了《世界秘史》，也是别具特色的"黑幕"书，专门揭露世界各国统治阶层的恋爱与家庭隐私。我在别处讲过，书中有关拿破仑"三戴绿头巾"的"丑闻"被搬上舞台，也有有关袁世凯的。（《周瘦鹃在1919》，《文汇学人》，2019年2月15日）

"黑幕"浪潮席卷印刷传媒，良莠不齐，鱼目混珠，出现大量商业牟利的产品。如报纸上充斥着"海上男女黑幕长篇小说"的《小兄弟秘密史》、"海上女界黑幕小说"的《小姊妹秘密史》之类的广告。像《上海妇女攀镜台》中"苏扬帮老鸨教授妓女法"，当然属于黑幕的末流了。教育部《函稿》发表之后，1918年11月7日《时事新报》在头版发布了《本报裁撤黑幕栏通告》，"黑幕"书渐渐退潮，显见"劝告"的作用。然而这毕竟是在民初，在共和宪政的架构中印刷文化还有自由空间，教育部取"劝告"态度，《新青年》的攻击不具法律效力，王钝根仍然出版了《百弊丛书》，都市大众传媒也没有完全放弃批评空间。

结语：历史的教训与启示

今日文学史上钱玄同与周作人关于"鸳鸯蝴蝶派"与"黑幕"的说法已成过眼云烟，但重读他们那种全盘西化的立场，其彻底决断之程度不免让人惊愕。值得探究的是为何上海对他们如此不堪入目？当然出于一种"文学想象"，与当时实际的上海文学落差不小，显见他们缺乏了解，却与"德先生"与"赛先生"精神背道而驰，不作调查研究，也不包容，问题或者出在根本上盲目西化，迷信观念万能，把"人"与"文学"观念绝对化，把上海看作非"人"无"文"的"他者"。这种一刀两截的二元思维方式，从陈独秀《论文学革命》中"与十八妖魔宣战"的表述就可看出，或如在杂志朋友圈的讨论中，关于"白话文学"，他对胡适表示："必不容反对者有讨论之余地，必以吾辈所主张者为绝对之是，而不容他人之匡正也。"（《新青年》3卷3号）到1920年9月《新青年》改版，陈独秀一连四期在"随感录"栏目中评论"上海社会"，说除了一小部分"青年有志的学生"，其他人都乌七八糟恶俗不堪，都是"金钱主义"的产物，那是在他诉诸革命实践而在上海被捕出狱之后，思想上进一步主张阶级斗争，对上海的看法更为意识形态化了。

1915年《新青年》创刊之后，陈独秀不断以"恶流奔进""黑幕层张"来形容当时中国，并号召青年"从事国民运动"。由于袁世凯称帝和张勋复辟，似一再印证了他对于黑暗政局的预见，其彻底改造中国的主张也显得愈加雄辩，他对于《新青年》无疑起主导作用。虽然在危机时刻不免产生过激观点，但一旦形成某种思维逻辑就会不自觉掉入概念的陷阱。然而这也不能一概而论，像杨亦曾也是个青年，从他发表的《社会主义思想之源流及其发展》《近代世界文学之潮流》《新社会与新生活》与《群众运动与中国之社会改造》等文章来看，是富于新思想与改革志向的，而他在世界文学与反专制立场上肯定"黑幕小说"，表现出一种理性与客观态度。

从传媒角度看，在近现代中国知识分子身份转型中，学校、报纸杂志成为各种知识力量的结集场域，作为"章门弟子"的钱玄同、周作人和鲁迅，在国学、文学方面皆出类拔萃。当章太炎在民国成立之后日趋保守，他们加入《新青年》意味着知识身份与社会功能的转变。在接受集团思想共识的同时，他们各人显出学养、判断与个性等方面的差别。钱玄同较简单，有的地方如主张以世界语代替汉语等，比陈独秀还要激烈。在"鸳鸯蝴蝶派"与"黑幕"问题上，尽管周作人曲为解说，也为个人思考留点空隙。有意思的是1922年他曾回顾说："光绪末年的主张是革命的复古思想的影响，民国六年的主张是洪宪及复辟事件的反动，现在的意见或者才是自己的真正的判断了。"（《艺术与生活》，上海西风社，1941年，第103页）反观自己在《新青年》时期的言论，似有言不由衷之处。鲁迅最复杂，由于钱玄同一再鼓动而加入《新青年》，在1918年5月发表了第一篇小说《狂人日记》，同期有他的三首新诗，在《桃花》中形容桃花"满面涨作'杨妃红'"。自胡适在《文学改良刍议》中首创"不用典故"并经过同人反复肯定之后，这个加了引号的"杨妃红"显然是个典故，略含香艳。鲁迅这么做不会是无意的，可能是针对胡适的玩笑，却是不从众的表示。他自言是听《新青年》"将令"的，确实就陈独秀所指引的革命方向而言，鲁迅不曾掉转头过。哪怕后来陈被国民党关进牢里，鲁迅讲哥们，仍公开挺了一把。

上海自开埠以来，中西交汇，五方杂处，最大特点恐怕就在于"杂"。二十世纪初在民国初年共和政体、半殖民管制、经济制度、物质文明及文学与文化话语生态等交错在一起，如此新旧混杂的形态，说百年一瞬的话犹如空降，而那种"杂"，对于传统道德标准或习惯于帝制时代的思维方式者，或把发达资本主义的"人道主义"作为理想标尺的人来说，都会格格不入而难以理解。所谓"鸳鸯蝴蝶派"，用从事都市大众文化者自己的说法，仅指徐枕亚及其《小说丛报》这一派，此外有"礼拜六派"、"扬州派"及许多小流派。"黑幕"现象作为民初社会的镜像，更为复杂。如果在外面粗粗一瞥，就难得其实。

《新青年》的上海想象虽不合实际，而代表了当时最具革命性智库的批判意识，不啻树立了理想社会的标尺，至今不失为我们历史反思的思想源泉。确实，上海看似一团乱象，共和政体形同摆设，旧文化沉渣泛起，金钱主义无所不在，如《上海妇女孽镜台》之类，以妓界存在为前提，鉴于其泛滥程度，工部局于1921年开始立规整治。就黑幕书的局限而言，其所揭露的内幕有的取自新闻报道或道听途说，在多大程度上真能穿透黑幕不无疑问，或如《洪宪宫闱艳史》之类，也不无泄愤心理与娱乐性质，因此减弱了揭黑的力度。"黑幕运动"无疾而终，固然因为官方的干预，根本上缺乏健全的法律或社会机制的保证，如《自由谈》"百弊丛谭"栏目所提出的诸多社会问题也难以收到改良的实效。

尽管存在种种局限，"黑幕运动"体现了民间自发的改良政治与社会机制的要求，即如徐枕亚、王钝根等靠卖文做书为生，不得不与印刷资本相依存，不像《新青年》诸公拥有教育、学术、文化等资本。然而正是在商业环境中，这些南社文人积极参与"揭黑"运动，为维护共和、反对专制而伸张了道德正义。很大程度上"黑幕"风潮是商业运作与作者、读者之间合谋的结果，意味着都市传媒的一次现代性操练，在现代中国文学与文化史上留下光彩的印痕与继续探讨的话题。

（原载《收获》2019年第4期）

编读絮语

◎徐　坤

1. 不入园林，哪知春色如许。

王蒙的小说，晴空一鹤排云上，爽利，呼啸，仰观宇宙之大，俯察品类之盛。读85岁王蒙的《邮事》，和45岁王蒙的《春之声》，从意识流到非虚构，他总是那么别致、有趣、多情、自信。

《春之声》唱出的是20世纪80年代的第一个春天，是那时的惊蛰，是一代人和几代人的春心萌动春水初生，是春天的第一抹喜悦和啼鸣；《邮事》是四十年后又一春，踏遍青山人未老，红杏枝头春意闹，一篇压你三千年，耄耋之年娶媳妇，春风十里不如你。他成了精啦。

每临大事有静气，不信今时无古贤。莫言左手挥毫，右手击键，带着诺奖荣耀和光环重出江湖，在笔记小说里重新登顶一览众山小。《一斗阁笔记》系列，续说和重修《太平广记》《世说新语》，是"聊斋"搬迁移址重建，"阅微草堂"大张旗鼓补葺修缮。《红高粱》时期那个春雷滚滚血脉偾张的文学小青年，三十年后成为《一斗阁笔记》中镇定、内敛、宽阔、从容的一代写作宗师。

星辉斑驳，宇宙浩瀚。科幻作家刘慈欣以瑰丽、宏伟的想象，诗意书写人类文明征程的星辰大海，为中国科幻文学赢得海内外巨大声誉。根据其小说改编的电影《流浪地球》2019年春节霸屏，引爆"中国科幻电影元年"话题。

2. 五月鲜花盛开，五月青春葳蕤。五月姹紫嫣红流金淌玉，五月潜龙腾渊鳞爪飞扬。时值五四运动百周年之际，一批英姿勃发的"九〇后"后作家李司平、李唐、郑在欢、梁豪、小托夫等纷纷呈现上自己的新作。

《猪嗷嗷叫》是篇奇文！云南大山深处22岁的傣族青年作家李司平，横空出世，这篇小说处女作中贫困山村的地理坐标"中国南方高原"，一语定位，道出新一代写作者胸中的海拔和气象。四条懒汉与一头扶贫种猪，一个驻村干部的斗智斗勇与隐忍勤苦，故事幽默诙谐，虐浪笑傲，跌宕起伏，波澜横生。对现实的正面强攻，对政策的准确理解和把握，对人性的洞幽烛微，对底层的悲悯与宽怀，都证明了作者的才华和小说品质的优异。

百合娟秀，相思红豆，燕子归来后。战火中的青春，革命年代的爱情，处处繁华处处锦，寸寸相思寸寸心。《百合花》和《红豆》是茹志鹃和宗璞两位大家在20世纪50年代贡献给文坛的名篇。捧读大师经典，感慨旧时照片，她们的青春美丽和飒爽英姿与小说内文互应，深深体会到的唯有两个字：高贵！那是人的高贵，作家的高贵，文学的高贵！

江山代有才人出，各领风骚数百年。青春和梦想引导着一代又一代人努力前行。红日初升，其道大光。明德致远，来日方长。美哉我青春中国，与天不老！壮哉我中国青年，与国无疆！

3."无穷的远方，无数的人们，都与我有关。"由几位茅奖、鲁奖得主领衔的作品，描绘山河大地，记录世道人心和现实人生的热烈。胡学文、马晓丽、范小青的小说《去过康巴诺尔吗》《手臂上的蓝玫瑰》《邀请函》，以娴熟的技巧在荒诞与真实、现代与后现代之间穿梭，充分展示了飞速变化时代的人心走向。张炜的《月亮宴》是献给小朋友们的节日礼物，从《古船》到《你在高原》，张炜的成人世界总是白云苍狗千山万壑，而一旦进入童书写作，他却是那么坚定、清澈，柔情似水、真纯如雪，饱含一颗赤子之心。

作为少数民族文学创作"骏马奖"得主，金仁顺的小说似长白山天池上空的云，高冷里盘旋着炽烈，沉潜中荡漾着激情。温柔侠义如沧海，纯洁坚硬似松针。李修文的《我亦逢场作戏人》，是其鲁奖获奖散文集《山河袈裟》的续篇，落难三兄弟，风雪夜归人，不见义结金兰情，独剩"姬别霸王"孤绝与荒寒。说到底还是穷愁困厄处，悲悯又重生。

几位年轻作家的小说各有神韵，"八〇后"作家刘汀风头正健，《人人都爱尹雪梅》肌理绵密，祛掉了诗人的空吟，更像个落地的成熟小说家。"八九后"新人赵依的《密林》将个体情感与家国情怀勾连，展现了一代新人的高度自觉。东北作家万胜的小说《执子之手》有金属一般的质地，结实、明亮，像当年的电影《钢的琴》，听得见爱情的琴声在贫瘠的北方工业区上空叮咚作响。

1982年的《香雪》和作者铁凝，身上都带着光，美得不可方物！那是文学之光，艺术之光，是缪斯女神闪耀的璀璨之光。同一时期，从获得首届全国优秀短篇小说奖的《满月儿》出发，平凹老师写作渐入佳境，神灵逐渐附体，终成今日名满天下的一代高师。伟大的作家，总是从起步时起，就已不自觉地为自己规定好了日后的走向。

4. 不忘初心、牢记使命。文艺工作重在培根铸魂、凝心聚力。老藤的《战国红》是一幅全景式展现乡村精准扶贫工作的画卷。老藤这两年异军突起，从《黑画眉》到《上官之眼》，从《刀兵过》到《战国红》，是一曲曲北方大地的颂歌，星光呼啸，狂雪轰鸣，松林起舞，山妖魅惑，流淌着德沃夏克《自新大陆》的欢脱，勃发着格里格《培尔·金特》重返乐园的喜悦。他健康，光明，跳宕，汹涌，天真，庄严，安静，孤迥，在一个硬核时代里执拗地诉说着幽深翁郁的高纬度柔情。读他的作品，有时会莫名地回想起那个充满光荣和梦想的80年代。

陶纯的《前程似锦》，书写女性的奋斗与沉沦，接续陈建功《飘逝的花头巾》、石一枫《世间已无陈金芳》经典序列。苑紫衣就是沈萍，就是陈金芳。中国的女性独立和奋斗，自从娜拉出走之后，经过祥林嫂和子君，百多年的努力到今天，却总有几多坎坷和悲壮。

两位鲁奖得主邵丽和王祥夫，人生和写作都已经进入很深的境界，素手轻弹既成文。邵丽是"文章老更成"，王祥夫则日益精准、简静，文章书法、花鸟虫鱼绘画都接近他所喜欢的八大山人。两位青年作家樊健军和王军势头凶猛，健军善于螺蛳壳里做道场，王军则满纸书卷气，浓得化不开。

三位少数民族作家有着开阔的气度和海拔：72岁的骏马奖得主向本贵（苗族），写起扶贫攻坚来目光如炬，出手老辣；67岁的骏马奖得主蔡测海（土家族），笔记小说圆润高妙，深得汉语精华；"八〇后"的大凉山彝族青年作家包倬，是从《人民文学》新人奖涌现出的新星，如今正在先锋与写实的交集中顽强地突围表演。

仲夏微茫，七月未央。此时重读两位与共和国同龄的前辈作家张抗抗的《夏》和陈建功的《飘逝的花头巾》，别有一番消暑韵味在心头。年轻时只读出了女主人公岑朗和沈萍们的奋斗和光芒，中年过后，才悟出了"花头巾"的寓意，用《茶馆》式的京腔京韵台词来说，就是：小贼欻！这些都是爷我玩剩的。我就静静地看着你们急赤白脸往里扑腾。

——永恒的美，永恒的善，永恒的女性独立和解放，就是这般，生生不息，永远值得我们赴汤蹈火前赴后继前往追求。

5. 古韵琴曲，一匹马三个人，引风流万种情无限；

江山如画，千重月万里天，看战地黄花分外香。

在庆祝中国人民解放军建军92周年之际，徐怀中先生的一组作品格外引人三思。1980年，一篇《西线轶事》惊涛拍岸，开启新时期军旅文学先河；2018年，一部《牵风记》纵马驰骋，傲立文坛，树立中国当代军事文学一座新地标和里程碑。九十高龄的徐怀中先生气势如虹，浪漫飞扬，耄耋之年依然写作风姿绰约，谈笑间樯橹灰飞烟灭。

李治邦的《我就不相信找不到你》，是世间阙如的英雄气概，一段小人物的今世传奇。读后忍不住给自己点赞：我怎么这么聪明！抓到这么一部好作品！鲁奖得主乔叶《头条故事》敏锐地在喧嚣中捕捉人性弱点，充满对新旧媒体融合的巨大反讽。吴君的《前方一百米》复沓书写深圳故事，小人物的救赎与重生之旅步步惊心。诗人姚辉兼攻诗与小说，《黑蚁传》以荒诞映照现实，小说充满诗性特征。

张惠雯的小说，非常令人着迷！她真像是一个写作上的天使，当同龄人为寻题材进入枯境时，她依旧盎然，丰沛，生动，沉静。人类细小的情感，刹那迸放出灿烂的烟火。她的内心该是怎样一片丰饶葳蕤林木葱茏的世界，才有如今这般恰到好处的善意与体恤啊！

杨遥近期的作品势不可挡，《鲽鱼尾》有着芭芭拉·史翠珊《回忆》歌声般的感伤与嘹亮。而几位"八〇后"作家蔡东、陈再见、邓安庆、朱婧，书写新一代人的精神成长史。无论是心理分析小说（蔡东的《来访者》），还是县城寂寥生活的描述（陈再见的《马戏团即将到来》），抑或是少男少女初长成（邓安庆的《换新衣》、朱婧的《那般良夜》），小说都有剖开新鲜树皮一般的清新。

王安忆的《雨，沙沙沙》、汪曾祺的《受戒》，少女雯雯和小和尚明海，都已成为文学史人物长廊中的经典形象。爱情的朦胧与美好，青春的明丽与坚执，都是镌刻在滚滚红尘中的一份初心。

6. 山明水净夜来霜，数树深红出浅黄。

秋天是个美好的季节。作家们笔下爱情勃发，诗心文性，澄静清雅。

《一个人的初恋》是教科书式的写作。88岁的社科院老院长汝信，深情款款，用曾经著述哲学美学专著的巨笔，虔诚记录下老一代知识分子的忠诚、奉献和担当。王松的《红骆驼》以三万字的篇幅，倾情吟咏一件事："奉献！"奉献不仅仅是一个名词，还是一个艰辛的形容词；奉献更是一个伟大的动词，它是历经九死而不悔、终其一生的刻苦执守。

军旅女作家周鸣的《失联》，铜琶铁板，大气开阖，镶金嵌玉，激越豪迈，开辟了新时代女性军事文学写作的新天地。平民出身的衣红豆与副司令员的儿子明天昊之间的爱恨情仇，有裂帛之声，有碎锦之叹。衣红豆这个刚烈、独立、痴情的女军人形象，必将傲立于军事文学人物长廊并闪闪发光。

小说圣手范小青和林那北，机敏，睿智，文章如同风吹麦浪，对现实生活的捕捉妖娆、跳宕。报告文学作家杨晓升洞察时代症候，一炉高香熏炙人性的幽微和吊诡。青年作家韩松落的《春山夜行》将现代叙事融入古典情怀，一个小酒商的生存打拼故事讲得情意绵绵。"八〇后"作家李晁的《咸心》叙事温润，指落键盘的感觉十分微妙，正应了作家毕飞宇说过的那句话：作家是用手指头思考的。

张毅的《阿尔巴尼亚罐头》一下子把我们带回过去那个年代，电影《宁死不屈》的歌词一出，瞬间泪奔：赶快上山吧勇士们，我们在春天里参加游击队。敌人的末日就要来临，我们的祖国将要赢得自由解放……此时回放，别有一番滋味在心头。

两位男神刘恒、刘震云的短篇小说《狗日的粮食》《塔铺》，两部名作，每读一次，心灵都会激起一阵强烈震撼！瘿袋和李爱莲，粮食和塔铺，成为萦绕在我们心中难以忘怀的经典人物和意象。除了感叹小说中的时代与人物命运，我们还深深崇拜大作家手中那一支能说会道的笔。受影响至深的我1998年8月在北京工人体育场观看了一场马拉多纳跟国安的足球比赛后，就仿照着刘恒的题目写了一篇《狗日的足球》。可见经典的魅力是无穷的，经典传男也传女。

7. 十月是你的生日，我的中国。

这是光辉灿烂、生机盎然的十月，这是鲜花面朝大海盛开，绿草向着朝阳放歌的十月。

十月，我们目光坚定，心情明亮，思绪敏捷。十月，我们与人民同行，与时代同行，与祖国同欢庆。

十月，才华横溢的藏族作家才朗东主，为我们奉献出一篇温暖动人的小说《石头糖》。才朗东主是导演万玛才旦的学生，由他的小说《旺扎的雨靴》改编的电影，曾获得多个国际国内奖项。《石头糖》讲述了一个藏族男青年和支教的汉族女教师由互生情愫到互相表白的故事。男青年因为不太懂汉语，送女教师礼物时写的几句话，是这些年来我见过的最令人动心的情话——"罗老师，口袋里有炒面苏油，哈达里有石头糖。你高兴我吗？如果你高兴，我们爱情吧。"

你高兴我吗？如果你高兴，十月，我们爱情吧！

十月，青岛女作家阿占献出一篇侠气横飞、古意淋漓的小说《制琴记》。昔有伯牙子期，高山流水知音难遇；今有胡三韩五，天赋异禀，骨骼清奇，管鲍之交，不离不弃，万中无一的制琴奇才，维护世界和平就靠你们了！

十月，杨少衡拿出分量颇重的官场小说《暗自颤抖》。杨氏"官场现形记"，好看，风趣，已自成一格，有明清话本的谐谑，又持守当下严谨的规矩，出神入化，从心所欲不逾矩，看完不揪心，台词对话尤其出彩，总能把折子戏演成全本大戏。

"八〇后"作家刘汀"激流三部曲"的第三部：《草青青，麦黄黄》，前两部是《魏小菊》《人人都爱尹雪梅》。大音希声，重剑无锋，蓄势迅速，随时准备给生活一记咣咣的猛烈钝击。

《班主任》《乔厂长上任记》两篇"经典回望"，把我们又带回四十年前那个文学激情燃烧的岁月。"你是海燕，你是惊雷"，孟繁华先生用这样的标题评述，"在春寒料峭时，他们如惊雷滚地如春风拂面。怀念那个文学年代，就是怀念那个文学曾经拥有的胆识和荣耀的年代"。

十月的礼花已经升起，新中国七十华诞的天空一片绚丽。

（原载《小说选刊》2019年1—9期，收入本书时有删改）

书店不完全往事

◎梁鸿鹰

我爱闻清新的、单纯的味道，我爱闻雪花膏、洗发水、香皂、牙膏的味道，这些味道令我想起姥姥、母亲与姐妹们。正在这时，我似乎真的闻到了一股雪花膏、洗发水的味道，接着是身后一阵清脆的自行车铃声，回头一看，原来是新华书店的小金。我停了下来，等她从自行车上下来。小金用大大的眼睛看着我，告诉我书店里又来了新书，问我想不想去看看。她身上总散发着很好闻的味道，一脸的单纯，大大的眼睛，热情的态度，让我很难拂逆她的好意。

小金是我在书店里的熟人，她对人都很友好。而她的漂亮和优雅，起初我并没有发现，对她的美丽和善意，以前我视而不见。直到几个月前经历的一件事情，才让我对她有了新的认识。那天我来到书店买书，看到中意的一本，就小心翼翼地示意她，把书拿来让我看看。当小金递给我书的时候，我看到她的手很白很精致，没有一点瑕疵，手指上的肌肉饱满而修长，白白嫩嫩的，富于弹性，指甲盖小小的，泛着粉色的光泽，由她白白的小手能看到她袖口里同样白嫩的手腕，手腕上戴着小巧的手表。我看书的时候，她就站在我面前，身上飘着缕缕好闻的味道，我偶尔从书上抬起头来，会与她长长的睫毛相遇，这才发现，她睫毛下的一双丹凤眼眼仁不大，泛着浅浅蓝色，眼白十分清晰，眼梢长长的，眼珠看上去有些鼓，但并不过分，眉毛细细的，弯曲度不大。她此时额前的头发是拢在后面的，在脑后梳成一个发髻，这使她白白的额头显得格外宽大，让没有掩映的眉毛和眼睛格外突出。小金是个高鼻梁，嘴稍有些噘，像是天包地，但并不影响整个脸盘儿的协调，倒让人看着很舒服。她耐心等着我看书，没有一点不耐烦，这本书看来看去我最终并没有买，小金也未显出什么不高兴。

县城并不大，小金算是个小小的名人，后来我也偶然听到大人们对小金的议论，说小金的甲状腺有毛病，脖子浮肿，所以喜欢戴纱巾、围围巾、穿高领毛衣。对此我始终不信。她夏天从不遮掩脖子，爱穿浅色翻领的衬衫，白白的脖子坦然裸露，头发扎得高高的，脖子到锁骨这段在衣服里若隐若现。她这种奶白的肤色，黑黑的浓发，脸上的青春样貌，使她的美丽难以掩藏。小金很年轻，她的丰满成熟，稳重举止，使她显得比我们大得多，难以将她视为我们的玩伴，只是她纤巧的身段，热情的态度，又让我们愿意与她为姐妹。

美丽像是无形的流言，走到哪里传到哪里。没有哪里的人不愿意嚼别人舌头的，大家经常会拿跟自己没有任何关系的人与事当茶余饭后的话题。有人说小金太冷淡，太高傲，眼睛里根本就没有人。也难怪，在商品紧俏的年代里，书店与粮店、副食店、五金店、百货公司一样，里面的售货员往往有不小的来头，职业优越感是天然的，市面上的好东西，都是他们最先见到，可能也会最先享用，他们心里清楚别人有求于自己。物资匮乏的社会环境把他们惯坏了，使他们成了被讨好的人。可在我们眼里，小金从不需要讨好，她经常露齿而笑，对我们这些小孩子向来大大方方。大人们说她很少拿正眼看人，有些吊梢的双眼总显得眼白多，这有些过分了，小金是矜持的，她很安静，话也不多，经常靠在柜台边上，随时听候顾客召唤。我们这帮小孩子喜欢小金身上好闻的味道，喜欢她嫩得透明的双手，连她扎在脑后的"小刷子"也让我们喜欢，她的那些优点，比起她不拿正眼看人，显得太微不足道了。她的存在增加了男孩子们去书店的频率，与其说有些男孩喜欢这家书店，不如说喜欢小金更恰当。

小金的美丽终于让我心悦诚服，这使得我在她面前变得有些拘谨，我有时远远地看着她接待别的顾客，世界不再嘈杂，书店因她一个人而变得生机盎然、值得留恋：一个睫毛长长的年轻女孩，永远热情地应对着顾客，她白皙的小手递给自己根本不认识的男男女女们各种各样的书，她耐心回答各色人等的问题，开票、收款、盖章、开发票，全然不知自己的美丽，也根本不知道自己的存在对那些懵懂的小孩子是何等的重要。我看着她，心事重重，浮想联翩，表面若无其事，其实心跳得厉害，我有时像排队一样沿着柜台跟在其他人后面，默默留意她的一举一动，前面的人都走光了，我才走上前去，结结巴巴地用手比画和配合着，让她拿书给我，有时一连跟她要三四本书，看了好半天，一本也没有买，但她仍然耐心地听从我。到后来，我愿意来这里，为了看书买书，更是为了看小金。

一来二去，我和小金熟了，慢慢地体会到她更多的善意，比如，也不知道

140

她怎么得知了我妈妈身体不好，长期病休在家，有时她会有意无意地给我推荐一些医学和保健方面的书，推荐的时候并不多话，只是心里有数的样子，也不让我为难，她的态度永远是自然的和蔼的可亲的。她好像永远不知道自己的美，从来不会以美为傲，她只是天生富于善意，如此而已。

在这番胡思乱想中，我经过副食店、书店，一路上不断看到卖汽水、冰棍、冰糕的，我忍着，尽量不去看、不去想这些东西，很快就到了邮电局。得益于曾经做过盟公署的所在地，小镇建起了几座形制很不错的建筑，邮电局便是其中之一。这是个四层建筑，对着街心花园，与县委县政府隔路相望。到邮局之后，按照妈妈所说的，我完成了封信、寄信和汇款的任务，但在此过程中，从妈妈给我的信封里抽出了一张毛票，在回家的途中，神差鬼使，半路上拐进了小金所在的小城那座书店。

书店之所以还能称为"座"，是因为它在我心目中很巍峨，不像随处可见的小店铺那么不起眼不成规模。书店气派得多，门窗巨大，跃层很高，书店被建成这样，同样得益于小镇做过盟公署的首府。新华书店有三层高，坐西朝东，紧邻街心花园，与邮局一样和县委县政府隔路相望，是核心地带的重要建筑，壮观程度不逊于小花园另一端比它高一层的邮电局，颇有些地标的味道。少年时代，除了学校和医院，我最常去的地方就是书店。每当走近这座二楼镶嵌着红色毛体"新华书店"字样的建筑，推开安着长形金属门把的厚门，我经常会心跳加速。小金所在的书店一层是集中销售图书的地方，书的门类很齐全，人也最多。

我气喘吁吁地从邮局直接来到书店，小金似乎在胸有成竹地等着我。我在陈列小人书的柜台前流连很久，看到《小兵张嘎》《铁道游击队》《平原枪声》《刘胡兰》《沙家浜》《智取威虎山》等多种，最后将目光落在根据高尔基同名小说改编的连环画《童年》上。王尔德说过，"只有浅薄无知的人，才不以貌取人"，当时我并不知道他的这些说法，但我从小就知道是要以貌选书的，封面好的书我会很快决定买下来。那天小金说的新书，就包括《童年》，这本小人书的封面是站立着的年幼的阿廖沙和他戴着披肩的慈祥外祖母，像是我们家的我与我的姥姥，这个封面一下子就打动了我，让我很快掏钱买了下来。递给我书的时候，小金只平静地说，这本书卖得最好，你肯定会喜欢。

回家的路上，我才意识到自己买书是挪用了妈妈买药的钱，犯了一件大错，但我没法撒谎，我进门后，厚着脸皮把小人书拿给妈妈看，面对脸色难看的妈妈，我无言以对。但数天之后，妈妈还是夸我这本书买得好。

同样一个炎热的午后。是暑假的一天，家里忽然静了下来，饭后的父亲已经躺在了沙发上，点起一支烟，这是他准备开始午休的信号。我匆匆忙忙收拾好桌上的碗筷，在通往厨房的途中忽然停下来，透过爸爸面前的烟雾，鼓起勇气向他开口："爸，给我点钱，我想买本书。"爸爸看我憋得脸通红，露出略微不解的神情，朝我这边瞥了一眼，也许实在是太困了吧，出乎我的意料，爸爸并没有问更多，未加犹豫就将手摸进口袋里，动了几下拽出几张票子。爸爸向来不用钱包，他多次说钱包就是预备让人偷的，这种说法后来也深深影响了我，让我变成了一个不使用钱包的人。

他清点了一下手里皱巴巴的票子，从中抽出两张毛票，我看到票面上画着的漂亮小人儿，管不了数额是多少，赶快伸出手去接，爸爸把钱夹在被烟熏黄的手指间，很潇洒地递给我，顺便说了一句："别乱花啊。"爸爸如此痛快，是我没有料想到的，每次和他要钱，他都要反复问我干什么用，是不是需要这么多，只不过事后从来不会再问钱花在了哪儿，买了什么，还剩下多少。大人真是奇怪的动物，让人难以琢磨。这次他竟一点没有拖泥带水。

我像是中了大奖似的，迅速将钱揣到短裤口袋里，生怕别人夺走，草草地洗完碗筷，夺门而出。我的目的地当然是那座唯一的新华书店。

天气的酷热并没有让我的脚步慢下来，我以很快的速度一路狂走，来到书店的时候，门口没有见到一个人。当我走上台阶，伸手推门把手的时候，我发现门上贴着一张白纸，上面用铅笔很潦草、很轻浮地画着一个年轻的女人，一看就知道画的是书店一楼的小金，明显是在丑化小金。看得出来，这张纸贴上去的时间不长，上面的糨糊还没有彻底干，我左右看看没有人，没费多少事就把这张纸揭了下来，叠起来塞进口袋。不管小金愿意不愿意，我心里早已经把小金当成自己的好朋友了，在这个宽敞得足以充当滑冰场的书店里，只有小金和我最亲近。她比起一楼那个矮矮的戴副厚厚眼镜的中年女售货员要可爱得多，别看中年女售货员衣着朴实，似乎永远在低头算账，仿佛话也不会说的样子，但只要你求她拿本书，她就会喋喋不休地和你说个不停，问你多大了，哪个学校的，甚至会问你家里有几口人，让人烦透了。二楼的那个老汪我回头再说吧，他是个彻头彻尾的怪人。

今天我急匆匆地赶到书店，是因为上次买书的时候，小金悄悄告诉我，过段时间会来一批新书，可以再过来看看。

来到书店后，我发现店里人很少，远远地看到她靠在柜台上，眼前只有一个顾客在捧着一本书看，是个小姑娘，穿着红衬衫，扎着一条当时流行的长长的大辫子。我走过去，在小金还没有注意到的时候，先默默地浏览起玻璃柜台里的书，最初拿不定主意到底该看哪本书，直到发现了苏联电影连环画《列宁在十月》，才打定主意让小金取这本书。

好不容易等到那个大辫子姑娘交完钱走了，我才出现在小金面前。小金看到我会心一笑，这笑是淡淡的，嘴唇微微一挑，双眼微微一眯，嘴角和眼角却能让人感到她的笑意和善意。我很潇洒自如地和她打过招呼，让她把《列宁在十月》拿过来，她俯下身，很灵巧地把手伸到柜台里，她的手指甲很光洁，粉里透红，进一步显出她家境的优渥。

当时这部电影早已风靡大江南北，我看过多遍，这使我买这本书没有多少借口，但我太爱这部电影了，我随便翻了翻这本书，让它在我手上停留了很短一会儿，就让小金开票。开票是交钱的必经手续。在她拿来小本儿往上填写书名和金额的时候，我的心脏开始怦怦直跳，这是因为我口袋里揣着的那张贴在书店大门上的纸，我拿不定主意要不要把这件事情告诉小金。直到我磨磨蹭蹭地到收款台交了钱，回到小金跟前，从她手中拿到书后，发现她闲下来了，才定定地看着小金的眼睛，慢慢对她说："小金，我给你看件东西。"小金抬起头，将好奇的目光投向我。我从短裤口袋里，颇为灵活地把那张字条拿出来递给她，小金打开字条扫了一眼，漂亮的脸一下子变了颜色，扭曲得很难看，随后她嘴角一撇，露出很不屑的神态，把那张纸扔掉，快步流星离开我，到柜台的另一端找个凳子坐了下来。看她满脸通红、呼吸急促的样子，我很为她难过，也很为自己的鲁莽而自责。我的嘴怎么那么贱呢，难道缺了我这次多嘴多舌，天会塌下来吗？我一时羞愧难当，不知如何是好，愣了一下拔腿开溜——既然地上没有缝，就让我赶快离开小金吧！

从书店一层走出去之后，我还不想离开书店，于是又由大厅拐上书店的二层。二楼我并不常去，这里没有小金，也不卖我感兴趣的书，销售的主要品种是文具、画册、年画之类，属于大人们经常去的地方，过年过节的时候也会热闹。

那个时候，尽管物质上很贫乏，人们对精神享受的追求却没有放弃，并且每个家庭都很求上进，都想把家里的墙面变得与大街上、单位里的一样，好让伟大领袖、大好河山、样板戏、好人好事日夜与自己相伴。我看到不少小朋友家的墙壁上贴过《列宁在1918》《列宁在十月》的剧照。而且，"我在马路边捡到一分钱""学习雷锋好榜样"等等，不仅是当时流行的歌曲，也变成了年画，一个胖乎乎的小女孩拿着一分钱硬币、雷锋叔叔手持钢枪的彩色水粉画，被很多家庭贴在墙上，用来增加过年的气氛。我还看到隔壁家里过年时贴过两大张《红灯记》连环画剧照，《智取威虎山》《沙家浜》等连环画剧照在那个时代也很风靡。

书店里出售的宣传品也成为普遍被接受的礼品，而且很受欢迎。小时候我家北墙长期悬挂着一张印在铁皮上的油画《毛主席去安源》，上面有两行小字写着："1921年秋，我们伟大的领袖毛主席亲自去安源，点燃了安源的革命烈火。"每晚躺在炕上临睡前，我都能看到身穿青色长衫、右手拿红色雨伞、左拳紧握的青年毛主席，英姿勃发、昂首挺胸地走向前方。毛主席背后左侧有座小山，小山中间有个黑影，我很长时间里以为那儿也躺着一个同样穿长衫的人，因为这个黑影有脚有身子，一动不动，很安稳很自在。这幅画的纸质版和铁皮版都非常流行，记得妈妈爸爸就曾买来送给一位青年同事当结婚礼物。

我不愿意到书店的二楼，是因为楼上的老汪很烦人。据说他负责这个书店的财务。他是一个罗锅，背驼得厉害，个子矮得出奇，这还不算什么，老汪还患有严重的白化病，常年戴着帽子，衣领的扣子从来都系得严严实实的，一张小瘦脸十分狭窄，一口黄牙参差不齐。他懂俄语，能写会算，据说是"文革"前的大学毕业生，他学问好，经常卖弄自己的知识，见到我和小伙伴们结伴而来，就会与我们搭讪，与我们聊个不停。但他说话发音怪怪的，乌兰察布口音很重很难懂。想必他在书店里是孤独的，但他对别人的歧视、冷眼与疏离，好像一点也不以为意。他的穿着向来讲究，常年脚踏一双小镇上很少见的系带儿三接头皮鞋，皮鞋总是干干净净的，从不被灰尘所覆盖，他的中山服，他的颜色得体的高领毛衣，同样让大家觉得少见。老汪像个乐天派，经常乐呵呵地与别人搭讪，没有给人留下落寞寡合的印象。他烟抽得很凶，我们总能在营业时候见老汪嘴里叼着烟在抽，常常一支接一支，因此，二楼经常弥漫着浓重的烟味。老汪还有个嗜好是拨拉算盘，我几次去书店二楼，都看到他在柜台后面拨弄算盘，是玩还是真有账在算，当然不是我所能知道的。

此时我走上书店二楼，果然发现老汪在打算盘。我心想，会打算盘的人总不会太可恨吧，这人或许说不上有多可敬，但到底掌握着一种技能。而且，这种技能，恰恰是许多人都掌握不好的。比方我，到中学毕业也没有掌握打算盘。我看到他穿着长袖衬衫，没有戴帽子，嘴里叼着一支烟，右手扒拉着算盘，让他的吞云吐雾变得不那么讨厌。楼上根本就没有人，是啊，大中午的，既不过年，也不是什么节日，谁会来这里买东西呢？

老汪看着我无头无脑的样子，狡黠地向我打着招呼，问我中午吃的是什么，爸爸上班没有，我压根就不想理他。但我既毫无目标，也不好意思驳他的面子，只得勉强停下脚步，立在那里，傻瓜一样地边听着他说话，边想着怎么应付他。但他得寸进尺，接着又开始问我班里有多少男生、多少女生，班主任是男的还是女的。接着又对我讲，"哪个少年不多情，哪个少女不怀春？这是德国有个叫歌德的诗人说的，这些你知道不知道？"我年纪很小，而且是在那个时候，我根本无缘知道这些事情，他的灌输让我反感。况且，他那个长相，他那副老烟鬼的样子，似乎不配谈这些，这些话从他嘴里说出来，是那么的不对劲、不正常，而且，他眼神里始终有一些诡异而复杂的东西，让人琢磨不透。

此后好几个月我都没有到书店买书，因为我不敢面对小金，我不敢看她的眼睛，我不知道自己给她带来的是怎样的不吉祥，同样不知道给她造成了怎样的影响。终于，此后半年多之后，已经进入了异常寒冷的时节，在一个大雪纷飞的日子里，一个爆炸性的消息传遍小城——新华书店里的汪罗锅勾引店员小金，犯下了流氓罪。这一对长相、年龄、地位完全不般配的男女，居然发生了"风化"问题，这太出乎人们的意料，太令人费解。消息起初是个人们难以置信的传言，后来成为小镇被议论最多的话题，再过几个月被证实为事实。在春季末尾一次体育广场的审判会上，人们看到老汪赫然出现在大卡车上，双手被绑在身后。他个头小，往大卡车上一站，勉勉强强露出脑袋。犯人不让戴帽子，此时他平时被遮掩的头暴露在光天化日之下，稀稀拉拉的头发，白得刺眼的头皮、面孔彻底暴露无遗，让人颇为吃惊。

从此，小金从人们视野中消失了好长一段时间。大概过了一两年，我才又在新华书店一楼的柜台边看到了她。我发现她依然很白，远看似乎没有多少被打击的痕迹。只是走到她跟前，才能发现她变化的明显。而且，即使她认出我，也不肯与我对视了，她从柜台里为我取书的时候，目光越过我的肩膀，望向远处虚空的地方，嘴边的微笑似带着一丝浅浅的嘲讽。她在神情上出现的些许异常，让我再也不好意思仔细看她的面容，只得把目光落在她手上。我发现她的手不再像以前那么白那么嫩了。拇指和食指上有了浅浅的黑道。她不再扎"小刷子"了，而是将头发散下来，披在了肩上。由头往下看，我发现她的袖口有些抽线，袖子上有明显的油点儿。

（原载《上海文学》2019年第7期）

在路上

◎李一鸣

一

1979年，似乎还懵懵懂懂的我考上了公社高级中学。

学校以公社冠名，但并不在公社驻地，而是坐落在离公社所在地二三里的庄稼地里，没有围墙，只有四排平房，其中两排是教室，一排是教员宿舍，一排是食堂。教室里只有一个讲台和八九排课桌，黑板是略微凸出墙面的长方形水泥面，上面涂了一层黑色染料，除此之外，别无长物，板凳则要求学生自带。妈妈把我家屋门后垫水瓮的半扇湿淋淋的旧门板抽出来，放到天井里晒了两天，从木匠那里借来工具，在正午的院子里，敲敲打打、连锯带凿了好几个时辰，硬是做成了一个端端庄庄的杌子。用桐油一擦，在阳光里泛着光泽，煞是漂亮！我还捧着几个鸡蛋去供销社换了两个本子、一支铅笔，从此结束了蘸着掺水灶灰写字的历史。

学校离家有十几里路远，上学必须得早晨四五点钟走，最可怕的是路途中间要穿过一片坟地。开学的那个秋天的早上，我在穿越乱坟岗边连绵好几里的玉米地时，真真切切看见几个飘飘滚动的被老人称为"鬼火"的"火蛋"，我闭着眼大喊了几声才敢继续前行。就这样，一个头大身小瘦瘦巴巴的十三岁孩子，背着竹筐，两手抱着沉沉的杌子，独自走在上学的路上。那竹筐里盛着几个玉米面地瓜面混合的窝窝头和一个装着萝卜咸菜的玻璃瓶子，要知道这瓶咸菜在我心中有着怎样的分量，家里就饭用的是盐粒啊！我脖子一拱一拱、两脚小心翼翼地往前赶路，到了学校，舍不得拿出五分钱去馏干粮，咬一口硬硬的干窝头、啃一点点咸菜、喝一口开水，拉得嗓子直冒火。春风清冽，夏阳闷热，秋月当空，冬日冰雪，在这条路上，我的影子越来越长，脚步越来越坚实，喊出的声音越来越高亢。

其实，我也是走在祖辈父辈曾经走过的路上，十一岁时，父亲沿着这条小路走出村庄去上高小，十八岁，从这条路出发，下关东去讨生活。再往上溯，爷爷走的也是这条路，这个被称为八路骨头的人，据说极为清洁，星夜出行穿着旧鞋，白天归来，到了村口又换上新鞋。一条路，叠合了几辈人多少脚印……

每次回家，我都抢着帮妈妈干点活，可妈妈坚决不让，"孩子，你好好读书，就是对妈妈最大的孝！"每当我离开家的时候，妈妈总是送出大门口，走几步，妈妈在看着我，走好远，回头，妈妈还在那里站着，一直走到村西头，回头时，妈妈，妈妈的影子还在家门口……

二

高中毕业那年，家里分得一块责任田，一年下来，家里添了一辆二手自行车。

那些年，爸爸在东北煤矿工作，哥哥和我上学，妹妹年幼，尽管要强的妈妈每天都背着妹妹上坡干活，但也达不到生产队的平均工分，只有让爸爸汇款给生产队买工分。记得有一次，生产队分玉米，大伙和过节一样高兴，哥哥和我也跟着小伙伴们一起兴致勃勃地跑到队场里，一堆堆地数，一堆堆地找，那每一堆粮食上都压着一张写有社员名字的字条，找了一圈没有妈妈的名字，正惶惑间，蓦然听到保管员老五扯着嗓子在喊："李家的崽子，快滚开，没你家的！"我们又惊恐，又羞愧，满头大汗跑回家，和妈妈一说，妈妈的脸瞬间变得蜡黄，嘴里嘟囔着什么，然后突然失声大哭起来。

现在想来，在那样的环境下，妈妈拉扯着三个孩子度日多么不易。那时候农家的日子都紧巴巴的，乡亲们没法给我们物质的接济，但一句同情的话，也常常让妈妈感动不已，就为了村南头一个善良的大娘给了妈妈一把小葱，妈妈就揽下了给大娘全家做鞋的活计。那段时间，我家院子里常常晒着花花绿绿的袼褙，空气中氤氲着熟玉米面地瓜面的味道。中午浓烈的阳光照进屋里，妈妈坐在门槛边，一根一根地在腿上搓着麻线，或是埋着头纳鞋底、缝鞋帮，偶尔抬手抹一把额头的汗，嘴里哼着《李二嫂改嫁》的吕剧唱腔。乡亲们中也有一些对我们家冷嘲热讽的、看笑话的，遇到这种情况，妈妈总是笑一笑，仰着头走过去，看都不看他们一眼。哥哥初二那年下了学，一个十二三岁的半大小子充起了壮劳力，和成年人一样出夫当河工，拉着地板车到二百里外的孤岛割柳，整晚整晚在南洼地看机房……就这样，妈妈和哥哥起早贪黑地劳作，但一年下来，仍然欠生产队钱。

那时候在乡村，家里有辆小推车就是很殷实的家庭了。记得我大概八九岁吧，妈妈从村里一个伯伯家借了辆小推车，让哥哥和我到离家七八里外的薛家屯磨面。小推车车梆上各绑一口袋玉米，哥哥推着小车，我在前头拉车。那路又窄又坎坷，到了一处泥洼地，原先大马车留下的辙印有三四拃深，有段车辙里还晃荡着泥浆，大我三岁的哥哥把车襻撑到脖子上，身体猛往前倾，我憋红了脸，双腿绷直使劲后蹬，裤子都要挨着地面了，拉绳就像勒进了肩膀上的肉里，挪蹭了半个钟头，才拱出来，鞋子满是泥浆，脚在鞋里打着滑。经过这一折腾，粮食口袋被挪拥到车前头，我正稍稍有了放松会儿的工夫，只听哥哥一声喊，身后咣当一声，接着异常沉重的东西猛地把我打趴在地，额头撞到地上。哥哥跑上来，把我拉起，看看我一脸泥，又看看我沾满泥土的衣服，倔强地抿着嘴："没事，扶起车来，咱急摸摸赶路！"

真没想到，分地后的第一年，我们家就超越小推车阶段，直接添了自行车这个大件儿！记不得是什么牌子了，只记得车座皮儿已经磨得稀薄发白，里面的弹簧硬扎扎的。一个星期天下午，妈妈和哥哥在村西的一条乡间路上，一人抓着车把，一人扶着车座，帮我学骑车。费了多大的劲啊，我的头发衣服全湿透了，汗水杀得眼睛生疼，在妈妈一阵阵笑声、哥哥一句句斥责里，歪歪扭扭地，突然间，我能独自骑车上路了。乡村的小路疙疙瘩瘩、坑坑洼洼，我在自行车上好像随时都能颠下来、飞起来。慢慢地两眼开始敢往前看了，慢慢又能向路两边看了，玉米像流动的绿墙，大豆像厚厚的地毯，风在耳边呼呼穿过，我的影子一会儿在前，一会儿在侧，一会儿闪向后面……这辆自行车伴我度过了高中最后的时光。

三

高考那天，在班主任带领下，经过初选后留下来的同学，集体乘公共汽车去考试。记得那些年，小伙伴儿们每当听到街上传来邮递员驾驶摩托车嗡嗡的声音或是手扶拖拉机发出的突突突的声音，就纷纷从家里窜出来，或是围着指指点点、叽叽喳喳，或是撒开丫子一起去追，我曾好几次为此跑掉了鞋子……这可是第一回坐汽车，四五十个人挤满整个车厢，我在过道里站了一路也不觉累，公交车散发着好闻的汽油味儿……

考试结束后，经过一个月火烧火燎、忐忑不安的等待，哥哥拼力把我推进绿色的大火车，咣当一声，我踏上驶往远方大学的路程。那列车好长，好拥挤，抬起一条腿，就再也落不下去……

大三的时候，哥哥到郑州打工，顺便到济南来看我。校园的夏日，远山如黛，万木葱茏，风光旖旎，美不胜收。哥哥说："什么时候咱能开辆小轿车回老家，轿车就停在咱家门口，那该多好！"说这话时，哥哥望着远方，眼睛里闪着亮晶晶的光。

一晃十几年过去了，我们迎来了热火朝天的90年代，哥哥创办了几家公司，建筑、维修、印刷、服装，多元经营。他的公司最红火时拥有十几辆车，而他的座驾则过不了几年就换辆新的，起亚、宝来、帕萨特、奥迪、奔驰，每每回到老家，常常就会看到一辆排气量不低的亮铮铮的轿车卧在家门口的阳光里。经常趴在妈妈背上的妹妹仿佛一夜间长大了，注册了一家叫做"大宇厨业"的公司，既生产又销售，产品销到了北京、上海、新疆、内蒙古等十几个省区市。离家几百公里的地方，常常自己驾车来去，再远的城市，则打"飞的"，早晨从济南遥墙国际机场出发，晚上已返回家里。去年大学毕业的外甥，在网上也开了厨具网店，信息高速公路从小小村落通向遥遥天际……

四

道路就是生活。在路上，成为人们的生活方式。其中有愉悦，也有苦楚，有顺境，也有逆境，有平静，也有意外。

难忘孩子高考后，那些混杂着焦虑期盼的日子，更难忘儿子接到北大通知书时，我们的欢欣鼓舞。而儿子的表现却出乎人们意料，当他被通知下楼去接快递，邮递员手捧鲜花将通知书递到他的手中，随行的记者要把小城当天考生关注的一条重要新闻录下时，他却转过身，兀自淡定地向家里走去……

经过近五个小时的跋涉，我们一家三口跨入梦寐以求的燕园，未名湖畔漫步，博雅塔前沉思，在校友门北京大学牌匾下拍下全家福……给儿子办完报到手续，离开美丽的校园，我们就要开车回返，与儿子作别。挥挥手，再挥一挥手，望着从小没有离开过家，瘦瘦高高还很青涩的孩子，仿佛我们就要把他一个人遗弃到那里。他能在异乡独立生活么？天冷了，知道加衣；生病了，知道吃药；同学间有了矛盾，知道如何处理么？妻子开着车，紧锁着眉头，坐在后排的我，高高举起一张报纸，遮住了脸。

这条路，走了多少趟？每逢开学、放假、节日，我和爱人都要到北京看孩子，每一次出发和告别，都充满不舍和向往。"我还年轻，我渴望上路。带着最初的激情，追寻着最初的梦想，感受着最初的体验，我们上路吧。"美国作家杰克·凯鲁亚克的话，回荡在耳边。上路吧，前方的前方是什么，一曲或激越或忧伤的旋律，分外明亮。

又怎能忘怀路上那刻骨铭心的创伤。那年我到浙江出差，到达的那天晚上突然没来由地想给妈妈打个电话，由于一帮朋友到房间来聊天，谈到很晚，遂打消了打电话的念头。丁零零……一阵急促尖锐的手机铃声把我惊醒，看表已是凌晨一点多。平时，晚上休息前，我总是要把手机关掉的，但那天不知为什么竟没有关机。是妻子的声音，听得出她在极力压住不平静的心情，声音异常缓慢柔顺："妈妈得了急病，你别着急，明天回来吧！""什么病，要紧不？"我一下坐起，几乎吼起来。"晚上突然摔倒了，现在去了桓台医院，可能不要紧"，妻子嗫嚅着。我立刻给哥哥打电话，响铃好长时间，没接。我又急急给妹夫打电话，又是长时间等待，以致到了我都快失去信心的时候，他接了电话，犹豫着说在抢救。我说我马上请附属医院的主任赶过去，他说，"不用吧"！我把手机紧紧贴在耳朵上，想仔细听听那边有什么声音，是否有最担心听到的哭声，没有，只有话筒发出的蜂音。我睁着眼，一遍遍想象着妈妈摔倒时的痛苦表情，心如刀绞，恨不得身边有一艘飞船，马上就能扑到妈妈身边。我一遍遍想，妈妈没事的，没事的，一会儿又想，妈妈危险了，坏了，坏了！我又宽慰自己，妈妈一定会期待我到她身边，哪怕出现最危急的状况，妈妈为了看到我一眼，也会等着我。就这样一夜睁着眼，辗转反侧，盼着天亮。

比约定的时间提前一小时，我就下了楼，等接我的汽车一来，便以最快的速度赶往机场，心一直提到嗓子眼，唯一的念头就是，快，快，快，快！到了机场，就想如果家就在这里多好啊，可家还在几千里之外。好不容易等到飞机起飞，焦心挨过空中艰难的两小时，一下飞机，我就冲向出口，双手紧紧抓住来接我的朋友的手，一刻不停地驶往桓台医院。到了医院门口，急忙给哥哥打电话，问在几楼病房，哥哥沙哑着嗓子说："回家吧！""啊，谢天谢地，妈妈出院了！"我的心一下子放松下来，一阵困意涌来。"李老师，到家了！"猛地从恍惚中醒来，透过车门，忽看见侄子穿一身白孝服从屋里走出来。我脑中空白，撞开车门，瘫坐在地上。妈妈走了！

回家的路有多远，心就有多复杂。送走妈妈两年后，我又曾奔行在见爸爸最后一眼的路上。多么艰难的路，也要走过。

五

2012年，我参加公选考试来到北京工作。单位没有住房，我在回龙观田园风光雅苑租了一间房子，每天一大早爬起来，先是步行七八分钟赶到公交车站，乘428路公交车经过龙锦苑、马连店、龙禧苑、回龙观公交场站、风雅园、三合庄园、龙华园……十站，大约45分钟到达龙泽地铁站，然后挤进13号地铁，经过霍营、立水桥、北苑、望京西……费时一个多小时到达芍药居，下车再转乘119路公交车经3站到达单位，每天来回在路上4个多小时。记得2012年隆冬的一个清晨，大雪纷飞，我走出地铁站，在芍药居桥上猛然发现119路公交车正在驶来，我慌慌忙忙往桥下赶，步行上桥的桥梯太窄，人流攒动，拥挤不堪，我发现由于路滑，台阶一侧的坡道无人援行，落满积雪，情急之下，便两手扶住栏杆，滑行下去，快到底部时，脚底一滑，摔了个仰马扎，这一摔不要紧，连眼泪也摔了出来。一个四十六岁的汉子，望着远去的公交车，默默不语，任飞雪落满头顶、落满濡湿的衣服。

如今进京已经六年了，我的家也搬到了京东的通州，距工作单位有三十多公里远。每天我还是步行到地铁站，转三次地铁一次公交到达单位。地铁站永远是人群密度最大的地方，也只有在地铁里才知道弹性的力量，这一站车厢里已经人挤人，似乎没有一点空隙，但下一站，又能挤上五六个人。常常会遇到这样的情景：一阵急促的手机铃声响自遥远而切近的人群深处，但身体已经陷入密不透风的人堆中，使劲把手插入裤兜，却无法拔出来，任铃声一阵阵、一阵阵不屈不挠地响着……出了地铁站，穿越拥挤的人群、奔涌的车流，融入都市九万九千座楼宇之中……

这沸腾的生活，这人生的真味，时时感动着我。

在路上，为了郑重的安排，为了交心的托付，为了期待的眼神，为了安身立命的职业和拿生命热爱的事业，一次次，我踏上征途。德国有句谚语："尽管世界谎话连篇，但是你走过的路永远不会欺骗你。"是啊，滴滴汗水、泪水、血水，滋养了信念，浇灌着生命，也成长着身心。前面还有更长的路要走，我迈动双腿，不惧日夜兼程。

（原载《散文海外版》2019年第5期）

百年传承红舞鞋

◎徐小斌

伟大的五四运动，悠然已百年矣。

物换星移，我们这些出生在新中国的人，已经不再是庆祝青年节的年纪了，然而，五四精神似乎并未随岁月老去。

都说这一代人的青春格外漫长。其实，确是拜改革开放所赐，我们搭上了末班车——在恢复高考的1978年，考上了大学。事情总是不尽如人意：我从小热爱文学艺术，报的专业绝大多数是文学，却偏偏被唯一报的一个经济专业录取了。接到录取通知书时我大哭一场，以为从此命运已经注定。当经济学教授的爸爸倒是很高兴，他说："即使你想当作家也别报中文系，还是学个实在点的专业好。"当时我只觉得，人真是很难主宰自己的命运啊。

大学留给我的印象是淡紫色的。校园里，有一架很茂盛的淡紫色的藤萝长久地留在我的记忆里。

月光下那架藤萝是美丽的。藤萝的淡紫色在月光下变成梦一般虚幻的色彩，仿佛轻轻一碰，就会像空气一样消融，然后飘逝。这是一种可以自欺的色彩，年轻的大学生们，就在这架藤萝下撰写了无数情感故事——学财政金融的学生一样可以有浪漫情怀。

还真的有了转机。大学三年级，我的处女作登上了《北京文学》1981年第2期《新人新作》栏的头条，还配上了很精美的插图。惊喜之余我又写了第二个短篇《请收下这束鲜花》投给我当时最喜爱的刊物《十月》。

这篇小说后来获了1981年《十月》首届文学奖。记得发奖大会那天，《十月》主编苏予特别向大家介绍了我——获奖作家中最年轻的一个。周围坐的全是文学"大腕儿"们，说了许多鼓励的话，令我诚惶诚恐。从此，我便穿上写小说这双"红舞鞋"，再也脱不下来了。

那时，对外开放的大门刚刚开了一道缝，正因如此，门外的景色看起来如此新鲜。我被一种写作的激情啮咬住，它使我整天处于一种癫狂状态，每天都和小说人物生活在一起，忘了我属于他们还是他们属于我……后来才明白，其实文字也是有色彩的，写文章的时候，每个字都是要推敲的，既然是"码字儿"的，就要把字码好，譬如画写意画，每一笔似乎都是不经意的，但是墨色的浓淡，笔锋的侧逆，留白的空间，总体的布局，都是十分的讲究，一个败笔都会影响全局。

早期的作品是一种单纯的颜色。新鲜，而又纯粹。自以为是美丽的。因为纯粹，所以强烈，因为强烈，所以刺激。那一种纯粹而强烈的感情是最容易引起别人一掬感动之泪的，还真是这样。《请收下这束鲜花》《河两岸是生命之树》就因为单纯得特别，所以被许多人接受了，那时，我把这种接受看得很重。

慢慢地，感觉到了中间色的神秘与迷人。从《对一个精神病患者的调查》到《双鱼星座》《羽蛇》等等，便是中间色的作品，本来并不是要刻意追求什么，偶然有些想法交叉了，便构成了新的色彩，变成了多义性，变成了一种说不清的东西。那是一种最让电子时代恼火的多义性，这种模糊和多义是最不可模仿不可复制的。不是刻意，刻意就没意思了。复杂到了极致便成为简单，单纯的墨可以分出五色，每一个字都可以达到意外的效果。

写作，是意外的不可言喻的色彩。也是孤独的最具原创性的色彩。

转瞬间，我写小说竟然已经三十八年了。时代的确在变，但在人类心灵中有些永恒的旋律却是亘古长存的。文学是寂寞孤独的红舞鞋，是作家对自己的心灵审判，百年前的"五四"，曾经涌现出大批青年作家，历经岁月、大浪淘沙——只有寥寥数人留下了他（她）们的红舞鞋，在历史上刻下了自己的名字。

想起伟大的巴赫那首举世闻名的主题乐曲《音乐的奉献》。巴赫利用"无限升高的卡农"——即重复演奏同一主题，然后又神不知鬼不觉地进行变调，使得结尾最后能平滑地过渡到开头。这里充满了音符与文字的游戏。这里有各种形式的卡农，有非常复杂的赋格，有美丽而深沉的悲哀，也有渗透各个层次的狂喜。它是赋格的赋格，是层次的自相缠绕，是充满智慧的隐喻。人类社会正如这样一首赋格曲，它不断地变调却又回复到原点，构成一个个充满智慧的怪圈。

文学的发展又何尝不是这样呢？从百年前的"五四"到现在，经历了波澜壮阔的跌宕起伏，也经历了高度的商业化之后的返朴归真。然而，任何社会都会有无数朝气蓬勃的年轻人，任何年轻人都会怀有美丽的梦。

包括关于红舞鞋的梦。

（原载《人民日报》2019 年 5 月 4 日）

劳我一生

◎孙　郁

　　从前看到卡夫卡写给父亲的信，见到其小心翼翼的样子，很为这位天才作家难过。父亲对于他是个残暴的存在，不能在其面前坦然对话，内心的苦楚，自然要多于常人。而我有时候想，卡夫卡后来在写作上的成就，是不是也要感谢父亲的压抑？这是心理学的问题，我们这些门外汉，一时是说不清楚的。

　　许多人的成长与父亲都有直接的关系，但每个人的情形并不一致。周海婴生前多次和我讲起鲁迅对他的溺爱之情，内心有着无限的感激。但我有时候觉得，鲁迅的舐犊之情，其实也未必没有负面的因素，因为过于随便，便少了戒律，自然影响了孩子寻找陌生化的生存的冲动。周海婴一辈子在父亲的影子里，这幸福中隐含的不幸，也不是没有吧。

　　在与周海婴二十余年的交往中，我也感到了他有一种无法摆脱父辈影响的焦虑。那种淡淡的哀愁，也许只有身边最熟悉的人才能够了解些许。有一次去香港开会，一路上我与他谈论着早期记忆，他很好奇我的经验，问我的父亲如何管教孩子。我的回答让他吃惊，父亲在我的生活中位置并不重要，而且长期是一个空白。

　　海婴先生叹道：人真是各自在不同的世界里。

　　我的父亲与海婴先生同龄，他是没有得到过父爱的人，很小就过继给自己的伯父。不料他自己婚后，随即出现了不正常的生活。我刚刚懂事，他又流放到农场，对于我的教育很少。与一般家庭的孩子比，我是野生的孩子，缺少的是温馨的家族里的氛围。在很长时间里，我的记忆中没有父亲的身影，处于缺席的地位。而且有一段时间被迫与母亲离异，我们曾天各一方。

　　关于这一切，我一直想写一篇文章，迟迟没有动笔的原因，是自己的经验也许过于特殊，并没有典型的意义。而且那样的时代的氛围，现在的青年人未必能够了解的。

　　但终于动笔了，因了一些现实的刺激。肯定"文革"的论调四起的时候，我的愤愤不平之情油然而生。担心的是噩梦的重演，尤其那些青少年，希望他们不要再过一种非正常的父子生活。他们不知道，"文革"最大的问题之一是，亲情被一种虚假的意识形态代替了。

那一段岁月里的人与事，今人解之定然很难。少年时代的我对于父亲的记忆很少，因为他在离家很远的地方，每两个月才能回到家里一次，一般晚上到，早晨出发，行踪颇有些诡秘。我周围的朋友一直以为我没有父亲，他们偶尔见到那张陌生的面孔，还以为是家里的亲戚。总之，在我的周围人的印象里，我们的家有些稀奇古怪。

父亲中上等个子，清瘦，样子有点蒙古人的气质，一口标准的北京话。他年轻时代是个文艺青年，流浪的时候写过不少诗歌。后来在国民党部队受过训练，不久在长春投诚起义，便成了中国人民解放军沈阳军区前进歌舞团的创作员。因为不满意部队的单一，自己考上了大学，但毕业工作不久，就因为历史问题而被开除了。小城里偶有几个认识他的人，都觉得他不合时宜的样子，斯文的外表，谦逊的目光，好似和大家不在一个时代里。

很长一段时间，对于他的身世我了解不多，觉得与母亲这样红色家庭出身的人比，过于复杂。待到上学的时候，他回来的次数渐多，一般都在节日。他像个客人主动和我聊天，这时候爱讲一点诗词给我，把《唐诗三百首》拿来，他自己先读，然后让我背诵其间的篇什。我完全不懂其间的意思，慢慢才对内蕴有所了解。时间久了，习惯了这种交流，我对于古诗文的感觉，就这样断断续续涌动了出来。

父亲读古诗的时候，是摇着脑袋地吟唱，这是私塾时代养成的习惯。他喜欢杜甫的诗，对于其间苍凉意味的欣赏，伴随了终生。但最初他教我的多是李白、白居易的作品，也许觉得更好理解一些吧。"文革"后期他买来一本郭沫若的《李白与杜甫》，反复翻阅，有些地方写了心得。我翻看他留下痕迹的这本新书，发现他似乎对于郭沫若有点不满，主要是作者把杜甫讲得太低了。那时候他说的一些话，我还不能理解，状态和周围的人颇不一致。这是我读到的第一本关于古代诗人研究的书。自然，多是懵懵懂懂，阅之而不得要领的时候多多。

除了教一点诗，我们之间没有别的深入的联系。父亲一生没有打骂过我，永远都是客客气气的样子。他一直觉得自己的历史问题影响了我的前途，有着强烈的负疚感。这种客气的样子，让我在他的面前很是放松自然，有的时候感到他的可怜。我少年时代建立起的对于父亲的态度，至今依然感到有些奇怪。

1967年他被关进大牢，大约有一个月的时间吧，我每天要去那里送饭。因为怕见到熟人，总是从胡同里穿行。那时候母亲也失去了自由，我和妹妹做的饭很难吃，窝窝头、白菜。看护人说不能带肉蛋，饮食都极为简陋。有一次在牢门口见到父亲，他走过来搂着我，显得异常的激动。他知道全家正在难中，一切都与自己有关，痛不欲生的感觉都挂在脸上。

不久他从城里的关押所流放到很远的地方，此后多年没有音信。我的班主任老师为了保护我，给我改了姓名，以为不再随父姓，这样可以与"反革命"的父亲一刀两断。我随了母亲的姓，一生没有更改，但那变化，在那时还是对于我略有一点用处的，因为形式上已经与父亲不再有什么关系。

有一段时间，他偷偷回来看我，那时候他与母亲正是离异的时期。见面的地方在城南的澡堂子，我们泡在弥漫着蒸汽的池子里，彼此都看不清面孔，只能听见他浑厚的男中音。他问这问那，帮着我搓洗。后来知道，他的时间紧，每次请假回来不能超过半天。洗完澡，还领我到店铺里买一点零食，叮嘱我不要惹妈妈生气。说话的时候，声音有点颤抖。我不喜欢他懦弱的样子，每每见到他忧戚的表情，自己也有些难为情。这个时候他往往塞几块钱给我，摸一下我的头，就坐着公共汽车返回农场了。

这种秘密的见面，也给我带来一种负担。害怕被同学见到，因为说不定会被汇报给学校。但也盼望见到他，在他那里，总能得到一点有趣的东西。我被他的博学吸引，好似肚子里有个万宝箱。在我所认识的老师中，比他儒雅、多才的人不多，只是胆子太小，有时候过于脆弱。我自己的性格里，多少染有类似的遗传。

当他几年后与母亲恢复了关系的时候，我们的家庭才慢慢正常起来。每年春节最渴望的是父亲的归来，他会带来许多山里的特产，烧饭的水平也很高，会炒各种风格的菜肴。我的母亲不会做饭，平时全家在学校食堂对付，自己家的饮食，永远马马虎虎。

他偶尔喝一点酒，喝多了的时候，便有点话多，总愿意讲老家的日子。父亲出生在一个大家族里，小时过着富人的生活。那时候过年，老家人极为讲究，风俗里的隐含，有儒家文化最为本然的东西。他很留恋这些古老的遗存。

不过他沉醉在这种讲述的过程时，母亲常常要打断他的话。以为多是封建时代的腐朽之事，还是不提为好吧。这时候感到父亲的扫兴。他好像觉得自己是一个犯人，微笑马上就从脸上消失了。

我的记忆里，父亲总和我谈及自己的死。还在六十年代中后期，他就暗示过我，死后一定要通知内蒙古的亲人，并把自己的骨灰埋在一棵树底下。那时候我还是个孩子，父亲遗嘱般的叮咛，对于那时候的我多少有些残酷。然而彼时的死人很多，被打死的、自杀的不时出现在小镇上。这样的苦运是否会降临到我们家里，都不能预料。有着心理准备的父亲，其实也有几分坦然的因素在。

农场有一些人因为活不下去，自己了断了人生。父亲常常去帮助料理后事。他懂一点乡下殡葬的规矩，每每将仪式搞得较为得体。从长春被围困时期到朝鲜战争，他身边的朋友死去的很多。而随时可能遇有不测，则是他内心的一种准备。他对于死亡的感受似乎比一般人要强烈，那些复杂之情，恐怕不能用简单的概念描绘的。

有时候，我觉得父亲有点像陀思妥耶夫斯基笔下的受难者，内心极为丰富，但行动上却那么迟疑。他对于自己年轻时代信仰三民主义，有着真心的忏悔，认为自己确实是罪人。但有时候他也常常沉浸在青少年时代生活细节的回味里，似乎那种生活在一生里最为珍贵。他一生都在这种矛盾里摇摆，早先喜爱的小布尔乔亚文学精神渐渐被革命文学意识所取代，并且深受"左翼"思想的冲击。

在基本的生活态度上，他有一种积极入世的意识。哪怕有一点可能，都会尽力做一些有趣的事情。"文革"后期，形势略有变化，那时候到处是宣传队，农场也组成了剧团。场长知道父亲曾是沈阳前进歌舞团的编剧，便点名他戴罪工作，希望自编自演，能够在全省农场系统亮出光彩。这是他十八年劳改生涯里最被信任的日子。半年内写出了话剧《珍珠河畔》，在宣传毛泽东思想的热潮里，这剧目一时成了县里较为显赫的精神标志之一。

首演在一个骑兵营的礼堂举行。农场的工人和部队的战士坐满了礼堂。演出的内容很简单，是农场水稻实验的故事，两条道路的斗争。内中不乏说教，还不到半小时，就有人退场，观众的喧哗声也出来了。父亲在广播里喊大家安静，但没有人听。我坐在下面，出了一身冷汗。觉得这样的节目，思想正确，但没有艺术的吸引力。

《珍珠河畔》的失败，父亲一定十分沮丧。但上面的领导，却表扬了农场宣传队的进取精神。据说该剧还在一些分场巡演过，反馈的情况与先前大致一样，父亲的心情真的五味杂陈。我隐隐地觉得，他以这样的方式讨好了时代，但那个时代不属于他。因为在别人的世界里思想，自己的灵魂却是干瘪的。

1978年他正式平反了，终于回到了教育界。将近二十年没有教书，但似乎没有影响他的热情。回到高中之后，全身心投入到教学之中。他的课很受欢迎，尤其关于作文，许多人都信服他的理论。但他对于文学性过于看重，对于应试教育，多少还有一些隔膜。大家都认为他的水平很高，可教出的学生，分数并不都很理想。

他用民国那样的教育理念去思考高中的教学，思路与时代完全不符。几年后，他意识到自己更适合从事文学创作，不久就去了文联，有了时间开始自己的创作工作了。

晚年的父亲在文联十分快乐。这是他一生最为惬意的时期。那时候我已经到了北京工作，对他的具体情况却知之甚少。他的朋友卢全利、林丹、侯德云都在纪念他的文章里说他帮助了许多文学青年，办杂志的时候倾注了诸多心血。其学识和文章，在小县城里一直有不小的影响力的。

他虽然恢复了写作，且出版了几部作品集，但还是谨小慎微，生怕再犯错误。那些作品的力度，自然也打一些折扣。不过他的鉴赏文章水平很高。《文心雕龙》《苏轼集》都是他喜欢的书。一些读书杂记在北京的报刊上也发表了一些。那些文字都沉稳、醇畅，比他的剧本和小说要老到很多。

有时候偶尔打来电话，和我讨论文学界的一些问题，对新出的现象有着好奇之心。有一次他看到我在杂志上的一篇文章，把他吓坏了。写信说：这样的观点是犯忌的，千万不可如此云云。看到这文字的时候，我便想起他在农场劳改时温顺的样子。这个年轻时代以"浪子"为笔名的诗人，到了老年，已经不太敢再放逐自己的思想了。虽然他自己那么欣赏杜甫和鲁迅，而现实生活里，活成杜甫、鲁迅的样子，不妨想想自己的后果。

我知道他内心的复杂性。从心里讲，他对于二十世纪八十年代涌现出的许多观念是赞同的，但在表述自己的思想的时候，又把这些隐藏起来，用一种大家可以理解的语言行文。这给自己带来了某些安全，但艺术上和思想上要有创建，那就很难了。

父亲在晚年被多种疾病所折磨，看他留下的遗稿，依稀残留着一丝苦味。但先前忧郁的性格似乎有点变化，对于往事不再去纠葛曲折，也原谅了那些整过自己的人。他常常沉静在对过去的回忆中，写了大量的小说和散文。这些，我都读得不多。他对于我不太过问那些文字，其实有些悲哀。但一面也觉得，两代人的隔膜，总还是正常的吧。

他去世前的几个小时，我带着妻子和女儿匆匆赶回他的身边。他躺在医院病房用微笑的眼光望我们，显得异常平静，衰老的面容里流动着柔和的光，告诉我说，一生没有遗憾，很知足。

这是他留给我的最后一句话，那一年，父亲82岁。

我有时候想，我与父亲的关系，好似畸形时代的一种特异的存在。我们没有旧时代的那些规矩，但彼此都很平等。也没有现代家庭那样的正常秩序，是在动荡里互相瞭望的。汪曾祺对于非正常时代的父子关系有过描述，他审视自己的时候，写下了《多年的父子成兄弟》这样的妙文，那是他主导的自由精神的外化。父亲与我，还不是兄弟般的感情，好似朋友一般，有时候甚至像单位的同事。这是一种什么样的父子之情呢？在革命的年代，在生死难保的岁月里，这样的家庭故事，隐含着悲剧的意味，然而年轻一代，对此未必明白的。

许多年后整理父亲的遗物，看到他在《庄子文选》边写的一些批注，才知道其对己身的态度。那些关于生死的文字，他都很认可。庄子谈到生死，以为是天命运行之迹，那看法比我们今人高明。因为他没有用不朽之类的话抚慰后人，显得通脱、大气："夫大块载我以形，劳我以生，佚我以老，息我以死。故善吾生者，乃所以善吾死也。"（《大宗师》）就对于人生的意义而言，我们词语里的虚幻之影，庄子早就察觉，故那语言背后的对于意义的消解，其实是看到存在的虚妄。父亲知道内中的意蕴，他自己在晚年平淡的样子，易让我联想起古人的遗绪。虽然他自己一生逆多顺少，是个失败的人，但"知其不可而安之若命"的古训，他还是深味于心的。

2018年3月19日

（原载《随笔》2019年第4期）

我的小学

◎张新颖

　　1973年夏季，父亲休班回家的一天，晚饭后带着我去小学，和苗校长坐在院子里的水泥乒乓球台上聊天。父亲问能不能让我上学，苗校长说不行，一定得满七周岁。我在一旁玩，其实没有什么可玩的，学校里没有别的人，除了他们散淡地说话，四周寂静，月光明亮而柔和，有细微的风，空气凉爽。不知道为什么，这个情景我记住了，从未忘记。

　　过了一年，我到这里上学了。

　　小学在村子边上。很多年后想到这一点，禁不住心里感谢，感谢它的位置，不在村子的里面而在外围的一个角落，不脱离乡村生活日常，又连着外面的世界。

　　学校背靠一座小山，山坡贫瘠，散布着矮松、荆棘和杂草，偶尔会蹿出只野兔，飞出只野鸡。小山对我们吸引力不大，我们不缺丰盛高深的山，但还是有时候会爬上去，望望不远处不知道蜿蜒通向哪里的公路。有一次，我一个人爬到小山顶，站了一会儿，忽然想，继续站下去，能不能站成一棵树？

　　小山下是苹果园，园门斜对着校门，除了苹果成熟的季节，课间休息时就能进去小闹一会儿。苹果园很大，一直向北绵延，尽头就是另一个县了。这就又要说到一个边上的位置，村子地处两县交界处，行政划分上属于招远，习俗、方言却同于黄县，爬到村子西面群山的高处，我们叫王顶，能望见渤海湾龙口港的轮船。胶东半岛各县人说话，口音差别明显，我们一开口，同县的人马上指出，黄县腔。

　　冬天，树叶落净，茂密的苹果园显出疏阔。无所事事的周末，结伴闲逛，看园人的小屋已经封了，我们好奇，大一点的孩子带头撬开木窗，爬进去，发现几筐冻苹果。这些苹果是淘汰下来的，个头小，不够卖的规格，随意放在这里，时间一久，就忘了。我们似乎不觉得是偷，反而像是把这些出局的、遗弃的小东西救了出来。我们没有大人那么势利，一口咬下去，带着冰碴儿，抽口凉气，全身发抖，一半因为寒冷，一半因为兴奋——少年的冻苹果盛宴。

　　学校放麦假，放秋假，两个短期的农忙假。我割过麦子，掰过玉米，拔过地瓜藤。最快乐的是夜晚的打麦场，大人们忙着脱粒、扬尘，任由旁边高高堆起的麦秸垛变成孩子们的游乐园，爬上爬下，打闹，翻滚，捉迷藏——把自己埋在厚厚的麦秸里面。有一次，我在麦秸垛的熟香里睡着了，醒来已是深夜，所有的人都早已回家，周围只有虫鸣。我看着头顶广阔而灿烂的星空，又躺了一会儿，才起身抖掉麦秸，带着自己的影子，慢慢走回去。

　　上学的日子也有不少劳动。摘松花，冬天教室里生炉子，松花易燃，放进去就会升起跃动的火焰；捋刺槐叶，背回家晒干后，再送到学校，统一卖了，所得用于日常办公开支。这两项都是到村子西边的山里，山连着山，大山小山，人那么少，散到山里，谁也看不见谁。所以这是孤独的劳动；孤独使精力专注，劳动让身心踏实。我们熟悉我们的山，知道渴了哪里去喝最甜的泉水，也知道什么地方有人下了铁丝扣，等待莽撞的野兔。山里据说也有狐狸，村里人讲过许多狐狸的故事，真假难辨，不过我从来没有见到，倒是见过几次黄鼠狼。我们熟悉山里的梨树、柿树、桃树、杏树、山楂树、李子树、栗子树，熟悉很多野果，有叫得出名字的，有叫不出名字的。最常摘来吃的，是荆棘上的山枣。

　　集体劳动更轻松、活泼一些。在苹果树下拔杂草，在田野里拾麦穗，休息的时候围着老师听故事。苗校长讲了一个土匪打日本鬼子的故事，最受欢迎。这个土匪真有其人，故事在山东半岛流传多年了，之前我听祖父讲过，但没有苗校长讲得绘声绘色。下一次劳动的间歇，我们要求，苗校长，再讲一遍那个土匪打鬼子的故事吧。

　　多年以后的一个晚上，我在复旦大学东部阅览室翻到新一期的《人民文学》，读到《红高粱》，无比惊讶，又困惑不已：原来我小时候听的故事，可以写成小说？可以这样写小说？《红高粱》当然大大不同于我听过的故事，但独特的原型、浓烈的民间传奇气息，我曾经那么熟悉。再后来，遇到莫言，说起家乡，他告诉我当兵期间驻扎在北马好几年。那个地方离我们村十里，村民常去赶集。

学校两间教室，两个老师，所以我们是复合班上课。一年级和五年级在一间，二、三、四年级在另一间。复合班的好处真是妙不可言，课堂永远不会单调，埋头写作业的时候，耳朵支棱着，听其他年级的课；所有年级的学生都是同学，年龄不齐，智愚各异，有趣的事总是不断。

我的第一个老师大概二十岁，教得好，但严厉，同学们有些怕他。课间休息，他常坐在教室前面的石条凳上拉二胡，这样的时候面色柔和下来，神情有些沉醉。他的二胡是自己做的，琴杆、琴筒、弓，各用不同的木料，很是讲究；有人打了一条大蟒蛇，他去取了蛇皮，做成了琴皮。不拉的时候，他也时不时用松香擦拭琴弦和弓毛。我很想试试他的二胡，始终没敢。那时候我学着拉京胡，父亲从县城给我买了一把，最便宜的一种，三块三毛钱。晚上，学校里空了，近处的人睡觉时常常听到二胡声。要到很后来，我才意识到，我的老师可能是孤独和苦闷的。过了一两年，他父亲退休，他接班，离开学校到县城去了。

上二年级，换到另一间教室，是苗校长教我们。苗校长是公派教师，负责我们这个小学已经很多年了，跟村子里的人都熟，挺受尊敬。他四五十岁的样子，灰色的中山装，夏天是白衬衫，洗得干干净净；说话总是带着笑，随和，亲切。三年级的时候，一道数学题，全班同学都做对了，只有我一个人错，他批评我之后，在黑板上边写边讲，结果发现是只有我做对了，他马上批评自己，向我道歉，我这个小学生还真不习惯。

第三个教我的是姚老师，二十出头，头发自然微卷，英俊挺拔。也许因为我字写得不错，记得是冬天的晚上，他叫我到他家里刻钢板，油印复习材料。用尖细的铁笔，一笔一画刻在下面垫着钢板的蜡纸上，这对我可是新鲜的经历，而且以后再也没有这样的经历了。姚老师在学校的时间也不长，也就一两年。

然后来了姜老师，他高中毕业不久，是我的第四个老师。姜老师喜欢乒乓球，课间就和学生在院子里那个水泥台子上打。同学们最喜欢看我和姜老师对台。我乒乓球打得好，要不是母亲反对，就被上面来考察的人招进少体校专门打乒乓球了。母亲的理由很朴素，还是要读书。姜老师如果输了，会提议再来一局；再输，就再来一局。围观的同学乐见我赢，这样休息时间就延长了下去，等姜老师放下球拍摇铃上课，一节课已经过了好长一会儿。多年以后想起这些，还能体会到那种单纯的快乐，只是又多了一点点惆怅：自从小学毕业以后，我再也没有拿起过乒乓球拍。

一天我到办公室，看到姜老师自己订的两份杂志，一份《读书》，一份《外国文学研究》，后一份是卷成一卷寄过来的，邮局送信的人说，全县只有两个人订。我当然看不懂，却很好奇，翻一翻，仿佛能够捕捉某种气息，不清楚是什么，只是很确定有那么一个东西。也许就因此，记住了这两份杂志的名字。我是来借《解放军文艺》的，学校订了一份。我的小学跨了两个时代，对于我来说，划分的标志是，现在有杂志订了，母亲先是给我订《儿童时代》，后来又加一份《人民文学》；上初中以后，又订了《小说选刊》。

几年以后，姜老师考上了师范学院，他还不忘他教过的这个小学生，常常给已是中学生的我写信，有时信封鼓鼓的，贴好几张邮票，打开看，里面有他写的文章，抄在红格信纸上。他鼓励我也写点什么给他看，我写得少，回应不成比例，暗自惭愧。

小学生活平淡无奇，父母基本不管我学习上的事，好像很放心。唯有一次，母亲发了火。那是三四年级的时候，母亲偶然看我的作业本，大吃一惊。原本我写字规矩，大方，那一阵子心浮，字写得细细小小，密密麻麻挤在一起，东歪西倒，笔画轻飘，还连笔。当时正要吃晚饭，母亲一气之下，把我的作业本撕了。

这顿饭当然吃不好，母亲这样难过生气，我一声不吭，心里实在震动，以后再也不敢胡乱写字。

1978年春天，四年级下学期，片里举行了我上学以来的第一次统一考试。负责这个片的是初中校长，成绩出来，他激动不已，觉得发现了一个天才。他拿着我的作文卷，到初中的每个班，轮流念了一遍；数学卷有一道附加题，全片只有我一个人做了出来，他把这道题也拿到初中班里，竟然没有人做对。他兴冲冲跑了几里地，到我们小学，由小学老师陪着找到我家里来。

张校长进了家门，见了母亲，没想到是高中同学，毕业后又一同做了老师，自然觉得话更好说了。他对母亲说，你这个孩子不要读五年级了，跳一级读初中，初中高中看情况再跳级；科大不是招少年班了吗？将来提前考大学。

母亲热情招待同学喝酒吃饭，可是不为他描绘的前景所动，很平静，不松口，她的意思很简单，也很坚定：我的孩子我知道，不是什么天才，就是个平平常常的普通人。做出一道难题就是做出一道题，不说明其他方面。

张校长隔了两天又来，母亲说，路还是要一步一步走。

张校长第三次来，母亲劝菜劝酒，寡言的祖父忽然开口道：庄稼嘛，不到季节，不够日子，成熟不了。张校长和祖父碰一下酒杯，我的事就算过去了。

从那以后，一直到今天，四十年了，母亲再也没有提起过这件事。我却从那时候起就记住了母亲说的几句话。我按部就班读完五年级，再读六年中学，十八岁正常年龄进大学。

（原载《上海文学》2019年第4期）

活着，是因为有人惦记

◎东　西

　　我认识他应该是1986年，记不清是冬天或夏天。好像是冬天，他春节要在报社值班，所以提前回邑暮乡去看看父母和亲人。那时我刚从河池师专毕业，分配到天峨中学当教师，闲时写些豆腐块投给《河池日报》。他是副刊编辑，曾经编过我的几篇小稿，但还没见过我。于是……在那天，在暮色四合之后不久的天峨县中学单身汉宿舍区，我听到了黄开杰老师响亮的喊声。他说李昌宪来了，过去坐坐。虽然开杰老师在前面加了我的名字，但我明显感到他的这一句绝对不是说给我一个人听的，几乎在向所有的老师宣布，且语带自豪。他当然有资格自豪，因为在桂西北偏远的山区小县，在这个出产名人近乎为零的地方，李昌宪看谁都算是一件很有面子的事。

　　从平房的前排绕到后排，我走进开杰老师的房间，看见他坐在面对门口的椅子上。标准的国字脸，五官端正，打量人的时候眼睛微眯，手上夹着一支燃烧的香烟，不时抽一口，烟雾从前额升上去。他的相貌没超出我的想象，也许是我曾在某处见过照片，也许是在人们的讲述中脑海里事先有了素描。但我的外貌一定不在他的意料之中，不然他为什么一直在打量我？仿佛在透视或预估我的未来。多数时间我在听他们聊。门是敞开的，中途不停地有人插入招呼，握手，散烟，就像现在电视剧里插播广告。为顾及每个人的情绪，他也聊几句文学。临别时他鼓励我好好写。听得出，这是礼貌性的鼓励，但在一颗"扑通扑通"的文学心脏面前却具有神奇的药效。

　　后来，我经常给他投稿，也经常收到他的退稿信或采用信。他的信写得很认真，字迹工整，内容丰富，就像一位邻家大哥在跟你拉家常，不知不觉中你会把他当成值得信赖的人。所以，每每见面就会向他大倒苦水或大讲成绩，甚至大讲可能实现的成绩，仿佛只有他才能理解自己的挫败和喜悦。他是一位优秀的听众，哪怕你是他的小弟，哪怕你的位置比他低得多，他都会竖起耳朵倾听，并不时产生共鸣。如果用器官来形容，他是耳朵。如果用地势来比喻，他是凹地。如果用名句来描述，那他就是"低到尘埃，开出花朵"。

为了不伤害那些初学写作者，他常常为写退稿信而发愁。他不退稿作者就以为还有希望，于是天天写信来问他"稿件如何？"我与他在河池日报社副刊部共事的那段时间，经常看见他用如下模式写退稿信：首先是客气的称呼，然后是稿件的优点（这部分往往浮夸），再后就是文章有瑕疵（这部分往往瞒报），稿件拟不用，是留在这里还是退给您？他一直用"您"。当作者看了他的回信跟他索回稿件时，他好像自己犯了错误一样，很内疚地把稿件装入大信封，同时塞进两本河池日报社的空白稿纸。在那个年代，能用河池日报社的稿纸写文章，就已经是一种荣誉了。

1997年冬天，我从天峨县搬家到河池工作。那时公路弯曲，全是泥巴路，早上出发前我拨通他办公室的座机，告诉他找几个人帮忙下车。细雨中，我和货车司机在山路上盘绕，直到傍晚才到达金城江（河池地区驻地）。当货车开进大院时，我只看见他一个人伫立在细雨中等待。虽然那时我没什么家产，却有满满一车柴火和几十块用于打柜子的杉木板和椿木板。我问他，没叫人？他说太晚了，不好意思叫别人，我们两个够了。于是，那个晚上我俩下了整整一车的柴火和木板。我分到的房间在二楼，柴火和木板都要扛上去，每次他都扛得比我多，如果我扛得动一块厚椿木板，他就扛两块。我扛得动两块，他就扛三块。在帮助朋友的时候，他从来不节约力气。下完车，到请他吃晚饭时，我才知道他不叫人帮忙的良苦用心。因为，那时候我没什么钱，叫人越多饭钱酒钱就花得越大。所以，宁可他累一点也要帮我省钱。

而对于家人，许多细节历历在目。他的女儿7个月出生，因为早产，放在一个小小的保温箱里，他天天守着，箱内的一丁点动静都扯着他的左胸。他的眼睛一眨不眨，只有这么看着，他的表情才是安稳的。当女儿能吃一点食物时，他就用一个钵来磨米面，煮米糕。有时候我们去串门，他一边磨米面一边跟我们聊天，好像他的主业就是磨米面的。偶尔朋友邀请聚会，他总是尽可能地把家里的饭菜煮好再出来。这一抹对家人的暖意，曾遭到过大男子主义者们的多次嘲笑，但他不以为耻，反以为荣，以至于当电视连续剧《渴望》火遍大江南北的那些日子，我和几个朋友都叫他"宋大成"。为给女儿多攒一点上学的费用，他曾离家到东莞的某个报社工作。虽然那边的薪水比这边要高许多，但终受不了分离的思念，他又回到河池。他得过许多荣誉和称号，也做过单位的领导，但退休后却无法给女儿安排工作。于是，他焦急，却不向朋友开口。他是一个轻易不向朋友开口的人，就是生命的最后时刻，他也仍然如此。

2018年11月25日下午，我正在聚光灯下推荐几位作家的新书。空隙，我瞟了一眼手机，看见朋友发来短信，说宪哥病危。我回信你快派人去医院，我活动结束即去。如此淡定，是因为我对他的身体有信心。他几乎很少生病，打过乒乓球、篮球，每天晚上坚持散步。与他认识这么些年我从来没听他说过一句身体不舒服。然而，这一次，他把我彻底地惊着了。当我从聚光灯下走出来，给嫂子打去电话时，听到的却是哭声。嫂子说几个小时前，他还有说有笑的。我问病况，原来几天前半夜他心绞痛，叫了救护车，送到了某医院。某医院处理之后，痛感减缓，转到另一医院。医院还没来得及做心脏造影，他就走了。我问嫂子为什么住院了不告诉我？嫂子说他不让打电话，他说等做完了心脏支架手术再告诉我们。回想，我是有预感的，那几天我很想给他打电话（这种感觉很强烈），但因为工作忙乱，一直拖着，想等几天，可惜再无机会。我到太平间去看他，说宪哥你怎么就走了？他面无表情，这是他唯一一次在听到我说话时没有反应。

墨西哥有"亡灵节"，他们认为死亡不是生命的完结，而是新生活的起点，亡人到了另一个世界，他们仍然有喜怒哀乐，有吃有穿，结婚生子，和人间的唯一区别就是他们没有痛苦、烦恼和压力，也不用为柴米油盐发愁。美国电影人由此得到灵感，制作动画片《寻梦环游记》。在这部片里，主创们重新定义了生命的终点，即：只要在现实世界中还有人惦记，那亡人就仍然活在另一个维度里。但愿我们持久的怀念，能让宪哥的生命得以继续……

（原载《散文》2019年第4期）

成都的七张面孔

◎李 舫

土耳其诗人纳齐姆·希克梅特（1902—1963）说，人的一生有两样东西是不会忘怀的，一个是母亲的面孔，一个是城市的面孔。

然而，随着城市更新的不断推进，越来越多伴随着我们成长的记忆在渐次远去。隔过浩荡的时光，回望疾驰的岁月，能够留在我们记忆深处的城市面孔还有多少？

毋庸置疑，这其中一定有成都。

成都是一座迷人的城市。成都的源头可以追溯到三千年以前，公元前五世纪中叶，古蜀国开明王朝九世时（前367年）将都城从广都樊乡（华阳）迁往成都，构筑城池。《太平寰宇记》记载，成都这个名词，是借用了西周建都的历史，周王迁岐，一年而所居成聚，二年成邑，三年成都而得名蜀都。在四川话里，成都两个字的读音就是"蜀都"。所谓成者，毕也、终也。成都的含义，其实就是蜀国建完的都邑，或者说最后的都邑。

三千年时光倥偬而过，到今天，成都留下了无数让人回味的瞬间，这无数的瞬间婀娜多姿、顾盼生辉，串联起成都令人怦然心动的回忆。成都，给我们留下了各种各样的侧面，我们不妨从中撷取七个。

成都的七张面孔就是：诗歌成都、神秘成都、生态成都、美食成都、安逸成都、财富成都、创新成都。

一、诗歌成都

我们知道，成都是中国文化的一块高地，是最有文化积淀、最有人文底蕴、最有开放精神、最有书香气息、最适合居住的城市，也是世界闻名的国家化大都市。当然，成都还是举世闻名的"诗歌之城"，是中国诗歌不可忽视的地标。成都具有丰厚的诗歌资源，历代文学巨匠大多游历过成都，留下了大量的翰墨珍藏。杜甫草堂不仅是当代中国，更是整个世界范围内诗人祭拜的圣地。

2017年国际成都诗歌节上，诗人吉狄马加赞誉成都是一座"诗歌和光明涌现的城池"。他说："当我们把一座城市与诗歌联系在一起的时候，这座城市便在瞬间成为一种精神和感性的集合体，当我们从诗歌的维度去关照成都时，这座古老的城市便像梦一样浮动起来。"此言不虚。

古诗人皆入蜀，入蜀必然入成都。我们翻开历史，不难发现，凡有名的诗人，都曾经在成都留下过足迹，留下传诵后世的名诗名句。成都是中国诗歌的，是无数诗人的精神远方——

被称为中国诗歌黄金时代的唐朝，一个又一个伟大的诗人李白、杜甫、白居易、岑参、刘禹锡、高适、元稹、贾岛、李商隐、温庭筠、王勃、杨炯、卢照邻、骆宾王，等等。唐代诗人杜甫写过《成都府》："翳翳桑榆日，照我征衣裳。我行山川异，忽在天一方。但逢新人民，未卜见故乡。大江东流去，游子日月长。"蜀地诗歌称霸中国，杜甫功不可没。杜甫与成都风景，已经是浑然一体、不可分离，提到成都，我们会联想到这位伟大的诗人。我们从杜甫诗中了解成都、怀念成都、赞美成都。成都伴随着杜甫，一同走进中国历史的光辉岁月。

中唐诗人张籍（约766—约830），崇拜杜甫已到了近乎疯狂的地步。他曾经把杜甫的诗集焚烧成灰烬，再以膏蜜相拌，全数吃下，之后抹嘴大叫：我的肝肠从此可以改换了！张籍在一首《送客游蜀》诗中写道："行尽青山到益州，锦城楼下二江流。杜家曾向此中住，为到浣花溪水头。"

白居易（772—846）称赞"诗家律手在成都"。史称杜元颖长于律诗，不过《全唐诗》仅存诗一首。而白居易的好友元稹（779—831）在《送东川马逢侍御使回十韵》一诗中开篇就说"风水荆门阔，文章蜀地豪"。

在宋朝，与成都结下深厚情谊和缘分的诗人词人，甚至更多。他们不约而同来到成都，在这里逗留，在这里居住，在这里生活，放飞梦想，放飞心灵：柳永初来成都，他便被这里繁荣、壮丽的景象震惊了，他填了一阕《一寸金·井络天开》的词，以赋体形式极力铺陈，将宋朝的自然风光、风土人情描绘得淋漓尽致。柳永离开成都二十余年后，写出名句"红杏枝头春意闹"的宋祁，到成都担任益州知州。

三苏父子赴京师赶考，从成都出发，那时苏洵47岁，苏轼19岁，苏辙17岁。尽管苏轼在成都停留的时间不长，但对成都一直念念不忘，他在《临江仙·送王箴》词写道："忘却成都来十载，因君未免思量。凭将清泪洒江阳。故山知好在，孤客自悲凉。"苏轼直到47岁时，还追忆眉山老尼讲述蜀主孟昶与花蕊夫人在摩诃池上夜间纳凉的故事，填词《洞仙歌》，留下"冰肌玉骨，自清凉无汗"的美妙词章。南宋中期，著名诗人陆游与范成大相继入蜀，书写了宋代成都最夺目的篇章，范成大认为成都的繁华与扬州很是相似，将成都万岁池与杭州的西湖相提并论。离开成都的范成大，心心念念总是成都的花事，他在词作《念奴娇》中倾诉衷肠："十年旧事，醉京花蜀酒，万葩千萼。"

陆游对于宋代成都的意义，堪比唐代杜甫。他热爱城市、园林、山水、民俗、物产、花草、饮食、文化，涉及世俗生活的所有方面。陆游47岁到成都，作《汉宫春》两阕，他初来已经被成都的繁盛惊住了："看重阳药市，元夕灯山。花时万人乐处，欹帽垂鞭。"陆游在《风入松》中总结蜀中生涯，说道："十年裘马锦江滨。酒隐红尘。万金选胜莺花海，倚疏狂、驱使青春。吹笛鱼龙尽出，题诗风月俱新。"陆游还写过一首《成都行》："倚锦瑟，击玉壶，吴中狂士游成都。成都海棠十万株，繁华盛丽天下无。"

我们知道，发生在20世纪七八十年代的中国当代诗歌运动，深切体现了其中所隐藏的现代中国人生存体验的思考和颖悟，以成都和重庆两地为中心的巴蜀诗人群体是中国现代诗歌运动的重要组成部分，其在历史上的意义，与首都北京的诗人群体不相上下。环视当下中国诗坛最活跃、最具有影响力的中国诗人，我们可以数出几十位，他们都是从成都走出来的。成都毫无争议地被公认为中国现代诗歌运动最重要的城市之一，成都又一次穿越了历史，成为中国诗歌史上始终保持诗歌地标的重镇。

成都不仅盛产诗歌和诗人，还产生了许许多多震烁古今的文学家。司马相如、扬雄、王褒、陈寿、陈子昂、李白、苏洵、苏轼、苏辙、杨升庵、李调元、郭沫若、李劼人、巴金、沙汀、艾芜……非川籍而进入第二故乡，在安逸之地继续成功，锐进升华者，有文翁、杜甫、王勃、岑参、李商隐、薛涛、黄庭坚、陆游，以及抗战十四年，长期流寓四川的茅盾、叶圣陶、朱自清、老舍、张恨水、曹禺、吴祖光等。不止诗人、作家，正如古人所说，"天下才人皆入蜀"。

从某种意义来讲，成都成了不同历史时期的许多诗人在诗歌的栖居地，成为文学家精神上的故乡。在漫长的中国历史上，成都一直是一个在文学的繁荣史上从未有过低落有过衰竭、甚至一直保持在高峰姿态的城市，这是文化的奇迹。

一个直观的原因是，与中国别的地域相比，甚至与不远的巴蜀中的"巴"相比，蜀地更加丰衣足食，少有自然灾害发生，政治局势和平民百姓的生活都趋于稳定，特别是以成都为中心千里沃野的平原地带，可以说是中国农耕文明的最精细发达，同时也是存续时间最长的地方。正因为此，古代的许多中国诗人都把游历寻访成都作为自己的一个夙愿和向往。这其中还有一个重要的原因，就是千百年来成都似乎孕育了一种诗性的气场，它凭特殊的地理环境和能把时间放慢的市井与乡村生活，毫无疑问是无数诗人颠沛流离之后灵魂和肉体所能获得庇护的最佳选择。

二、神秘成都

因为历史和地理的双重因素，铸就了成都许多不可言说的神秘。成都的地理位置是东经102°54′~104°53′、北纬30°05~31°26′。曾经有科学家提出，这条30纬度线，贯穿了世界上一切不可言说的神秘，是一条地地道道的神秘之线，它穿起了一系列世界奇观以及难以解释的神秘现象，比如，埃及的金字塔、大西洋的百慕大三角、英国的巨石阵、马耳他的车轨，甚至是公元前六世纪在古巴比伦王国建成的巴比伦通天塔……这些人类文明中具有神秘色彩的地域全都集结这个维度。

如果再把这条线所在区域扩大为国家，我们会发现，四大文明古国（位于西亚的古巴比伦）、位于北非的古埃及、位于南亚的古印度、位于东亚的中国），世界五大宗教（基督教、伊斯兰教、佛教、儒教、道教），也都发源于此。

成都的神秘之处还不止于此。在中国乃至全世界，有谁不知道成都的大熊猫吗？相信没有。作为来自800万年前的远古使者，大熊猫是成都最有亲和力也是最有影响力的名片。

大熊猫是历史的"活化石"。根据记载，人类不过才150万年到200万年的进化历程，大熊猫却在800万年前就已经生活在地球上。研究表明，300万年前的大熊猫，它的毛色、体态、体形跟现在是差不多的，300万年如一日。难道生物演化规律没有发挥作用？为何全球万千物种，独独大熊猫历经800万年而不灭？科学家无法给出答案。800万年以来，与大熊猫同时生活的动物，比大熊猫晚期的动物，它们都在漫长演化过程中被淘汰，不论是瘦弱还是强壮的，不论是温驯还是凶猛，不论适应性强还是不强，灭绝动物的名单越来越长：剑齿象、剑齿虎、剑齿马。近年来，随着环境的恶化，这份名单在不断拉长：渡渡鸟、大海牛、恐鸟、大海雀、开普狮、阿特拉斯棕熊、南极狼、斑驴、圣诞岛虎头鼠、旅鸽、墨西哥灰熊、得克萨斯红狼……然而，幸运的是，大熊猫却顽强地生活到了今天。800万年来，到底是什么样的生存机制，让某些动物消失，又选择让某些动物顽强地生存到今天？生物学家没有给出答案，这就让大熊猫这位来自远古的使者显得愈加神秘论。

800万岁的大熊猫从远古走到今天，带给我们无数我们至今无法解开的谜。首先是大熊猫是食肉动物，经过演化变成以竹子为主要食物的动物。可是竹子的营养成分非常低，连草都不如。大熊猫为什么要放弃高蛋白高营养的食物，转而选择低蛋白低营养的竹子？生物学家试图寻找答案，甚至对死亡大熊猫进行解剖，研究大熊猫的消化系统，但是他们至今没有找到答案。

素食主义者，大熊猫也没有一般食草动物细长的肠道和复杂的胃或发达的盲肠，它的消化道粗短而又简单。此外，在大熊猫的基因序列于2009年公布之后，科学家还发现大熊猫消化道内缺乏一些帮助食草动物消化纤维素和半纤维素的酶。这更让科研人员非常困惑，缺乏这些必要条件的大熊猫是如何消化竹子的呢？魏辅文课题组进一步研究发现，大熊猫的消化道内确实含有微生物，而且和一些食草动物体内的微生物非常类似。不过尽管如此，大熊猫为什么喜欢吃素这个问题，迄今为止，仍然没有一个完美的或者是简单的解释。

其次，大熊猫毛色只有黑白两色，每一只大熊猫的黑白花纹都不尽相同。但是这黑白两色的简单搭配之间，却似乎蕴藏着无穷的玄机。黑白两色是最基础的颜色，有人称之为宇宙色，有人认为其中有道家八卦图的玄机，非常难调配的两个颜色在大熊猫身上却非常和谐，让它们显得憨态可掬又灵动可爱。

再次，大熊猫的生活习性也很神秘。人们往往认为大熊猫较懒惰，一天到晚不怎么动，笨笨的，憨态可掬。专家们说，大熊猫其实不懒，大熊猫在树林的奔跑速度超过人类，150公斤的大熊猫比150公斤的人爬树可快得多了；大熊猫的平衡性非常好，它可以睡在很高、很细的树枝上不会跌落；大熊猫据说也可以游泳。

《纽约时报》曾登过一篇文章，从基因的角度分析，哪些动物能够使人改变内分泌、产生悦感、不要太凶猛、颜色不要太刺眼、形状圆滚滚，等等，十大标准不一而足，大熊猫符合每一条标准。

成都的神秘还有很多，比如金沙遗址。

金沙遗址是2001年在施工中被偶然发现的，这其实是公元前十二世纪至公元前七世纪的古蜀国都城遗址。金沙遗址是继三星堆文明之后，商代晚期至西周时期古代蜀国的都邑所在，它与成都平原的史前古城址群、三星堆遗址、战国船棺墓葬共同构建了古蜀文明发展演进的四个不同阶段。金沙遗址的发现，极大地拓展了古蜀文化的内涵与外延。对蜀文化起源、发展、衰亡的研究有着重大意义，特别是为破解三星堆文明突然消亡之谜找到了有力证据。金沙文明就是直接秉承三星堆文明的精髓，并在此基础上进一步发展壮大，辉煌的金沙文明实是三星堆王国政权迁徙南移的结果。

此外，在三星堆遗址和金沙遗址出土的数以亿计的陶器残片，以及这些陶器上不规则的图形符号，即所谓的"巴蜀图语"。它们是文字？是族徽？是图画？或是地域性宗教符号？也许其中某些部分具有文字意味？虽然这是一部千古难解的"天书"。

考古学家陆续发现，四川盆地及周边地区同时存在的几十处文化遗存，如同满天星斗。围绕在金沙遗址周围，烘托出金沙遗址在这一时期不可动摇的中心地位。金沙遗址的发现，同时，也带来了一连串千古之谜。遗址中有一件文物最能代表金沙遗址的神秘，这就是金沙遗址博物馆的镇馆之宝"太阳神鸟"。太阳神鸟是古蜀国太阳崇拜的最直接的信物，古蜀先王认为，太阳的运动由鸟驮而行，因此才将鸟与太阳联系在一起，十二道光芒代表了十二个月，四只鸟代表了一年四季。

2006年，我国第一个文化遗产日，将太阳神鸟图案作为中国文化遗产标志，不仅因为太阳神鸟图案寓意深远、构图严谨、线条流畅、极富美感，是古代人民"天人合一"的哲学思想、丰富的想象力、非凡的艺术创造力的完美结合。还因为太阳神鸟里面还包含着今天我们都无法破解的谜题——这件金箔，至少采用了热锻、锤揲、剪切、打磨、镂空等多种工艺，外径12.5厘米，重20克，只有一张复印纸那么薄，含金量达到94.2%——这些指标，即便放在今天，无论从艺术设计还是工艺水平，都难以实现，那么我们禁不住要发问，在3000年前的古代，人类还没有开始大规模使用铁器等锋利工具，如何完成如此轻灵薄透的金饰？又怎样锤揲金箔变成天衣无缝的圆环标记？金沙遗址的发现使3000年前一段辉煌灿烂的文明奇迹般地展示在世人眼前，人们不禁要问，是谁创造了这段历史？是谁铸造了这个奇迹？他们何以如此辉煌？他们来自哪里？又去向何方？

金沙遗址中，有1400多件精美的玉器，成功搭建起了金沙文明的祭祀体系其中一件重达3918克的"玉琮王"，经考古学家证实是遥远的良渚文化的产物。

前不久，良渚文明被联合国教科文组织纳入新的世界文化遗产名单。良渚，发源于浙江余杭长江下游的环太湖地区，比古蜀文明早近2000年，是中华文明的黎明时代，是实证中华五千年文明的圣地。然而，在金沙遗址中，竟然出土了良渚的礼仪重器，这让人百思不得其解。这件玉琮是如何跨越了近2000年的历史长河，辗转流离到了古蜀金沙？是国破后重器的迁播，还是商品交换的结果？我们不得而知。我们知道的是，一块神秘的玉琮之王，就这样连接起了两个伟大的文明。

尽管金沙仍是迷雾重重，但通过一些文物和记载，考古学家和历史学家仍然能够清晰勾勒出金沙古国的轮廓：它是一个强大的古国，它的疆域最大时覆盖了如今的中国西南数省；它是一个悠久的古国，延绵近千年；它是一个文明古国，创造了独特而灿烂的文化；它是一个开放的古国，通过各种艰难坎坷的蜀道，与全世界发生着关联。

三、生态成都

作为长江上游一道生态屏障，"窗含西岭千秋雪，门泊东吴万里船"的成都，自古以来，绿色就是这座城市的鲜明底色。今天，成都市贯彻落实"绿水青山就是金山银山"理念，加强顶层设计，通过铁腕治霾、科学治堵、重拳治水、全域增绿，把经济社会发展同生态文明建设统筹起来，建设美丽宜居公园城市，一幅宜居宜业的城市画卷正在徐徐展开。

生态成都，首先是山水成都。细数成都的好山好水，我们发现，不仅仅是都江堰、青城山，以山而言，成都西部大邑县境内，有杜甫笔下"窗含西岭千秋雪"的西岭雪山，最高海拔达5300多米，集林海雪原、险峰怪石、奇花异树、珍禽稀兽、激流飞瀑于一体，冬可滑雪，夏可滑草，是人们休闲的好去处。而市东则有横卧逶迤的龙泉山，山虽不高，果木繁多，一到春天，满眼桃花梨花，一片锦绣，自然是农家乐的必选场所。再说那川西坝子，绿意幽幽竹林深处，一团团，一簇簇，不时传来咿呀人声，冒起缕缕炊烟。这就是中华大地独一无二的农居景致——"川西林盘"。林盘由林园、宅院和外围耕地组成，宅院隐于林丛中，绿水绕着竹林走。据统计，成都有9万个林盘，恰似9万颗珍珠，镶嵌在巨大的绿地之上。

老舍曾经在一篇名为《青蓉略记》的文章中记载成都："灌县的水利是世界闻名的。在公园后面的一座大桥上，便可以看到滚滚的雪水从离堆流进来。在古代，山上的大量雪水流下来，非河身所能容纳，故时有水患。后来，李冰父子把小山硬凿开一块，水乃分流——离堆便在凿开的那个缝子的旁边。从此双江分灌，到处划渠，遂使川西平原的十四五县成为最富庶的区域——只要灌县的都江堰一放水，这十几县便都不下雨也有用不完的水了。"

我们在今天，难以想象2000年前的李冰父子是怎样掌握了中国乃至世界上都是非常先进的水利思想，巧借地利，疏通水道，兴建水利，都江堰工程之所以与众不同，在于其顺乎水情，更在于其善于利用成都平原的自然地理特征，利用各种不同的地势、水脉、水势、地形，采取无坝分水，壅江排沙，继而自流灌溉。这一切无不透着一种顺应水的自然特性，譬如鱼咀、百丈堤、飞沙堰等均是顺应水势，而非逆水阻水，更非拦坝蓄水之类的做法。2000多年来，都江堰水利系统一直滋润着成都平原的百姓，养育着他们的生活生产。这在高科技日益发达的今日仍有非常现实的启示意义。

望得见山，看得见水，记得住乡愁。山水成都，成都山水。走遍中国，大概再也找不到一个如此清闲安逸的地方了。在城市生态文明建设发展中，成都正在以更多优质生态产品供给，让人们深切感知成都的美，这是一种沉甸甸的获得感、幸福感。

四、美食成都

2010年，成都被联合国教科文组织授予亚洲首个世界"美食之都"称号。

成都，是毫无争议的美食之都。2018年，成都全市餐饮业零售额销售收入就达900亿元，占成都市GDP总值的5.87%，同比增长13.7%。

明代傅振商曾经编辑《蜀藻幽胜录》，他在开篇写道："蜀之位，坤也。"《周易》之"坤"位，与乾所代表的"天"相对，属阴，代表"地"。万物并育而不相害，道并行而不相悖。大地孕育万物，万物秉坤而生，世界上很多民族将大地视为母亲，不无道理。

有专家研究指出，成都气候温和，年平均气温在15—16摄氏度，加之成都平原的土质大部分是微酸性灰色沙质土壤，土质疏松，含有多种肥料成分，渗透性好，保温力强，通气易碎，涵水力很好，适宜农作物的生长。俯视成都平原的地势是西北高而东南偏低，平均坡降度为千分之四，为都江堰进行自流灌溉提供了极其便利的条件，水旱从人，沃野千里，物产丰饶，绝非溢美之辞。李实的《蜀语》在"沃土曰鱼米之地"条引载田澄诗"地富鱼为米，山芳桂是薪"作注，充足的食物，温润潮湿的气候，使成都形成"尚滋味、好辛香"的饮食风尚。一句话，"成都形成独特的饮食文化，究其根本，乃山川地利之功"。（《从历史的偏旁进入成都》）

成都拥有着大自然最神奇的厚爱，物华天宝，琳琅满目。蔬菜、瓜果，应时而生；家禽、家畜，应势而长。成都不仅盛产各种食材，还盛产各种调料，我们似乎很难在其他地方找到如此丰富的佐料了——自贡贡盐、汉源花椒、太和酱油、保宁醋醋、郫县豆瓣、资中冬菜、叙府芽菜、夹江豆腐乳、涪陵榨菜、永川豆豉……每一种佐料都有数种甚至数十种选择。我们不难理解何以川菜能够走出成都，走出四川，走出中国，走向世界。走遍全世界的唐人街，哪一条街上没有川菜？走遍全世界的大小城市，哪一个城市没有川菜馆？

双流兔头、夫妻肺片、担担面、龙抄手、钟水饺、韩包子、串串香、三大炮、酸辣豆花、肥肠粉……菜单上的川菜，毫无疑问已经是中华料理的基本菜品。麻辣味是川菜的招牌，然而，你如果认为川菜都是麻辣，那你就狭隘了。川菜里有一半甚至是一半以上是不沾海椒、花椒、胡椒、辣椒的美味菜品。智慧、乐观、热爱生活的成都人，用大自然赐予他们的神奇植物和动物，将他们的餐桌经营得红红火火，也将他们的生活经营得红红火火。

成都盛产美食，一个重要的原因在于成都的普及能力、变革能力、包容品性。如果你熟悉川菜，你会发现，成都人不论是家常还是酒店餐桌上的菜单，都是与时俱进、日日常新的。成都美食，有容乃大，无远弗届，天下无敌。山珍海鲜，飞禽走兽，野菜时蔬，辛辣清淡，红鸳白鸯，只有你想不出来，没有成都人做不出来的。

成都美食之所以能够遍布全球，还有一个重要的原因就是有一群从古至今数不胜数的名人雅士甘心情愿做成都美食的俘虏，做美食成都的粉丝。到了美食遍布的成都，再优雅的儒士都不能抵抗这份诱惑。

宋代诗人陆游自号放翁，以彪炳其达观豪放的品格，可是纵然收放自如能如此翁者，在成都美食里，也只好乖乖就缚。他曾经写过一首《蔬食戏书》："新津韭黄天下无，色如鹅黄三尺余；东门彘肉更奇绝，肥美不减胡羊酥。贵珍讵敢杂常馔，桂炊薏米圆比珠。还吴此味那复有，日饭脱粟焚枯鱼。人生口腹何足道，往往坐役七尺躯。膻荤从今一扫除，夜煮白石笺阴符。"

吃完了他还会跃跃欲试，自己动手，他曾经写道："东门买彘骨，醯酱点橙薤。蒸鸡最知名，美不数鱼鳖。"采买食材的乐趣尽览无余。陆游还曾作《饭罢戏作》："南市沽浊醪，浮蛆甘不坏。东门买彘骨，醯酱点橙薤。蒸鸡最知名，美不数鱼鳖。轮囷犀浦芋，磊落新都菜。欲赓老饕赋，畏破头陀戒。况予齿日疏，大脔敢屡嚼。杜老死牛炙，千古惩祸败。闭门饵朝霞，无病亦无债。"给远方的朋友写信，谈到的还是吃："剑南山水尽清晖，濯锦江边天下稀。烟柳不遮楼角断，风花时傍马头飞。芼羹笋似稽山美，斫脍鱼如笠泽肥。客报城西有园卖，老夫白首欲忘归。"（陆游《成都书事》）

陆游在成都宦游多年，在这里，他惊奇地发现，新津的韭黄，彭山的烧鳖，成都的蒸鸡，新都的蔬菜，都是难得的美味；他还发现了，说排骨用加有橙薤等香料拌和的酸酱烹制或蘸美至极。除此之外，他津津有味地写到，用新鲜竹笋炖的菜羹，就像从稽山上挖下来的竹笋炖的一样，味极鲜美；从锦江里打捞垂钓上来的鱼儿，就像从笠泽江里打捞垂钓上来的一样，壮实肥大。后来离开成都多年，陆游还对这里的美食念念不忘，津津乐道。

五、安逸成都

成都的广告语，响亮地传遍大江南北："成都，一个来了就不想走的城市。"

为什么来了成都就不想走？一个最重要的原因就是"因为成都安逸得很嘛！"接待我们的市政府新闻办小徐，一脸怡然自得。

什么是安逸？诗经曰："安之逸之，适之豫之。"指的是一种从内到外、通体舒泰的精神感受。而在四川方言里，"安逸"则有着更丰富的含义，不仅仅是指从内到外、通体舒泰的精神感受，而且还有那种自信从容、悠闲巴适的精神气度。

香港作家黄裳在《闲》曾写到成都的安逸："一个在上海住惯了的人初到成都，一定会有一种非常鲜明的感觉，就是这个城市的悠闲。"他在文章中写了自己经历的几个有趣的故事。他从成渝铁路终点站走了出来，天正好下雨。手里提了两件行李站在泥泞的空地上，想找车子，可是只看到几位悠闲地坐在那儿休息的三轮车、人力车工友同志。向他们提出请求，他们就摆摆手，摇摇头，发出悠长的声音来，说道："不——去——喽！"

黄裳喜欢在成都大街小巷漫步，人民公园里临河的茶座、春熙路上有名的茶楼、由旧家花园改造的三桂花园，都曾留有他的足迹。"只要在这样的茶馆里一坐，就会自然而然地习惯了成都的风格和生活基调的。"黄裳说："这里有唱各种小调的艺人，一面打着木板，一面在唱郑成功的故事。卖香烟的妇女，手里拿着四五尺长的竹烟管，随时出租给茶客，还义务替租用者点火，因为烟管实在太长，自己点火是不可能的。卖瓜子花生的人走来走去，修皮鞋的人手里拿着缀满了铁钉样品的纸板，在宣传、劝说，终于说服了一个穿布鞋的人也在鞋底钉满了钉子。出租连环图画的摊子上业务兴隆。打着三角小红旗，独奏南胡，演唱流行时调歌曲的歌者唱出了悠徐的歌声。"

在成都，你会发现，所谓安逸，其实是从人们内心里悄悄散发出来的文化自信和文化自觉。鬼才作家魏明伦用十二字概括成都：文彩之城，安逸之地，成功之都。他毫不克制地写下对成都的赞美:"文史丰厚,生活精美,经济发达,三足鼎立。成都的特征是综合优势!"

让魏明伦颇为不解的是,何以如此安安逸逸的成都人,却发明了一个轰轰烈烈的口号——"雄起!"在体育场上,比赛正在胶着之际,成都观众席里喊起的不是"加油",而是感天动地的"雄起!"在生活场里,人生遭遇坎坷和挫折,成都这个城市的角角落落里喊起的不是"加油",而是撼天动地的"雄起!"魏明伦对这个问题思考了很久而未得要领,他猜测,成都人也许在选择用另一种方式来"安逸",成都人慢悠悠享受生活、追求娱乐的生活,泡茶馆是一种舒缓的娱乐。看球赛则是一种激烈的娱乐,有什么不同呢?目的都是为了"安逸"。魏明伦还用四句话来说明成都人对于安逸的把握——"好逸而不恶劳,好吃而不懒做,玩物而不丧志,享乐而不苟安",这种分寸的拿捏,也许只有安逸成都里的百姓才做得到吧!

成都为什么安逸?道理并不复杂。

四川乃天府之国,成都,恰似镶嵌其中的一颗明珠。四围皆群山,中间一块硕大的绿色盆地,这仿佛是老天赐予的"飞来之地"。生活在这样的地方,想不安逸都不行。

每个城市都有自己的城市性格。成都的城市性格是什么?恬淡,冲和,包容,幽默。在成都,男人怕老婆不是缺点,而是优点,丈夫常常在妻子面前以"粑耳朵"自居,为的就是——尽我绵薄之力,博你红颜一笑。而妻子呢?深谙进退自如的法则,夫妻之道,尽在一笑之中。武侯祠"三顾园"有一道菜,一盘炸鸡,周围码有八粒大蒜。用餐之前,服务员会请宾客猜菜名,谁都猜不到,原来是"神机妙算"——这就是成都的幽默与诙谐。

今天,让我们不妨用四川话喊出我们心底的安逸:

"在成都过日子,硬是好安逸哟!"

"成都,一个来了就走不脱的城市!"

六、财富成都

在成都,我们会不时听到一个词,慢生活。

成都给人的感觉慢慢的，似乎经济并不活跃，成都人跟财富无关。然而事实并不如此。从中国第一张纸币——交子诞生在成都，就可以看出，从古至今，成都的经济金融活动，一直都在快速运行着。我们举目四望，不难发现花旗、汇丰、渣打、摩根大通、友利、东亚……这些来自全球五大洲的银行随处可见。在成都繁华的高楼大厦间穿梭，时不时地会以为自己是在某个著名的世界金融中心。凭借着自身庞大的市场以及巨大的城市魅力，四川成都吸引了大量资本和创业者纷纷涌入。

作为南方丝绸之路的起点，2300多年前，成都已与金融有着深厚的渊源。两汉时期，有"五都"之谓，指的是长安以外的五个大都市，它们分别是成都，以及洛阳、邯郸、临淄、宛（南阳），成都是当时著名的五都之一。从汉代开始，成都就一直是中国乃至世界的商业和金融中心。最令人瞩目的是成都诞生了世界上最早的纸币——交子，比西方还早了600余年。从汉代开始，成都还是中国最重要的纺织业中心之一，丝绸制品、蜀锦蜀绣正是从这里走向欧洲，引领欧洲的时尚生活。

唐代，全国城市经济有"扬一益二"之说，"扬"指的是扬州，"益"就是成都，说的就是经济发展在全国数一数二。到了唐代，成都又出现了新的支柱性产业：造纸业和雕版印刷。欣欣向荣的文化产业，是与成都繁荣的文化创作息息相关的。成都的造纸质量非常高，政府有一个规定，皇帝的诏书和官府文书必须用成都出品的麻纸来书写。唐代皇家图书馆里的抄书，也指定用成都的麻纸。与此同时，成都不仅率先把雕版印刷术形成产业化，而且其印刷品远销海内外，今天许多国内外的博物馆所收藏的世界上最早的印刷品，大都是成都出品。

从秦汉一直到南宋末年的1000多年时间里，成都一直处于持续性的繁荣阶段。北宋时期，成都诞生世界上最早的纸币——交子。交子的产生，有着时代的契机，交子产生于成都，离不开唐代之后产生并领先于时代的造纸术和雕版印刷术，它们为交子的出现解决了最后的技术性难题。宋代四川地区的经济发展及其需要的必然产物。值得一提的是，当时的统治者曾试图在与四川毗邻的地区如陕西推行交子，其结果是交子"可行于蜀，而不可行于陕西，未见竟罢"。（《宋史·食货志》）

货币的使用和流行是人类社会的一大发明。法国历史学家费尔南·布罗代尔还为我们提供了一个货币使人感到魔鬼在背后操纵、使人瞠目结舌的例证。18世纪中叶，英国不少著名哲学家、史学家、经济学家等坚决反对"新发明的票证"，"股票、钞票和财政部凭证"，建议取消纸币在英国的流通，以使新的贵金属大量流入英国。幸好休谟这一提议并未在英国得到实施，否则在经济发展上会有很大的退步。

20世纪90年代，成都首设新中国第一家股票场外交易市场——"红庙子"，这是成都试水财富的一次大胆尝试。我们知道广东、深圳是改革开放的前沿重镇，却忽视了成都是带领西南地区发展的马前卒。

2019年1月8日，成都向全世界发布了一个令人振奋的消息，2018年，成都市加快建设西部金融中心，金融业占地区生产总值提高到12%左右，金融综合实力保持全国第六、中西部第一。

今天的成都，站在了建设国家中心城市的新起点，迈步新的跨越，期待新的崛起，这更加凸显成都作为财富之都的金融发展战略定位，那就是肩负建设西部金融中心的重大使命。

作为中国西部金融竞争力强和金融资源集聚度高的城市，成都金融业在全国金融版图中扮演着日益重要的角色，一直致力于西部金融中心建设的成都，无论在金融组织体系，还是金融市场规模等方面，拥有众多叠加的第一。此前，中国综合开发研究院发布的"中国金融中心指数"显示，成都金融中心综合竞争力排名中西部第一。世界五百强中的近三百家企业已经落户成都，随着成都世界影响力和国际知名度的不断提高，越来越多的财富正在如潮水般向成都涌来，财富成都正在成为当下年轻人创业创新的首选之地。

七、创新成都

"为什么是成都?"

"为什么在成都?"

"为什么去成都?"

进入新时代以来，人们常常在各大国际会议、各种国内媒体见到成都的频频亮相，见到人们的惊奇发问，这是新时代的"成都之问"。

在北京、上海、广州、深圳以后，谁将成为中国第五大城市？世界在关注，杭州、成都、南京、厦门、青岛……各大城市也在悄悄发力、暗暗较劲。7月23日，世界名城论坛再次在成都举办，世界的目光聚焦成都，这无疑也是对成都的肯定、激励、鞭策。

数千年来，成都一直是中国西南的中心。但是，近年来，成都阔步创新、奋力奔跑的姿态，早已经超出了她作为西南中心的定位。每每提到成都，你联想到杜甫、熊猫、火锅时，你或许未必想到，这座具有3000年历史的西南古城，她如此古老又如此现代，她不仅已经与全中国，更与全世界人民的生活、工作都发生着紧密的联系。

不难想象，当我们开始早餐，厨房的电器可能产自成都；当我们来到公交车站，我们发现一辆氢燃料电池公交车正缓缓驶出车站，这辆公交车可能产自成都；当我们走进办公室，屏幕提示电脑可能产自成都；当我们走进超市，琳琅满目的商品显示，蓉欧快铁货运班列沿着古丝绸之路将欧洲的商品运进来、将中国的商品运出去；当我们走进附近的社区，发现我们平素里见到的一位多年瘫痪在床的患者，竟然起身、站立，帮助他站立和行走的"外骨骼机器人"可能产自成都；英特尔、戴尔、德州仪器、富士康……世界五百强中有近三百家已经落户成都。成都计划到2025年，建成全国领先、国际知名的创新之城、创业之都，这并不是遥不可期的未来。古人说，"少不入川，老不出蜀"。而今，"老不出蜀"依然是人们对宜居成都的最好选择，而"少不入川"却则早已成为旧日传说。

成都，作为面向西南乃至全国乃至世界的创新平台，栽满了梧桐树，正在等待凤凰来。

（原载《国家人文历史》2019年第7期）

铁路五调

◎南　翔

之一：火车头

我干铁路那个年代，铁轨上跑着的火车主要是蒸汽机车。之所以叫火车，因是以煤火做动力的，后来陆续有了内燃机和电力机车。

蒸汽火车头主要由四大部分组成：锅炉、汽机、车架走行部分和煤水车。蒸汽火车自重一百多吨，包括二三十吨的煤与水，动轮直径1.5米，立在那儿真的是一个庞然大物。火车汽笛一拉，旷野上数公里之外都可听到它的高亢与苍凉。列车在车站停了一段，车头总会在肚腹之下排下不少火之余烬，一旦鸣着响笛驰离，早已守候在两侧的妇孺，肘挎藤篮，手擎笊篱，顾不得滚滚的气浪吞没，一拥而上拣煤渣。无烟煤的煤渣火旺，好烧，尤其在物资匮乏的年代，是家庭主妇的心爱之物。

火车头隶属机务段管辖，每跑一个区间折返——铁路上林林总总的单位外的人很难搞清楚，其中就有一个"折返段"。意思是，火车头跑一个区间就得折返，譬如株洲往东开的火车以及向塘往西开的火车，都在中间的新余站相遇折返。旅客列车或货车，则由火车头一段一段接力送至终点。铁路上习惯叫火车司机为"大车"，他们的典型装扮是，一身油里吧唧的工作服，一顶软舌帽，还有一只扁形藤篮，里面盛着一只腰子形的饭盒。开火车是一个看似风光，其实又苦又累又脏也不无危险的活儿。

我曾眼见两件事情，一件是在我所在单位下属的泉江站发生一起两列货车（其中一列还是油槽车）正面相撞的事故，两个车头都烧成了钢蓝之本色，真个是车毁人亡，令人震撼。还有一件是两个"大车"夜半到专用线上，爬进一辆卸空的油槽车里舀取残余煤油（为点煤油炉之用），结果误进了汽油槽车，带入的马灯瞬间引燃残油，俩大车被同事们背出来之时，已经烧得面目全非。

多年前我在北爱首府贝尔法斯特参观一个火车博物馆，始知最早上铁轨的，是马拉车厢。斗转星移，蒸汽机在1990年代就走向式微。约在2002年，我到内蒙古开会，与一位老朋友、呼和浩特铁路局的郑局长见面，希望他把中国铁路最后的20多台蒸汽机车保留下来。郑局长摇摇头告诉我，那个集通是地方铁路公司，不归铁道部管辖。很快的，北京的《新京报》便隆重报道：《蒸汽机时代草原落幕：铁路系统让人想起红灯记》。此前，全世界不少蒸汽机摄影爱好者扛着"长枪短炮"去拍下、告别与凭吊蒸汽机时代的最后一幕。

停运的蒸汽机车都拆了，试想如果多留下几条老火车的观光路线，是多么有意义的一件事啊。记得当年法国一个火车头博物馆需要一台他们三四十年代生产的蒸汽机车，希望中国给予支持，当时在我们线路上跑着的就有啊，拿一台去就是了。

本源意义上的火车，是蒸汽机发明之后的产物。如果要我挑一样器物，表征工业时代的鼎盛与辉煌，我会毫不犹豫地指陈：火车头——蒸汽机车。

之二：绿皮车

我曾写过一个万余字的短篇小说《绿皮车》，刊发于2012年第2期的《人民文学》，并为《新华文摘》等转载，上了当年的"中国小说榜"。此小说的缘起，一是我在铁路工作的年代是蒸汽机加绿皮车的时代，二是看到一些相关绿皮车（慢车）即将"退役"的报道：绿皮车之廉价：从北京站到通州西站票价仅仅1.5元。

20世纪90年代之前，绿皮车是中国铁路客车的标准"肤色"。无论是慢车、快车（主要是停点少而非速度快）、公务车乃至首长专列，绝大多数是绿色为底，窗口上下，有两条水平黄线一贯到底。最初的客车为何一律绿色？是沿袭战争年代的迷彩伪装？抑或，绿色代表通行无碍？三则，绿色和原野融洽无间？可能兼而有之吧。事实上，列车出站，大多数时间与路段，一体行驶在广袤无垠的山区或乡间，与山乡一色的深绿互动，能不赏心悦目！

如果说1990年代是蒸汽机逐渐式微的年代，2000年代则是绿皮车（慢车）逐渐作别的年代。数年前，一位铁道报总编带我去湘西怀化一线采风，在一个小火车站，见到一趟穿越渝湘黔三省市的慢车，途经24个小站，站站停车一两分钟，既满足铁路沿线职工每天"跑通勤"（家与单位不在同一个车站往返）的需求，也酬应了沿线农民短途之需，真个是"左手一只鸡，右手一只鸭，怀里还抱个胖娃娃"皆可上车，若夫贩夫走卒、引车卖浆者流，概无论也！

走进车站值班室，臂带标识的邓站长蹙眉告诉我，要不了多久，这趟唯一每天往返的慢车也要停运了，甚至，本小站也要取消。随着高铁、动车组、城际列车——总之是高速铁路交通的高歌猛进，绿皮车缓缓却也不容置疑地退出历史舞台，似乎也是别无选择。

历史的前行，终归是要付出淘洗与唱响挽歌的代价吗？蒸汽机车的落幕，自然有费煤费水的因素。绿皮车的退役呢，也是相关"少慢差费"？可是对于乡村基本乘客，没有了绿皮车，不便，却是毋庸置疑的。这就不仅仅是个视觉的美学问题，也不是一个单纯的怀旧之议。

如同小说《绿皮车》的一个读者来函跟我说的：列车上的三组人物：学生、鱼贩子（菜嫂）和乞讨的残疾人，各自有代表、有象征、有蕴含，但无疑都是这个社会的底层，甚至包括主体视角的"茶炉工"，以及买或不买他手推车里食物的不具姓名的乘客，都是在艰辛中讨生活。绿皮车（慢车）是一个流动的茶馆，汇聚了芸芸众生相，同时也是一个时代的隐喻——联想到我们"高歌猛进"的过去和当下，"慢"下来，才有低回、检讨、左顾右盼，乃至扶老携幼，荣辱与共……

"春去也，飞红万点愁如海。"

之三：火车站

1978年入大学之前，我在火车站工作了近7年，理应写一笔火车站。

火车站按照客运量或货运量的大小，还有其在铁路网线上所占有的分量（如大的编组站，与直接的客货运量无干），分为一二三四五等，此之上还有特等站。

我所在的宜春站是一个三等站，在浙赣线的西端。宜春站右侧有一座小楼，那是宜春中心站的办公所在。所谓中心站是一个领导机构，不是一个实体车站。中心站往东管辖到新余站隔壁的河下站，往西管辖到与湖南醴陵一站之隔的老关站，中间跳过了萍乡站，因萍乡站是二等站，卓然独出。

我上大学之后，中心站易名为车务段，功能相若——都是管辖三等及以下火车站的一个机构。车站业务一般都是四大块：客运、货运、运转、装卸。四大块之中，运转属中枢，列车的到达与发送，乃至货车的车皮甩到哪条专用线去装卸，都归运转调度。运转车间的主要岗位有扳道员、调车员和值班员，都是责任重大，扳道员扳错了道岔就会车毁人亡，调车员常需在开动的列车上飞奔上下。一位因爱读书与我交流较多的调车员，因冰雪天气，从车上踏脚摔了下来，一条左臂当即被轮子碾断、截肢了。

1970年代，火车站的标志，除了蒸汽机、绿皮车之外，再是扳道岔、竖扬旗。那时候电子通信暂付阙如，扬旗是铁路信号之一种，设在车站的两头，在立柱上装着活动的板，板横着时表示不准火车进站，板向下斜时表示准许进站。故而当时读一位诗人《西去列车的窗口》很有感觉：一路上，扬旗起落/苏州、郑州、兰州……一站站灯火扑来，像流萤飞走/一重重山岭闪过，似浪涛奔流。

我所在单位的火车站是"新时代"的产物，方方正正的一个水泥建筑，无甚特色。南浔线（南昌至九江）上的一些小站，是日据时代的建筑，矮小，尖顶，现在都荡然无存了。国内最值得一说的或是济南老火车站，是19世纪末20世纪初德国著名建筑师赫尔曼·菲舍尔设计的一座典型的德国风格日耳曼式建筑，一座钟楼都有十几层高，是当时亚洲最大的火车站，曾被战后西德出版的《远东旅行》列为远东第一站。此站也曾是清华、同济等大学建筑教科书中援引的范例。非常可惜，这座历经了90多年风雨的老站在1992年3月被强行拆除了，具体的说词是，当时某领导认为：看到它就想起中国人民受欺压的历史。拆除之后广被诟病，又图谋重建，被某报刊文批评曰：《一蠢，再蠢》。

我所目睹过的赫尔辛基火车站和汉堡火车站都值得一看，前者高大庄严，后者裸露的钢骨架顶棚，显得很是古拙。前年曾到布达佩斯火车站瞻看，也是一个老建筑。西方的火车站从进站、上车到目的地出站，大都见不到服务生。远不像我们现在的各站，包括地铁，每站必过安检。

没有服务生，好处是方便自由，不好的是想了解一点什么，无从询问。

之四：免票

在过去很多年里，曾多次被人问及：铁路员工是不是可以不买票乘火车？

我上大学前曾在铁路工作数年，尽管一直都是工人身份，却也在后期做过"以工代干"的事情，譬如车站的总务：发放职工工资，发放工作与劳保用品（号志灯、信号旗、工作服、手套、电池），其中还有一项就是开"免票"。所谓"免票"是一个通俗的说法，实际上叫"乘车证"。铁路"乘车证"有很多种类型，其中用得较多的有：一、出差乘车证（分单程、往返与定期），二、通勤乘车证（供铁路员工从家里到单位乘车，通常全年定期，多次往返），三、通学乘车证（供铁路子弟上学之用，小站没有子弟学校，必须去大站上学），四、就医乘车证（铁路医院都设在大站，供小站职工家属去大站医院看病，譬如我所在的宜春火车站，一般疾病去萍乡铁路医院，大病尤其大手术去南昌铁路医院），五、探亲乘车证（供职工一年一次探亲回老家往返）。

干部因层级与岗职不同，揣有一张自工作车站到上海或北京（包括沿途各站）全年定期出差乘车证，甚或一张可达全国各站的全年定期票。当然我这个三等站总务的手里，不掌握这类高级版的免票，尤其开不出软席乘车证之类。

当年铁路员工出差持免票上车，还必须携带工作证以及出差证，以便车上查验。但除非碰到稽查，乘警与车长在车上验票，一般只是看看免票而已。

除上述情况，铁路员工照样得买票乘火车。

无票乘车，谓之逃票。我们当年偶有一两次短途逃票的做法，就是戴一些铁路的行头，如制服、印有鲜红路徽的工具袋及草帽，以及出示一下工作证，这样就与戴着铁路草帽的非铁路人员区别开来了——印有路徽的草帽在农贸市场上都能买到。

没有免票，心却毕竟是虚的。

铁路免票是一种工作、学习或生活的必须，即便在那个横扫一切的年代，也不能撼动它。网上曾有说这种特权必须破除，那是不明就里之议。至于如何规范管理，那是另一个话题。

曾听一位朋友说起，她父亲当年在重庆站买票乘短途火车，在铁路上工作的姑姑送她父亲上去之后，被一位"热心"的车长拦下，叫姑姑把车票退了。她父亲到站之后，马虎的车长已不见踪影，出站没了熟面孔，手里又没票，被当做了逃票者，补票不说，还丢了面子。

前两年某铁路集团请我去他们文联讲课，或为省事，由车站一名员工带我左弯右绕，进铁路员工通勤通道，上下动车出示都是一份培训班的通知。我心里嘀咕：请一个教授去讲课，为何连买票的程序都省略了呢？

这倒让我有了一种重温当年逃票的恍惚，所不同的是，此时心里不虚。

之五：乘高铁

高铁不仅在中国出现较晚，在世界上也不早。尽管时速超过200公里以上的高速电力机车在1903年就已经在德国实验成功，但直到1964年建成通车的日本新干线才算是正式运管的第一条，因为这条新干线系统完善，真正能让高速列车长期安全稳定运行。1978年10月26日，邓小平副总理一行乘坐新干线列车赴文化古城京都访问，他对随行的记者说乘坐新干线列车的感觉：就像推着我们跑一样，我们现在很需要跑！新干线当时设计速度为200km/h，所以高速铁路的初期速度标准就200km/h。后来随着技术进步，火车速度不断加快，但各国对高铁的速度定义还是有一些区别。中国铁路在速度方面上分了高速铁路（250-380）、快速铁路（160-250）、普速铁路（80-160）三级。

年头岁尾，去了一趟南昌。我来深圳已经二十年，此前在南昌也住了二十年，后二十年往来两地无数次，绝大多数都是乘坐九江到深圳的快车，夕发朝至，卧铺上睡一晚十来个小时可达。现在有了高铁，行程缩短到五个来小时，可比之飞机——飞机的空中时间虽短，但把搭乘提前算上，也不会少于这么长的时段。此次去南昌，事先买好了南昌西到深圳北的高铁票，G633次，因了有个研究生在该市任职，便提前一天抵达新余，拟第二天再乘途经新余北的G633次返回深圳。未料，到新余之后查得G633次到新余北站不停，只经停前方站宜春。如此就只有拿捏好时间，去宜春站搭乘G633次，新余北到宜春有无数趟列车，乘高铁也就二十来分钟，比之乘汽车的个把小时，不仅时间少，也无堵车等担忧。可当新余的学生在手机上给我订票之时，显示为：此时本人已经在南昌开往深圳的列车上，不能再购车票了。于是，我就只有搭乘汽车去宜春赶火车一途了。想来，这就是"信息技术"带来便利的同时，也带来了胶滞与僵硬，如果到窗口去买票，或无此问题吧？

由之想起半年前高铁上遇到的另一件事情。那次我搭乘长沙到深圳的高铁南归，途经湘粤临界的郴州站，上来一个妙龄女子，车开之后，一见方向不对，不由失声大叫。原来她是要北上长沙的，却误搭了南下深圳的列车。她的叫嚷不仅惊扰了旅客，也惊来了列车长。列车长的答复是乘客误乘了列车，主要责任在乘客，他们可以让她到前方站下车，自己找车返回。女子不依，认为从进站到上车，都应该查验车票，搭错车铁路部门应该负全责。列车长答辩：高铁列车中途停时很短，有的站就两分钟，根本来不及查验车票……双方争吵起来，女子的态势咄咄逼人，甚至拿出手机来实录争吵过程，列车长有些顾虑了，步步退让，但也没有答应女子的"无理"要求。之所以在"无理"上打引号，乃是我也不知此女子的要求有多少道理支撑，尽管我1970年代中后期曾经在铁路工作过7个年头。想起10年前我自汉堡搭乘火车过海去丹麦首都哥本哈根，一路上未见一个卖票的、检票的、守门的……即使列车上了轮渡，开门关门，一应自动。旅客如果在船上下车走漏，或者上岸落下，想必铁路部门不会担责，因了欧美国家就是能自动之处都自动，皆为节省人工。

这两件事情说明，高铁也有需要"拾遗补缺"的地方，如何使得乘客与铁路部门各美其美，还真是需要多动脑筋，与时俱进。

（原载《中国铁路文艺》2019年第4期）

小白传

◎崔曼莉

你说猫的命运靠什么？

小区里有一只灰白间色的长毛猫，扁圆脸，灰绿色的大眼睛，尾巴蓬得像只狐狸。他受了一点惊吓后逃窜几米，停步转身侧脸遥望的表情，神似电影《乱世佳人》的女主角郝斯佳。

他被原来的主人用一根铁丝勒住脖子，不勒到死也无法吃饭，勉强可以喝水。他饿瘦一点，原主人就把铁丝拧紧一点。也不知他饿了多久，解救到小区流浪猫求助站时，一层薄皮粘着一副骨头架。猫义工们流泪了。他们用尖嘴钳钳断了铁丝，就着取铁丝的经历，取名"拿铁"。

拿铁不肯再靠近人类，无法收养了，好在小区花园里定点放着猫粮与水，他活了下来，一天比一天长得美丽。冬天下雪时，他团缩在花园当中的大树下，树上已无枝叶遮挡。其他猫都下了地下车库，可车库有人走动，更别说单元门门口或谁家院落。他在雪中一动不动，微微闭起绿朦朦的眼睛。

拿铁的眼睛妩媚；大黑一身纯黑，眼睛发碧，阴森森的；球球一身雪白，眼珠是黄的；三花叫小麦，眼睛也有点黄。小麦和我很亲近，可惜我对猫毛过敏，他几次表现出想跟我回家，都被我走脱了。

流浪猫来的来走的走。三年前的春天，正是海棠花艳时。小区里栽的都是西府海棠，大树成林花枝如云，走于粉红激滟之中，虽北方春寒仍胜，不由心神荡漾。我走着走着，忽然见一片青翠竹下，站着一只半大的雪白猫儿，抬着头正嗅尖尖的竹叶，竹枝错落着从一小块湖石间穿过。

我走过去，问："你闻什么？"

他转过头，湛蓝蓝清澈的一双眼，喵了一声。

我同他厮混一会，便走开了去物业办事，物业离得不远，正交着费，就听见有人叫："谁家的猫儿啊,这么好看。"

只见那只白猫文文静静地踱到我的身边,坐了下来。

众人轰动,问我这猫儿怎么驯的。我解释说不是我的,也没有人听,齐齐地围着他,说从来没有见过这么好看的蓝眼睛,像希腊的爱琴海,像家里孩子玩的玻璃球。

我只得抱着他出门,走到流浪猫的喂食点。他不肯吃,大黑见了过来闻他,他躲到灌木丛下,我伸手一摸,浑身都在发抖。

"我家住在小区最南边,这里是最北边,"我同他商量,"我对猫毛有点过敏,如果你能跟我走回去,就证明我们有缘,我就收留你。"

他紧闭双眼,不动。

我转身走,他还是不动,我便决心走了。走不多远,便看见迎面来的人都在看我,一转头,他静悄悄地跟在后面。这个小区很大,岔路弯道众多,忽儿穿花丛,忽儿上下坡。有些转弯道是九十度,根本看不见对面来的人。

一人一猫,溜达着走。我在路上,他过草丛、穿灌木,跳过小石头。

忽然一只没有人牵的金毛大狗冲到面前,先扑到我怀里浪了几秒,转头和惊呆了的白猫对视一眼,猫扭头便窜,狗撒着欢地追出去,我还未及喊出声,猫与狗都不见了。

我站了一会,狗主人是个老太太,气喘吁吁地赶到了,问我可曾见到一只金毛,我说追猫去了,他嘀嘀咕咕地抱怨着追去了。追了几步,他回过头,说谢谢。

小区刚建好的时候,路上遇到的都是年轻人,还有一些外国人。八年过去了,年轻人的父母们住了进来,有的帮忙带孩子,有的是来养老,什么地方的口音都有。老了老了,随着孩子做了老北漂,虽说生活条件不差,总是有那么一点无可奈何。孩子老人多了,猫狗们也多了起来。

金毛在阳光下跑了回来,又跑向别处。猫不见踪影。

我又站了一会,想来缘分无常,聚散不由人,便往家回。

走过前方岔路口,转了个弯,只听灌木丛哗啦啦一阵响,白猫箭一般射到了前方,在路中间停下来,扭头等我。

我笑了,接着走,他不再走路边土地,紧紧地跟在我的脚边。

我家楼下是个迷你小广场，放着滑梯、跷跷板，专供父母们遛小朋友。一岁多的娃娃们，最爱重复性游戏，在大人的帮助下爬上滑梯又滑下来，玩多久根据的是体力，不是时间。

小广场是回家的必经之路。天气晴好，遛孩子的恐怕不少。果然，还没有到，就听见了小朋友们的尖叫声和欢笑声。

我低头看了一眼猫，他颠了两步，跟得更紧了。

小朋友更大声地尖叫："喵——！"

家长们纷纷搂住自己的孩子，怕猫伤着他们，也怕他们伤着猫。

我和猫从让开的一条通道中走过，一个家长说："看，阿姨遛猫呢。"

小朋友们惊叹起来，有的咯咯笑，有的站在滑梯上叫："猫！猫！"

我一边走一边朝两旁点头示意感谢："这不是我的猫，这是跟我走回来的猫。"

猫低着头，小步加急，跟着我一直走到单元门门前。我打开门，他一下子窜了进去，走到电梯口停下坐好。我摁下电梯，他抬着头，看着电梯门，门一开便走进去坐下，蓝莹莹的眼睛望着我。

我上了电梯，电梯门再开时，他犹豫了一下，贴着我的脚边溜出来，等着我先走。我打开家门，进门换鞋，一道白影闪过，等我换好拖鞋找了一圈，发现他倒在沙发底下已经睡着了。

这一睡便是三天，偶尔吃点东西、喝水，上厕所不用教，用新买的猫沙解决了，猫抓板也不用教，只在那块板上磨爪子。

他这么乖，又这么好看，很有教养的样子，前主人怎么舍得把他扔了呢？动物被抛弃的理由各式各样：换房子、换城市工作、换男女朋友，谈恋爱、生孩子，太麻烦了、没兴趣了，还有动物生病了。

我带他去看医生，医生说他一切健康，还不满一岁，睡了三天是因为太累了。

医生不停地赞他的眼睛好看，我问医生，他是什么品种，医生说中华田园猫。

"可他这么好看呢。"我说。

"田园猫不好看吗?"医生反问我。

我天生散漫,喜欢诸事随缘,后来看很多人努力上进,渐渐都到了自己的前面,便反思自己是不是太懒,又把这种懒用文化巧妙包装。骗别人更骗自己。

原计划着,等过敏彻底调好了,便养一只小猫。这次不能随缘,要精心挑选,我是喜欢豹子的,豹子养不了,可以养一只豹猫。不过豹猫活泼,养一只性格温和的折耳也不错。要是论颜值,布偶最美。有时还去宠物店看一看,鼓励自己好好吃中药。

然而一场巧遇,改变了这许多日的思量。意志薄弱便是懒之源头,见到了白猫,就忘记了豹猫、折耳、布偶——或者,我从心里并不觉得他们有什么不同,想养一只品种猫是受社会风气的影响,不肯落了人后。

算了算日子,白猫来我家那一天刚好是18号,十八要发,起名小发。

小发这个名字颇有乡土气息,受到了钟点工阿姨的热烈欢迎。阿姨说,这个小区人家里的猫狗有的叫戴维,有的叫斯蒂芬妮,他的舌头都绕不过来。小发好,好听好记。

小发和来福、狗蛋是一褂的吧。

若依他一双蓝眼睛,应该取名蓝蓝,或小海;若依他的行为举止,应该取名公子,或者小王子。

他坐,必定要坐起来,身体呈现优美的姿势,尾巴尖都要一丝不苟地搭在并好的一对前爪上;睡,一定要团成一个雪球,假寐时下巴要稳稳地放在前腿上。走路不紧不慢,跳上了桌子后,绕着所有的东西走。

画案上的小墨条、小玉龙,茶桌上的小杯子、小茶勺,他落脚时轻轻的,生怕碰着磕着。若是有插鲜花,他就坐在花下,安安静静地闻一闻花瓣,然后像个带毛的塑像,一动不动,与折枝花相映成景。

家里养了一只猫,像什么都没有养,只是多了一幅流动的图画。

朋友们来了雅集,写字的、画画的,铺呈了一地,他从纸的缝中走过去,踩着猫步。

众人皆惊,问我这猫怎么训的,我说不知道,可能前面的主人训得好。他是一只流浪猫。便有人讨猫,说一直想养猫,怕猫咬书撕纸,打翻了碗儿碟子。我自是不舍得给，他是个伴儿，又伴得如此无是无非，人生何求呢。

我给他起了一个乡土的名字，他终究依着本性活着，从不肯大口吃饭，一颗猫粮细细嚼成数瓣，慢慢地咽下去，再好吃的罐头，也是分成十几顿才能吃完。如此节制有度，披着一身略长的白毛，小发渐渐长成一只大骨架的公猫，身材不胖不瘦，行动不快不慢，像个先生。

有时我看着他，看着看着就落泪了。我希望他开心一点，不要那么克制，我希望他活泼一点，不要像我一样虽与书海笔墨为伴，却总觉得些许冷清。

人心动念，便是缘起。

小区的猫义工们有一个微信群，我在群里，只是很少打开来。

有一个女朋友说，和他心爱的一个男人在微信群里谈恋爱。我不明白，谈恋爱为何不私下行动，而是在群里聊天。后来听说那个男人与另外的女人生了一个孩子，但他坚持认为，那个男人真爱的是他。

人心孤独，生出许多世界。真或假、幻与灭，人饥饿时很苦，不饥饿时也很苦。

我便也因着自己的孤独，去理解小发的行为，点开了猫义工的微信群。

一只白茸茸的小奶猫，在视频里抱着一条比他长出一截的布鱼，撕、咬、翻、滚。镜头停下的一瞬间，他抬起头，一只眼蓝、一只眼黄，两只黑眼珠紧贴在鼻梁两边，对眼对得滑稽。

我扑哧一声笑了。群里说小白救活了，正找家庭寄养，小白活泼，会带来欢乐。

去接小白的那一天，是五一节。开车开到离小区很远的一个宠物医院，那儿的医生兽医感极强，收费便宜，是小区流浪猫组织的定点医院。

小白得的是猫鼻支，医生叮嘱我几句，大意是坚持上药，以防复发。群里的人们吩咐我看好小发，也许小发会欢迎小白，也许会讨厌小白，小白毕竟还没有巴掌大，经不得小发一爪子。

我把他放在腿上，他抱着布鱼一路撒欢儿，全然不顾我是个陌生人。

我把他放在手上，他站在手心里，眺望车窗外川流不息的人群。

我把他放在客厅的地上，他和小发对视着，突然，他直接冲上去，追着小发暴打。

论体积，他还没有小发的头大，论胆量，他真的是个霸王。

他并不与我交流，也无惧于生活环境的变迁，只是发现猫粮是放在厨房内的，于是坚守在厨房，只要有人路过，就张开嘴，三瓣唇一张一合，没有一丝声音，又仿佛在无声地呐喊："给我吃的！"

由于极度饥饿过，他永远也吃不饱，头埋在猫粮盆里狼吞虎咽，不知咀嚼是什么动作，只是大口吞食，一直吃到呕吐，立即又把自己吐出的粮食再吞回肚里。

看过他吃饭的人只有两个字评论：恶心！

吃到吐也就算了，他还要吃到拉肚子，把猫沙盆弄得一塌糊涂。小发惊恐地流下清鼻涕，看着我。

我只好给兽医打电话，兽医说猫都是这样吃饭的呀，我拿小发举例，他沉默片刻，说："那是个天生的贵族吧。"

若说写作教会了我什么，就是背着石头生活。

一部长篇数十万字，写了改、改了写，略微满意了往下推进。几年过去了，文学杂志没有发表作品，新小说尚未问世，便有朋友问你："你还写作吗？"

有些朋友会绕一个圈子："你这样生活挺好啊，养养猫写写字，最近画也不错呢。"

负在心里的沉重，只有自己知道，也只能自己解决。

唯有每天面对，每天随着流水一样的时间生活，日积月累，终有完成的时候。

缓缓的、长期的、不动声色的压力，只有把它当成日常，当成每天要喝的一杯水、每天早晨要看到的日出，每天出门遇到的一个邻居，才会不累、不损乐趣。

小白的暴虐与贪食若被我退养，很难找到下家。而且我很欣赏他的倔犟，带着一股野蛮的生机。我本想在小发身上找到这样的生机，后来发现，他和我一样，是书斋里的动物。文明改变了基因、转变了性格，减少了欢乐。

家里坚壁清野。

除了几碗清水，所有的猫食全部收起。小发饿了，就来找我，甚至会用眼神示意我一下，然后躲进洗手间。我把小白关在门外，小发吃完后收好粮食一开门，小发立即逃窜出去，小白立即扑了进来，对着空气与地砖疯狂搜索。

为了让小白养成少食多餐的好习惯，一天喂十几次，每次十几颗粮食，每颗粮食间隔几十厘米。小白的鼻尖紧贴地面，像穿山甲寻找蚂蚁，恨不能把地钻出洞来。

找着了，看不清嘴怎么张开的，已吞了进去。

地毯式搜索的吃饭法，小白吃了三个多月。

小发惊魂不定。小白首次进门便追打他，要分个高低，这是动物本性，如果机缘好，有可能建立类似父子或兄弟的感情。可惜，因为吃饭，小白认定了小发是个竞争对手，且一直迫使他受到了不公平待遇。

夏虫不可语冰，不理会也就完了。我无法向小白说清楚，小发更无法解释。可是，小白这只"夏虫"是不能不理会的，他天天追打小发。

虽然小发的体格与力量远胜小白，但小发拥有理性，不肯欺负弱小，更不肯与无知者理论。而没有理性的无知者，显示出了无比的优势。他殴打小发时毫不留情，小发身上经常有粉红色的血痕。然而小白并不满足，因为小发跑起来比他快，跳到一些高处他也追不上去。

于是有一天，小发去上厕所，规规矩矩地蹲在猫沙盆里拉臭。我正梳头发，一边梳一边捂鼻子。

小白默默地走进了洗手间。

他缓缓地朝小发走去，我不明所以，小发正在用力，一动也不能动。

小白抬起身体，两只前爪抱住了小发，嘴慢慢埋在小发挺起的胸腔。

我停止了动作，不明白他要干什么。小发睁大了眼睛。

突然，小发惨叫起来，小白的牙用力咬着。

我一脚踹过去，小白松牙落爪一溜烟地逃跑，动作一气呵成。我提着梳子追他，他没有地方躲，躲进了他来时我买的一个圆形猫窝，团缩着，耳朵贴着头，那意思：你打吧。

我训斥他："当你是个没心没肺的怪物，原来这么有心计！乘小发上厕所的时候偷袭，你有没有良心啊，你看看你，长到现在还没有小发一半大。他要是真欺负你，你早就被打死了！"

他的耳朵紧紧贴着头，身体像皮一样贴紧窝底。看似怂了，其实不过是犯错后的一个表演。他知道我不会真打他，只要认错态度好，便能迅速过关。

小白喜欢我带他去楼下散步。

我抱着他，举着他。他东张西望，嗅着树叶尖、花瓣朵，遇到遛狗的，便张开三瓣嘴，龇着獠牙，恐吓那些狗们。

有的狗觉得有趣，有的狗真被吓着了，呜咽着朝后退。

一个邻居告诉我，小白是小区野猫生的，他得了严重的猫鼻支，那种病传染性高，一旦小猫得病，大猫就会把他扔出来。

小白被发现的时候，可能只有一个月大。他眼睛、鼻孔、耳孔糊满了分泌物，听不见看不见闻不见，不能挪动，饥饿到脱水。

发现他的是邻居女儿，他刚刚三岁，心疼到不行，每天去看他一次，一直到第四天才想起来要告诉妈妈。

所有人都以为小白活不了了，死马当活马地送到了兽医院。

兽医院每年收治得这个病的小猫数十只，活下来的寥寥。小白病得最重，影响了听力、视力，也可能包括一点智力。

邻居把小白刚被发现时的照片发了一张给我，他说，小白活下来真好啊。

我看着照片里的小白，瘦瘦小小的团着，每一根毛都炸开来，露着快死的颓相。满脸像糊了一层水泥，而且已经干了。

此后，我看他用力地在地上拱鼻子、用力地吞一颗颗小猫粮，想方设法地追打小发时，都有一种莫名的感动。

他这样努力地活着，无所畏惧。

小麦消失了一段时间，复又出现了。春去秋来，过冬是流浪猫们的大事。

北京最冷的时候，白天气温也在零下。这就意味着，流浪猫失去了水源。

猫可以忍饥，却不能离开水。猫义工们呼吁爱心人士散步的时候，带一个暖水瓶，给流浪猫的水盆里加开水。

有些猫躲到了地下车库，胆大的，甚至睡在刚刚熄火的车上，用发动机留下的余温取暖。

猫义工们在车库里放的水和粮食经常被一些业主扔进垃圾堆，还有业主向物业投诉，弄脏了车，还有，太不安全。

小麦一直想找一个家，经常跟着人走。前段时间，一个姑娘把他带了回去，他很喜欢小麦，家里还有三只猫。姑娘工作很忙，买了自动喂食机喂猫，上班有空了用手机连线家里的视频看看猫们过得好不好。

看着看着，问题来了。家里另外三只猫霸占着自动喂食机，姑娘不在家，小麦几乎不敢进放粮食的小房间。

没有办法，他把小麦放了出来。天气越来越冷，却仍然没有人收养小麦。但好在小麦年轻，身强力壮。大家比较担心球球。球球也是解救回来的猫，来小区时已经好几岁了，在小区又生活了八年。他越来越老，前两年得了口炎，满嘴的牙都掉了。

一只猫老了，和人一样，有很多很多问题。有可能要吃老猫的营养餐，有可能得各种各样的疾病。

兽医院经常收救因为老了被主人遗弃的动物。救不过来的，在街上流浪不了多久，或饿死或病死，或送到收容所安乐死。

大家捐了点钱，把球球送到了动物寄养所，过完冬天再接回来。

因为拿铁只肯在野外待着，本想让他也去，可惜抓不到他，只能算了。

第一片雪花落下来的时候，我把小白抱到了窗前。

他出神地看着雪花在空中飞过，像一只又一只的虫子。

看了一会，估觉没趣。他复又回到客厅，玩他的玩具。

小白已经和小发差不多一般大小，因为能吃，他比小发重了许多，头小屁股尖，独中间一个圆鼓鼓的肚子，若俯视小白，就像一枚大白枣。

他已经对吃失去了兴趣，上升到了美食。

为了让他少打小发，卫生间与厨房都放着大盘猫粮，随便吃饭，水源更多，几乎每个房间都有。小白经常去闻闻粮食，想想又放弃了。他明白了厨房有个小柜子是放猫们的物品，那里面有饼干、妙鲜包、磨牙肉干等比猫粮更好吃的东西。

他开始明白这里是他的家，我是他的家人。虽然他不会像小发一样趴在我的身上，但他会趴在离我一步远的地上。

我出门归家，只要打开门，他一路小跑着哼叽着发出奇怪的声音，颠着肚子赶到门口。在迎接我的问题上，小发永远也没有他快。他像一条狗，会倒在门口地上，肚皮朝上，若我摸他，他就激动地打滚。

即使美食是最大的诱惑，他也不再把守在厨房门口当成唯一的事情。

他想办法和我沟通，希望我喂他好吃的，希望我抚摸他的肚子。

他只要玩到心爱的玩具，可以一直玩下去。小发的玩具只论新鲜，今天是个纸团，明天是个线团，后天是条绳子，大后天是个发圈——

小白还在地毯式搜索吃饭的时候，我给了一个螺旋式的小盘发夹，他每天玩几个小时，玩累了就睡，睡醒了再玩，玩丢到冰箱底下掏不出来，他就向人求助。那本是个黑色的夹子，如今已经磨成了古铜色，闪着亚光。

打扫卫生的阿姨来一次问他一次："你怎么玩不够啊？"

母亲来北京过夏天，过完回南京，冬天再来，吃了一惊："他还在玩这个啊？！"

小白虽然无赖，却对心爱执着，如同他执着地活着。

他心爱这个家，再也不肯出门。我把家门大开，他站在门内，决不越过一爪。若我强行抓他下楼，他就一路哀嚎，开始还有点像猫叫，听着听着就像狼崽子一样。

我唯有叹息。若他是个孩子，我把天生的草莽英雄活活养成了傻白不甜的二代。

小发爱雪，如同他爱花。

下雪时，小发可以坐在窗前几个小时不动，就像我插了鲜花，他坐在花下一样。

他走路时还是躲避小白，经常躲在卧室不肯去大厅玩耍。我一直以为他厌恶小白，也惧怕小白。有一次小白打碎了茶碗，且不知是打碎的我的第几只茶碗。我想着必要狠狠教训一次，他躲到了窝里又被我揪出来，拖到茶桌下训斥。

我一边训一边用碎瓷片敲他的脑袋，声音大得吓人，其实手下留情。突然，小发冲过来叫了一声，我愣了一下，他又叫了一声。我松开手，小白一溜烟地跑了，小发跟了两步，转过头来挡在路中间，似乎防着我再动手。

我问小发："他见天地祸害东西我还不能管了？"

小发不言语。小白又拿我新买的布椅子磨爪子。每每发现，我必先怒喝，他听见声音才能先住爪。每次我一喝，小发冲上去便打，经常打得小白一路躲到床底下。

我不懂他俩的感情。至少我从未见过小白维护小发，他始终担心小发多吃了什么美味。但小发对他，到底是喜欢呢，还是不喜欢呢？

还是无所谓喜欢与不喜欢，都是住在同一屋檐下的动物。他从小白来就甘心挨打，或许他不是懦弱，而是在内心深处，认为自己是大哥，是唯一可以帮助我和帮助小白的大猫吧。

春节去花市，买了盆日本海棠，花开西洋红色，艳艳的像折纸。

小发每天都跳到花架上，花枝不高，交错遒劲。小发不得不缩在花枝下。天气一天比一天暖，白天快近十摄氏度，小区里的流浪猫们不再发愁水源、取暖。

猫义工们说，球球快回来了。他们又说，球球年纪这么大了，不应该叫球球，应该叫球爷。

这一天中午，有人在爱猫微信群里发照片，一只大黑猫倒在小区中间唯一一条通车的路边，说，这只猫死了。

有人认出来是大黑。大黑不太和人们交往，经常睡在车库玻璃棚顶上晒太阳。他一身茸茸的黑毛，漆黑发亮，眼睛绿油油的，非常严肃。

大黑侧着脸，四肢僵硬地伸着，壮壮实实。

猫义工们赶紧去了，下午发了图片，是一只土黄色的旧布袋，布袋旁边的地上挖了一个洞。他们说，布袋里装的是大黑，他喜欢在这一带晒太阳，就在这一带的地上挖了一个坑，希望他和这里的土地融为一体。

他应该是早上从车库棚上下来，过马路去流浪猫喂食点吃饭，被出车库的车撞到了。不知是他自己走到路边，还是人把他提过去的，地上并没有血，他在路边死了很久，才被一个愿意看见他的人看见了，通知了猫义工们。

没有人担心大黑能不能熬过今年冬天，他也确实熬过了，只是春天来的时候，他就这样走了。

这个消息有一点沉重。埋了大黑不久，群里又有人发照片，小麦躺在阳台上，阳台外是他经常流浪的小区一角。

发照片的业主说，他的儿子很喜欢小麦，经常站在阳台上看小麦。他一直下不了决心收养一只猫，也觉得小区里有水有粮食，小麦可以活下去。

今天他看见大黑的照片，心里很难受，就下楼把小麦带回了家。

又过几天，他在群里发了一组小麦的照片。说小麦有了家之后分外珍惜，睡只睡阳台的小窝里，上厕所扒沙子一颗都不扒到外面，对家里每一个人都温柔极了。她的丈夫也喜欢上了小麦，小麦正式成为他家的一分子。

大家欢欣起来，纷纷祝贺他和小麦。

猫义工们又发球爷的照片，说周末就回来了。

猫的命运是靠什么呢。在文章开篇写下这个问题时，我是有答案的：靠运气。可写着写着，我觉得小发为跟我回家努力过，小白为了活下去努力过。小麦、球球、拿铁，死了的大黑，每一只猫都曾经深深地为命运努力过。

我不是猫，我不能说他们仅仅凭运气，虽然运气很重要。

我只是希望猫和天下寒士一样，都能食有鱼居有竹，至少无有饥寒。我也知道人生需有理想，而现实是负重过河，在光阴中慢慢成长，直到承受。

（原载《天涯》2019年第4期）

好吃记

◎葛　亮

一、中国人的道理，都在这吃里头了

中国人有咏物言志的传统，又持有家国之念，对食物的关注往往成为重要的窥口。老子曰："治大国若烹小鲜"，说得是国策方略，也是火候的拿捏得宜。庙堂毕竟复杂，失意于此，往往退而求其次，以"吃"入文，算是一种心理补偿。历朝历代，自有书单可作辅证。孟元老的《东京梦华录》、张潮的《幽梦影》、张岱的《陶庵梦忆》、李渔的《闲情偶寄》等等。而袁枚的《随园食单》，则见旷达之相，自觉荡开仕宦"正途"。造园谱曲外，亦将饮食作为人生态度的一端。

《北鸢》里写了一些饮食的场景。它们的存在，对笔者而言，是一些意外。每每出现在人物命运的节点，又似乎是百川归海。

其实中国人对吃讲究，是素来的。说与乱治无关，又不全对。《北鸢》里第一次出现谈"吃"的场景，是民国十一年豫鲁大旱，百年不遇的"贱年"。两地灾民南下，安置于齐燕两处会馆。富庶商贾设棚赈灾。主人公文笙父亲卢家睦经营的"德生长"，以"炉面"发放，就此与城中的清隐画师吴清舫先生结段缘，成就襄城丹青私学。"炉面"为鲁地乡食，做法却甚为讲究，"五花肉裁切成丁，红烧至八分烂，以豇豆，芸豆与生豆芽烧熟拌匀。将水面蒸熟，与炉料拌在一起，放铁锅里在炉上转烤，直到肉汁渗入至面条尽数吸收"。以此赈灾，果腹为其一，解流离乡民背井之苦为其二。内里却是有关中国人仁义的辩证。人自有困厄之时，商绅周济以乡里美食，是德行，亦是不忘其本。所谓礼俗社会，讲求血缘与地缘的合一，从而令"差序格局"出现。作为出身山东的外来者，卢家睦在襄城这个封闭的小城，缺乏所谓"推己及人"的血缘依持。所以，选择投身商贾，也是必由之路。费孝通在《乡土中国》说得十分清楚，商业活动奉行"理性"原则，而血缘社会中奉行的是"人情"原则，两者相抵触，因此，血缘社会抑制商业活动的开展。而这也正是家睦得以"客边"身份成为成功商人的前提。但是，费先生同时也指出，籍贯是"血缘的空间投影"。其与"差序格局"中的"伦"相关，所以，便不难理解家睦对于鲁地乡民的善举，实质是出于对"血缘"念兹在兹的块垒。而家乡的食物"炉面"则成为最直接的"仁义"表达，这一点，恰为同属文化"边缘人"的吴清舫所重视并引为知己。

所谓微言大义，饮食又可为一端。文笙随卢氏一族跑反归来，在圣保罗医院里越冬避难。医院里的外籍医生叶师娘，邀请他们在自己房间里向火。因为火里的几颗烤栗子。众人有了食物的联想。相谈入港，几成盛宴，之丰之真如VR之感。可及至后来，发现不过画饼充饥。但美国老太太叶师娘，就有了结论说"中国人对吃的研究，太精也太刁"。文笙的母亲便回她，老子讲"治大国若烹小鲜"，中国人的那点子道理，都在这吃里头了。接着，才是重点，她说的是中国人在饮食上善待"意外"的态度。她从安徽的毛豆腐说起，然后是臭鳜鱼、杭州的臭苋菜、豆腐乳，益阳的松花蛋，镇江的肴肉，全都是非正常的造化。说白了都是变质食品，可中国人吃了还大快朵颐。所以，说国人中庸无为，其实不然。中国人是很好奇勇敢的动物，不然鲁迅也想不出"乌鸦炸酱面"这样惊艳的食谱。再往细里数，有"三吱儿"等物，怕是连什么都敢往肚子里吞的贝尔，都要甘拜下风。

昭如说的，其实是中国人的包容，"常"可吃，"变"也可食。有容乃大，食欲则刚，也是对人生和时代的和解。中国人重视传统，但亦不慢待变革。沈从文先生在《长河·题记》谈及现代性，并不一味视为"进步"，而称其必然要在中国语境进行检验。此言不差。民国时代动荡不居，社会格局变更，造就了个人境遇伸发的可能性。帝制推翻，1905年科举废除，"学而优则仕"的道路被仓促中断。知识分子阶层出现了一系列分化。这分化亦宛如食物的变化与造化，出其不意，不拘一格。《北鸢》中的画师吴清舫，有清隐之誉，但在二次革命后，设帐教学，广纳寒士。这某种意义上担当了公共知识分子之责。另一类是毛克俞，其因青年时代的人生遭遇，尤其体会叔父在一系列政治选择后落幕的惨淡晚景，就此与政治之间产生疏离。其最重要的作品在四十年代完成，避居鹤山坪，埋头著述，在学院中终生保持艺术家的纯粹。此外在第二章，写到孟养辉这个人物，原型是天津的实业家孟养轩，经营著名的绸庄"谦祥益"。孟养辉的姑母昭德，不屑其作为亚圣孟子的后代投身商贾，他便回应说，依顾宁人所言，所谓"博学于文，行己有耻"，如有诗礼的主心骨，做什么都有所依持。因家国之变，选择实业，所谓远可兼济，近可独善。中国文化格局三分天下。"庙堂"代表国家一统，"广场"指示知识阶层，而后是"民间"。民间一如小说之源，犹似田稗，不涉大雅，却生命力旺盛。以食物喻时代，也是由平民立场看历史兴颓，林林总总，万法归宗于民间。

到文笙成人了，在杭州遇到了故旧毛克俞。克俞在西泠印社附近开了家菜馆，叫"苏舍"。毛先生的原型是我祖父，艺术史学者，本人不涉庖厨。为让他的性情不至如此清绝，这一场景为笔者虚构。不过，我写到"苏舍"里菜单开首写着苏子瞻的句："未成小隐聊中隐，可得长闲胜暂闲"，倒很像是他的自喻。但这馆子的菜，既非徽菜，也非杭帮菜，而是两者的合璧。"云雾藕"脱胎于徽菜"云雾肉"，"干隆鱼头"原是杭菜中的"皇饭儿"，用料却是安徽的毛豆腐。其他的青梅虾仁、雪冬炖鸭煲等，便都是两大菜系联袂的改良版。老实说，这些菜式皆出于笔者的创造，并非一一实践过，但想必都是好吃的。写的是佳肴，想要说的仍是中国人"调和鼎鼐"的功夫。在大时代里，没有一点坦然应对常变之心，是会活得艰难的。故而，书中开胃的"西湖莼菜汤"，原是一道素汤，也便加入了开洋（吴语方言，虾仁干）与火腿，命为"中和莼菜汤"，作了这时世的象征。

《北鸢》写饮食，归根结底还是在写人心的虚渺，权力的制衡，亦以民间辐射庙堂。女主人公仁桢的大姐仁涓，嫁到了簪缨世族叶家，心中无底，听了老姨奶奶的主意，月子里开了十八吊老母鸡汤的方子食补，折磨下人，只为了做足娘家的"排场"；石玉璞和旧部柳珍年在寿宴上见了面，柳是来者不善，话不多说，却拿席上的辽参做起了文章，说石玉璞跑大连上等海参吃得太多，未免胀气，暗讽他与日本势力的瓜葛。仁桢要劝说名伶言秋凰行刺和田中佐，约在老字号的点心铺"永禄记"，又是一场心潮暗涌。这糕点铺开了一百多年，应了物是人非，其变迁也正是襄城历史的藏匿。

《礼记》中说，食色都是人之大欲。千百年来，后者被压抑得厉害，前者则成了中国人得以放纵的一个缺口。然而久远了，也竟自成谱系，多了许多的因由。姑母昭德将英国人舶来所赠，给文笙吃，说，这外国糖块儿，叫朱古力，先苦后甜，是教咱哥儿做人的道理。

二、浇上一勺鱼香酱汁，就变成四川的了

一个打鱼的带着一船的鸬鹚，在浑浊的江水中试手气。他的鸟儿们扑闪着大大的黑色翅膀，脖子上都套着环，逮到的鱼要是太大，吞不进喉囊，就吐给打鱼的。打鱼的扔进鱼篓，换一条小鱼喂给鸬鹚，我目不转睛地看着眼前的一幕，被深深吸引了。我在成都的日常生活，充满了这些迷人的小剧场。

这段文字似曾相识，或许是因为提到了鱼鹰。十六世纪的桂林，一个葡萄牙人也曾坐在漓江边上，凝望鱼鹰飞翔劳作。船员盖略特·伯来拉经历了命运的多舛，这是他眼中"陌生而熟悉的中国"。四百年后，叫做扶霞的英国女孩，看着类似的风景，进入了这个国家的日常。

她所体验的中国生活，没有她的欧洲前辈如此沉重迷惘。相反，每一日都氤氲着食物的浓烈香味。又过了若干年，她将这些记忆写成了一本书，《鱼翅与花椒》（Shark's Fin and Sichuan Pepper）。扶霞是个美食作家，这样的介绍似乎太官方。那么，可借用这本书中文译者雨珈的说法，亲切地称她为"吃货"。这是恰到好处的名片，助她勇敢地游刃于中西错落。

一九九二年，扶霞申请到了英国文化委员会的奖学金，来中国成都完成她的少数民族研究计划。然而她真正的理想，却是成为一个川菜厨师。"我就是一个厨子。只有在厨房里切菜、揉面或给汤调味时，我才能感受到完整的自我。"她乐此不疲地投入学习，也的确成功了。刚来的时候，她不通语言，带着一点对异乡食物的恐惧与好奇，进入这个国家饮食文化的隐秘处。这本书的英文版，副标题是"一个英国女孩在中国的美食历险"，因此不奇怪在她的文字中，屡屡出现马可·波罗的名字。从一开始面对一只皮蛋的作难，到尝试一切在自己经验之外"可疑的"食物，肥肠脑花兔脑壳，以及北京街头吃咕咕作响气味奇异的卤煮。甚而挑战自己对于"杀生"的观念，感受着让西方人叹为观止的"日常的残酷"。当完成这本书时，扶霞已在中国生活了十四年，可以做地道的

毛血旺和麻婆豆腐，也早已突破有关禁忌的饮食成见。其中自然并非一帆风顺。或许，有关饮食的态度以言简意赅的方式，穿透了一切修饰与客套，才造就了文化的狭路相逢。

由此，我想起了与自己相关的往事。那时我还在读本科，我所在的大学和美国一所知名高校有学生交换计划。为了帮助这些留学生熟悉当地文化，融入社会环境，我们大学甄选了一批中国学生与他们一起居住生活，造就宾至如归的佳话。我是其中之一。我的两个室友分别来自美国和哥伦比亚。杰克是个不会说中文的华裔，而马修则是可以说流利汉语的白人学霸。期末时，两个男孩应邀到我家里吃饭。我的父母为此作了精心准备。他们都是实在而良善的知识分子，将这一餐以外交晚宴的规格在规划，原则是典型的"食不厌精"。能想到的关于南京的任何美食，都在备选菜单上。我的两个朋友如约而至。由于语言的问题，杰克更多是孩子气的傻笑，而马修则得体地向我的父母问候。他似乎和我的父亲很投契，落座以前，已经在讨论李商隐的诗歌。入席后，盐水鸭、狮子头、炖生敲、腌笃鲜次第而上，令他们目不暇给。杰克只管大快朵颐，而马修则谦虚地询问这些菜的典故。当"美人肝"上来，母亲有些兴奋地告诉他们，自己是第一次做这道菜。这是汪精卫很喜欢的名菜，但很难做。因为原料稀有，是鸭子的胰脏。一鸭一胰，做一盘要几十只鸭子。说完忙着给他们夹菜。杰克翘着大拇指，直呼好吃。马修却在犹豫间放下了筷子，面露难色。他说，阿姨，对不起，我不吃内脏。

这是稍显尴尬的一幕，虽然只是一个插曲，最终宾主尽欢。但他们走后，母亲说，"杰克这孩子真是刷瓜（南京话：爽快），我很喜欢。马修不怎么样，比较夹生。"武断而朴素的评价，来自一个大学教授。即使是中国的知识分子，仍会将对自己厨艺的看重，当作是尊重的来源。但其实我有些替马修委屈。他对食物的审慎来自家教。虽然用餐礼仪并未拘束他，但影响了他对美味的接受与表达。事实上，在前一天晚上，他还在向我请教筷子的正确用法。而杰克的好食欲，使得他赢得普遍的好感。母亲甚至应允了饱餐后再为他炸一盘薯条的要求。可见，对食物直接而鲁蛮的爱，足以简单粗暴地俘获对方。这个故事，被我写进了小说《威廉》。我和这两个朋友都保持着很好的友谊。但他们以后的道路如此不同，对食物的性情有如谶语，各自命定。扶霞对中国的态度类似杰克。甚至在情感上，已不止入乡随俗，而是深入肌理。她在伦敦的厨房是中式的。几年前重新装修，她向设计师提的第一个要求就是炉子上必须能放灶王爷。而她所惯用的，并非父母送的一整套法国厨具，而是在成都两三英镑买的一把菜刀，用了很多年。"一定的，我觉得是最好的刀。"但这也多少影响到了她的文化认同。"我完全沉浸在中国的生活当中，很少和家乡联系，连家人都没怎么理。我原本流利的英语退化了，因为长久以来对话的那些人英语都只是第二语言，而我已经习惯了。"扶霞熟练地操着一口川普，偶尔还夹杂着一点意大利语和法语。脚蹬军绿解放靴，晃晃悠悠地走在成都的冬阳之下，并未意识到自己的身份认同出现某种潜移默化的改变，甚至思维方式，更加像一个"真正的中国人"。

因此看扶霞的书，你不会觉得她谈论中国的饮食，带着我们所熟悉的东方主义语调，反而更多是一种"自己人的眼光"。相对马可·波罗，我更认可她德国同学的评价"你是我们外国留学生的司马迁"。她以独有的方式，为中国饮食文化作出编年。谈起中国的美食历史，如数家珍，最喜欢的中国厨师除了伊尹和易牙，便是袁枚的私厨王小余。在书中信手引用《随园食单》《庖丁解牛》《吕氏春秋》。到清溪镇找花椒，她想到是《诗经》和汉代的椒房。这种掉书袋的方式，有着中国式的蕴积美好，即使有时欠缺自然，但不会令人不适。然而她对于食色隐喻的表达，仍有着西方的大胆直接。她称川菜的"画味之道"是"一点点挑逗你，曲径通幽，去往极乐之旅。""用适量的红油唤醒你的味蕾，再用麻酥酥的花椒调动你的唇舌，辣辣的甜味是对味觉的爱抚亲吻，干炒的辣椒也在对你放电，酸辣味又使你得到安抚……真是过山车般的惊险刺激的体验。"

"我觉得这实际上是必然的过程。你去一个国家，第一个感觉是爱情，很理想化。这个地方很漂亮，什么都很完美，时间长了，你更深入了这个社会的文化，了解不单有好的，也有坏的，就没有以前那么浪漫了。"你会欣赏她文字中温和的批判态度，这或许也是我们共同面临的中国现实。其生也晚，她无从得见傅崇矩在《成都导游手册》里，写下二十世纪初成都街巷生机勃勃的喧嚷盛景。那时的钟水饺、赖汤圆和夫妻肺片，都是随处可见沿街叫卖的小吃。但她却亲眼见证了新世纪以来中国的"常与变"。她写到了一个和她相熟的面馆老板，以独家配方的"担担面"著称。"二零零一年，我最后一次去他的面店，情况才有了点变化。当时政府大刀阔斧地拆掉成都老城，让交织的宽阔大道和钢筋水泥的高楼大厦取而代之。一声令下，成都的大片土地被拆得干干净净，不仅是那些老旧的危房，还有川剧戏院和宽阔的院落住宅、著名的餐馆茶馆和那些洒满梧桐绿荫的道路。"这段落让我感同身受。在我所生活的城市，曾有熟悉的街区。那里被宣布为市区重建的范畴。随着大面积的拆迁，这一区的生态被彻底改变。印象深刻的街区地标，次第凋零。老式戏院、坐落在里巷深处的香港最后一间赛鸽店，都将从岁月的版图上消失。街坊社会的格局被瓦解，首当其冲的是那些老字号食肆。停留在舌尖的集体回忆，是当地人在意的。有一间"合兴粉面"，已经三十多年历史。从当年的档头生意发展到街知巷闻，终敌不过重建大潮的清洗。关闭前最后一日，前来帮衬的街坊与食客，竟在门口排起长龙。年轻人拍了视频，自发放在 Facebook 和 Twitter 上，为拯救其而鼓呼。被迫搬迁至逼仄巷弄的老字号，居然因此重新焕发生机。新与旧间，出现奇妙的辩证，令人长叹唏嘘。

"食物是在前面的，食物背后永远有人。"《舌尖上的中国》总导演陈晓卿如是说。这或可概括我对这本书的感受。"举箸思吾蜀"说的是乡情的胶着，但更多是有关食物的莽莽可观的人事。言未尽而意已达，是我们普遍接受的中国式含蓄。但是对于川菜与四川人的开放与直率，似乎不太够劲儿。我更喜欢扶霞的表达，"他们不用担心和外部世界的联系会剥夺自我的身份认同"，因为"面对外面的世界，浇上一勺鱼香酱汁，就变成四川的了"。

三、一味独沽，教授的私房菜

周作人在《北京的茶食》里写："我们于日用必需的东西以外，必须还有一点无用的游戏与享乐，生活才觉得有意思。我们看夕阳，看秋河，看花，听雨，闻香，喝不求解渴的酒，吃不求饱的点心，都是生活上必要的。虽然是无用的装点，而且是愈精练愈好。"这是要和"有用"分庭抗礼，是他所谓"生活之艺术"的总旨趣，要"微妙而美地活着"。舒芜评价说"知堂好谈吃，但不是山珍海味，名庖异馔，而是极普通的瓜果蔬菜，地方小吃，津津有味之中，自有质朴淡雅之致。"原本他的故乡绍兴并非出产传统美食之地，荠菜、罗汉豆、霉苋菜梗、臭豆腐、盐渍鱼，皆非名贵之物。虽是谈吃，意在雕琢习俗仪典，民间野谚等大"无用"之物。食材越是平朴，越是无用之用的好底里。钟叔河在《知堂谈吃》序言中说："谈吃也好，听谈吃也好，重要的并不在吃，而在于谈吃亦即对待现实之生活的那种气质和风度。"可见谈吃，可以之为大事，已可为小情。

《饮膳札记》算是典型的大家小作。"小"言其轻盈，亦言其入微。台湾作家善写饮食，各具擅长。舒国治绘美食地图，焦桐写馈饭掌故。我爱读林文月，除了其躬亲于食谱程序，巨细靡遗，还在其背后的人情与人事。

林文月是台湾文坛独沽一味的女性学者作家。学问自不必说，在论述、散文、翻译方面均有建树。《源氏物语》公认的最好译本，出自她手，至今未出其右者。盛名又在轶事，现今已入耄耋。当年台大校花的美名，仍传扬如佳话。或许美人在骨，令人念念不忘。"那一年，整个学校的男生，都跑去看林文月。"回忆其少时风姿的，除了李欧梵教授等学弟学长外，竟还有李敖。李大师言林氏之美，虽为彰显前妻胡因梦的魅力。不同于一贯狂狷，话语中对林文月的看重，平添了一分爱敬。

有这样的家世，林文月的文字，并无飘忽自负之意。相反，平朴谦和得令人感叹。即便优雅，也是日常的优雅。十分推崇她的陈平原教授，记一次宴请。听几位台大同仁说起"女教授"的艰难，林先生便说："我实在不佩服现在那些只知道写论文，从不敢进厨房的女教授。"这话在女性主义大行其道的学界，是有些危险的。但林先生身体力行，甚而在其年轻时写下《讲台上和厨房里》，称说，一个女性教员和家庭主妇有甘有苦，实在也是应该。

平原教授说他最怕遇到"学者型作家"，因其思路清晰，话也说得透彻，轮到评论家上场，几乎"题无剩义"。林先生文章的好，或许正是在治学的高屋建瓴之外，多了些女性于家居生活的体恤与现实，体会中馈之事里"人生更具体实在的一面"。也是主妇特有的琐细，使得她的文字有温柔着陆的韵趣。暖意氤氲，带来令人回味的空间。这一则因其记述过往，并不维护强韧与完美的轮廓。"楔子"里，说到蜜月归来，自己煮第一餐饭的失败甚而狼狈，生火被烟雾熏出了眼泪。"男主人准时回家时所见到不是温暖的晚餐，却是一个流泪的妻子。"二则文中时而写一己特有的任性，无伤大雅，反有一种让人亲近的颟顸。

写"台湾肉粽"说到少女时期长辈的碎碎念，"女孩子要会蒸糕、包粽子，才能嫁人"。因为厌烦长辈的絮叨，以及对婚嫁事理的懵懂，以致对这些食物产生抗拒，不免"掩耳每不喜"。因此，这书中的林先生，并不是长于庖厨的大师。因其不禁每每向生活示弱，倒更像错落于柴米油盐的煮妇。这便多了许多烟火气，看她烧菜，娓娓道来自己的厨房经验。竟好像也在看一个邻家姑姐，与我们同声共跫地成长。可见三分敬，七分亲。

因此，你在这些文字中，读不到微言大义。一切出于朴素、随性及自然。"我于烹饪，从未正式学习过，往往是道听途说，或与人交换心得，甚而自我摸索；从非正式的琢磨中获得经验与乐趣。有时，一道用心调制的菜肴能够赢得家人或友辈赞赏，便也对欣然安慰。"由读者的角度，这份素人心态，格外动人。因其有旁逸之趣，也有一分不袭窠臼的自我。笔者看来，林先生做菜的方式，颇像中国小说的渊源。昔日的"稗说"，未如诗居庙堂之高。因其无所规矩，却获得在民间肆意生长的命途与美感。在她笔下，读到的与其说是"厨艺"，毋宁说更多是"厨意"。佳肴固然可观，但以此为媒，也是为了食者佳聚。"宴客之目的，其实往往在于饮膳间的许多细琐记忆当中，岁月流逝，人事已非，有一些往事却弥久而温馨，令我难以忘怀。"

《饮膳札记》是四两拨千斤的精致食谱，也是集作者交游大成。有幸成为林氏家宴座上客的，多半是师友。和林先生一同共乘白驹，尘埃落定后，皆是声名赫赫的人物。在其文字中出现最多的，大约是其恩师台静农教授，言行投足，几乎是半个家长。林先生有小机趣，"为了避免重复以同样的菜式款待同样的客人，不记得是何时起始，我有卡片记录每回宴请的日期、菜单以及客人的名字。这样做的好处在于一方面避免让客人每次吃到相同的菜肴；另一方面可以从旧菜单中得到新灵感"。难怪被她宴请过的学生叹道"老师做菜和做学问一样"。

这话算是说对了一半，治学严谨，但不可拘囿。林先生写过一道极其家常的吃食"炒米粉"。普通则普通，但做的好并不很容易。朋友吃过她的炒米粉，常惊为天人，依次来讨教秘方。林先生便耐心写了从选料至烹制的全过程。备料的部分，胡萝卜高丽菜，香菇与虾米。先生写酌量，大约所用虾米是"一大把"。说完了，自己也感叹，"记述材料多寡，乃至切割操作诸端，只是供作参考而已，中国人对于饮膳之处理，其实相当融通随性""往往随心所欲不逾矩"。她便也写在京都游学，遇到大阪的朋友向她学炒米粉。这个日本友人看她切葱便虚心请教"切几厘米长"，加酱油须"多少汤匙"。林先生信口说了，见友人在黑板上写下"葱（3cm），酱油（1.5汤匙）"，既"有些心虚，也有些好笑"。关于这一点，笔者居然有些感同身受。家母同为教授，因为专业是工程数学，对烹饪，便有些精确至于犯难的心态。比如她在菜谱上，最怕见到的便是"少许"二字。遇到简直不知所措，将集聚的自信心全折损了。后来，我在小说《不见》中便以她老人家为原型，写了一个退休的教授。好在有主人公循循善诱说，"中国就算入诗的数字，大多也是个虚指。比如'一片孤城万仞山'、'白发三千丈'，您老不用太过认真"。

大约在林先生笔下，可看到其中举重若轻。她既写"潮州鱼翅""红烧蹄参""佛跳墙"等功夫菜，更多则是如"香酥鸭""清炒虾仁""椒盐里脊"等家中日常膳食。因此，常可看到她对待菜肴的细致讲究，却又时有些信马由缰。比如"口蘑汤"一文，洋洋洒洒记述了孔德成先生教她的孔府高汤。但到自己下厨，删繁就简，用市面所卖"Campbell's"牌的清鸡汤便可代之。而对口蘑中甚难去除的沙石，则似颇认同许师母，即许世瑛教授的太太所授，"那口蘑里头你的沙子儿啊，洗不清的，也只好吃下去，反正是家乡的沙土嘛"。听来不禁令人莞尔，简直有些佛系了。

林先生写的菜肴，即便膏腴，也非异馔。看她写食物，实际都是和三餐相关的回忆。记鱼翅写的是与老父最后一餐年夜饭；香酥鸭则是在家中帮佣二十余年的阿婆邱锦妹；扣三丝汤写的是令夫君豫伦难忘的城隍庙小吃，她凭了后者的描述做了出来，方发觉竟无知觉间抵达了稚龄即离开的上海。未老莫还乡，还乡须断肠。近乡方情怯。这份远遥相思，只停留在味觉，缠绕于舌尖，或许才是最好的归宿了罢。

四、臭美臭美，皆大美

一次来京，与众好友去吃南京家乡菜。饭店的主厨是地道江苏人，做菜别具风味。有原汁原味的大狮子头，也有入乡随俗带着腊味的盐水鸭。吃到酣畅处，桌上的人都开始说自己的老家里饮食的美好。从文昌鸡说到黄腊丁。这时忽然上来了一道菜，臭味氤氲。在我们南京人闻起来，却是齿颊流涎。是"蒸双臭"上来了。

"蒸双臭"在江南，有诸多版本。杭州是臭豆腐与臭苋菜梗混蒸，谓之经典。南京的更生猛些，是臭豆腐与肥肠同锅。要将臭味变本加厉，臭豆腐一向是主力。在中国，这是禁而未禁的口味大宗。热爱的趋之若鹜，不爱的闻之丧胆。每地的做法各有千秋。南京的臭豆腐是灰白色的圆形，用草木灰腌制。臭得比较中正，蒸煮煎炸皆宜。除了臭豆腐。中国以变质为尚的美食，还有臭鳜鱼，臭腐乳、臭鸭蛋，等等。算是手到擒来，百无禁忌，"面筋、百叶皆可臭。蔬菜里莴苣、冬瓜、豇豆即可臭。冬笋的老根咬不动，切下来随手就扔进臭坛子里"。国外则有意大利人视为珍馐的卡苏马苏（formaggiomarcio）和瑞典人的鲱鱼罐头。前者因为太臭已经被欧盟禁止了，也是阿弥陀佛。不过的确，对这类美食，见仁见智。我的口味不算轻，但对老北京的两道传统美食，总未坦然消受，便是豆汁儿和卤煮。

说了这么多，其实是因一本书有感而发，汪曾祺先生的《故乡的美食》。汪老是中国文学圈里有名的吃家，吃得好也写得好。他专为豆汁儿写过一篇文章辩护，也是可爱之极。"没有喝过豆汁儿，不算到过北京。"这么说，横竖我算是到过了。要说饮食观，汪老是有些小任性。任自己的性，也任别人的。"有些东西，自己尽可以不吃，但不要反对旁人吃。不要以为自己不吃的东西，谁吃，就是岂有此理。比如广东人吃蛇，吃龙虱；傣族人爱吃苦肠，即牛肠里没有完全消化的粪汁，蘸肉吃。这在广东人，傣族人，是没有什么奇怪的。他们爱吃，你管得着吗？"

所谓南甜北咸东辣西酸，一方水土一方人。贵州视择耳根为人间至味，浙江人吃呛虾醉蟹，江阴人拼死吃河豚，搭上了豪气跟性命，都是吃的一个任性。汪老力挺"切脍"传统，认为东西多可生吃，精华是"存其本味"。广东人在这方面做得极好极妙。生食之美，无一定之规。这一桌子朋友，都算是走南闯北，见过世面的。说起来都很豪爽，吃过烤蝎子，炸豆虫，水蟑螂。问起南京人的胆量，我们轻描淡写地说，你吃过"活珠子"吗？详述一番，对方已面色煞白，甘拜下风。说白了，就是未孵化的小鸡。孵了半个多月，已五脏俱全。金陵人嗜之无分男女老少。冬天，在南京街头，经常看见时髦女郎，站在炖锅摊档边。捧着一只活珠子，磕开了，蘸上椒盐，樱唇轻启，猛然一吸。滚热的汤汁入肚，满足七情上面，真真是一道风景。

不过呢，说起来，大小食物的禁忌，因地因人。凡事有度。不是个个都如贝叔饕餮生猛，安食朵颐。中国有几道禁菜，我亦闻之恐怖，其一是"三吱儿"，刚出生的小老鼠，用蜂蜜喂了几日后，用酱料蘸食。其二是活猴脑，木槌敲开猴子脑壳，以滚油浇入趁热舀食。这实在是逾越了美馔取食之道了。

南来北往，还是臭豆腐最好。爱的人和不爱的平分秋色，不分妇孺。汪老在书中写，长沙火宫殿的臭豆腐因为某大人物年轻时常吃而闻名。大人物故地重游，"文革"期间火宫殿影壁上便出现两行大字："最高指示：火宫殿的臭豆腐还是好吃。"

（原载《江南》2019年第3期）

用花瓣拼个名字

◎苏　北

帐帐子

国庆假期回县里，住在父母老屋里，虽都有纱门，可是是平房，人进进出出，还是有个别蚊子被带进来，潜伏在暗处，到你晚上睡觉时，便溜出来，嗡嗡嘤嘤往你脸上扑，被咬不说，还干扰得你没法入眠。我跟母亲抱怨：昨晚被蚊子咬个半死！平房不帐帐子，以为纱门管用！

母亲笑说："八月半蚊子死一半，九月半蚊子还像个金刚钻。"她又继续发挥：马上不得吃了，到明年才有得吃呢！它不下死命吃个饱吗。晚上还是把帐子帐起来吧，竹竿子现成的。

久违的帐帐子的感觉了。母亲的一句话倒提醒了我，记得小时候，一入夏，大人就要忙着洗帐子——用一个大澡盆，放一大盆水，把帐子放进去，脱了鞋光脚去踩。帐子太大，手洗拽不动。孩子们最喜欢干这个活了，忙忙地跳进澡盆，用小小的脚在澡盆里跳。大人连连大声呵斥：慢点！慢点！看把水泼的！可是孩子们并不理会。水不冷不热，小小的脚，光脚在水里踩，脚下是绵绵的纱，还是蛮快活的。

帐子洗好，在一个大太阳底下一晒，就好了。帐子被太阳一晒，脆脆的。一闻，喷香。好像阳光本身是有香味似的。

竹竿是现成的。每年冬天下帐子，都把竹竿收好。来年，用湿布抹一抹，就行了。大人们七手八脚，穿好帐管，爬上床，用细绳四角一扎。不一会儿，便把帐子帐好了。

一个冬天都光着的床，忽然变出一个小小的空间来，孩子们兴奋，晚上便早早"拱"到帐子里了。小小的年纪，一个人躲在里面，想一点心思，心中仿佛便有了点忧伤。等到初中时，学校开始抓教育，我们也从疯玩的年龄稍稍懂了点事。在帐子里的床头放几本书，夜深人静时，透过弱弱的灯光，看得津津有味。几个小时下来，心中仿佛集聚了无穷的能量，产生一种盲目膨胀的幸福感觉。

参加工作分配到外地。小小年龄，逃离了父母，还是感到了大大的自由，有一种解放了的感觉。先是集中到地区培训了半年，之后全部打散，分配到各县，绝大部分又从县里被分配到了小镇上。我们两男一女，一同被分配到一个叫半塔的小镇。我和一个朱姓的男生住到二楼顶头的大间里，女生小沈则在我们边上，门紧挨着我们的门，只隔一堵墙。我和小朱各占一半，床靠住床，而帐子的门反开，正好隔成了两个空间。那时我已喜好上文学。我们可以自由学习，各不相扰。小沈的两个大皮箱，当年还是我和小朱帮着拎上楼的。她整理东西，我们离开了。可是没有过一会儿，她又喊我们，原来是要我和小朱帮她帐帐子。她床上摊的都是女人的衣服，那时我们还年轻，见到那些花花绿绿的衣服，心里跳跳的，有一种特别的感觉，动作都轻轻的，生怕碰到那些衣裳。四根竹竿扎上床腿，之后就要爬到床上，以便支起帐子来，我和小朱在她床上爬上爬下。我们长到十七八岁，还从来没有这样近距离地在女生宿舍待过，更没有能在人家床上爬来爬去，那种劳动的幸福感觉，使自己身体都变得轻盈，脸上更是泛上一层幸福和羞涩来。

晚上三个人一起到食堂吃饭，便显得十分的亲密了。记得小沈还为我洗过一次衣服，衣服白天在院子里晒干，晚上收回去，小沈给折得整整齐齐。她喊我来拿衣服，我进她房间，又是一股亲切而异样的气息。我透过她的帐子，见衣服整齐地叠在那里。她的枕边有一枚蝴蝶水晶发卡和一本厚厚的《安娜·卡列尼娜》。她将衣服托起，递给我。我捧着，像是捧着一件神圣的东西。我们一起同事了好几年，她唯独就给我洗过这么一次衣服，所以会深深地记得。

实习两个月之后，我被安排在出纳岗位，随一位叫朝霞的女同志学习出纳。朝霞二十来岁，长得小巧俏丽，人极聪明，爱笑。她教我点票子，单指单张，多指多张，她点得极快，而我笨手笨脚，她经常一把抓住我的手，这样，这样……她手滚热，弄得我心痒痒的，很是不自在。

半年后，我被临时派到一个叫大余郢的乡划贷款，住在乡政府。去了没几天，一天中午下乡刚回来，正换脚上的泥鞋。听到门口有人喊我，我趿着鞋就往外跑，大门外一望，就见朝霞和小沈两个推着自行车，站在门外，笑嘻嘻的，一头的汗。我一下子惊得跳起来：你们怎么不说一声就跑来？

她们推着自行车进来，说，就不打电话！就吓你一跳！

我把她们让进屋，倒茶给她们喝，她们说，不喝了。主任让我们来，给你带了一顶新蚊帐，还命令我们俩给你"帐"起来。主任说，小新在下面辛苦，大夏天的，可能还没有蚊帐，乡下蚊子又多，小新细皮嫩肉的，怎么受得了？她们把"细皮嫩肉"故意"侉"着讲，模仿主任的口吻，说完"吱"的一声笑了。

朝霞一笑，满脸是酒窝，真叫人受不了。

找来了几根青竹竿，在院子里，要把竹节给削干净。院子里有几棵大树。一棵楝树，结得满是果子。一棵桑树，歪在那东北角的墙边。她们俩在树荫下，将竹竿收拾得干干净净。这时，朝霞叫小沈去拎一桶水，洗洗竹竿，我站起来要去。朝霞说，你帮我把这一个竹节给削了，还是小沈去提水吧。小沈拎个铁桶走了。这时朝霞往我身边凑凑，对我说，过来，我对你说个话。她神秘的样子，我只得凑过去。朝霞说：哎，小新，我问你，在下面寂寞不寂寞？

我正没头脑，就没吭声了。正在这时，信用社会计路仓从大院外走来，没进门就大声说："朝霞，中午在信用社吃饭，主任安排好了。下午你别走，正好再把我分户账打一遍，总是对不上总账。可能漏记账了，我打了几遍，对不上。换个人，可能一下子就找到了，不是说：'换人如换刀'嘛！"

朝霞脸上似笑非笑，做出不答应的样子：你倒会抓差呢！我还赶回去有事呢。

算我求你了，好妹子。路仓翘着小胡子一脸的嬉笑。

朝霞丢下手里正抹的竹竿，说，你把小新的蚊帐给帐起来，我就给你核账。

路仓假装委屈：啊，这么大的活啊。我的蚊帐还没有人给帐呢！罢了，罢了。我认了。看在你们的面子上，否则我才不给他帐呢！他又不是没有手！

正说着小沈也提水回来，两只手轮流倒着，把一只鞋的鞋面都给打湿了。边走嘴里还边骂：朝霞真会害人！你这个害人精！尽把苦给我吃，你看我这鞋！你看我这裤子！我还见人不！

这时路仓反应倒快，一个大步上去，接了小沈手里的水桶，边拎桶往院里走，边气鼓鼓地说：我又多干了一个活！

朝霞和我，手里抓着竹竿，站在大树下，忍不住都笑了起来。

之后我们大家一起上，捆腿的捆腿，套帐管的套帐管。不一刻，就帐好了。

朝霞她们走后，晚上我睡在刚帐好的新蚊帐里，望着密密的帐顶的花纹，想着白天的情景，心里甜滋滋的。想着想着，人也困了，就睡着了。

"儿子，来，把竹竿拿去！帐子给你翻出来了！晒晒帐上！"母亲在院子里大声地喊。

我"哎"了一声，就走出去，准备帐今天的帐子了。

被蚊子咬了几口，却勾起了一些陈年往事。让思绪倒转了一会儿。不过，回思往事，也是蛮甜蜜的。

用花瓣拼个名字

我仰望头顶一树的繁花。那花朵非常的素洁。在校园的路灯映照下，自己发出银白色的圣洁的光芒。花下走着三三两两的学生。有女生指指点点，对着那花说话。我不懂她们说些什么，但我知道她们的青春，像这三月樱花一般的青春，映在这美丽的武汉大学的校园里。

人的记忆真是一个十分神奇和美好的东西。因为心中那一点点的记忆和怀念，二十年后的这个夜晚，我子身一人来到这座校园，来寻找那一点点的记忆，恰巧遇到了这花事的季节，和这美丽的樱花。

三十年前的五月和九月，我曾在这所美丽的大学住了两个月。也许因为青春，或者心中还没有花的记忆，一切都与焦虑和烦闷有关。因此在这条叫樱花大道的林荫路上，来回不知走了多少遍，可心中没有樱花的记忆。现在想来，大约季节是不对的。樱花的花盛期在阳历的三月，花期也只十天半月，我这匆匆的过客，或者是不谙世事的少年，又何以能懂得这美丽的花事？

也许命运眷顾我这样的呆子，这个三月我来到武汉，因心中那一点点的情结，于晚上独自跑来这座大学，却巧遇了这个叫樱花的精灵。说来真是奇怪，这半生我东走西跑，并没能遇到过一回这番樱花的盛事。这个夜我可不是专门来寻花的，却巧遇了这美丽的花儿，难道冥冥中有什么蹊跷，独独安排我在这与她相遇？

我似乎是能寻找到一些旧迹的。虽然三十年的记忆已破碎不堪，校园的大门也已面目全非，人们在改变着自己的生活，学校亦不例外。于是这所具有怀旧气质的大学，也添了许多新的建筑。扩建免不了是要扩建的，于是那些山坡上的树，变成了一幢幢崭新的、颇有现代气息的楼房。怀旧的人总希望事物如他心中一般的旧貌，可是一切终不能是老样子。世事有时候像个孩子，怀旧如同父母，希望孩子永远是那个模样。殊不知孩子总是要成长的，并且会冒出青色的胡须或者成为一个妇人。好在这所曾叫作"国立武汉大学"的名校，还是有相当的眼光和气度，规划对于这所建筑专业出名的大学，显出与众不同的大气和构想。我们不能仅凭想象，让这所古老而现代的名牌大学总是一派仿古建筑，也不能让所有的楼群都掩映在绿树丛中。

坦率地说，这许多年来，这所大学像一个情人，总是萦绕在我的梦中。这么多年我虽再也没有踏上一寸这片土地，可只要与人谈起大学，我免不了会说，武大是中国最美丽的大学，具有浪漫情怀，是一个让人跌入这片处所，便想谈一次恋爱的地方。这所环抱于自然山水中的高等学府，它除了让青年吮吸蜜一样的知识，更重要的就是塑造和培养人的气质。如若一个在这片天空呼吸了四年气息的学子，一生中不具有一点点的浪漫情怀，那真是不可想象！

我虽不敢以这所著名的高等学府而自豪，然因自己一点小小的秘密，心中对它仍怀着美好的记忆。我想走遍它的每一个角落，找到那曾经熟悉的地方，以复原自己破碎的记忆。这样的设想几乎是不可能的，于是便化繁为简，似乎从最熟悉的地方开始。我就直奔了记忆中的桂园，想找原来通向东湖边的一个后门。

沿着记忆的路往下走，记得那曾是一个下坡，在密密的杂树林子里，它弯曲而又突兀，是当年学生抄近路自己踩下的一条小径。走出小径，立即便热闹了起来，一片宿舍楼立于眼前，于是开水房与食堂便穿插其间。我印象最深的是湖滨食堂，深的原因是食堂的凉拌皮蛋十分好吃。皮蛋与芹菜（芹菜切成寸段）同拌，淋上麻油和醋，配上一瓶东湖啤酒，实在是很妙的。

在食堂里吃饭，窗外的风都可以闻到湖水的气味。离食堂往下走不远就是后门，出了后门便是湖边了，眼前便是一片好大的水，极目处有点点山影。这就是东湖了。

我们多半是饭后来到湖边，坐在伸入湖中的一个水泥平台上聊天。湖水一阵阵的浪声，极有规律。眼前是漆黑的夜，或者天上还有些星星，巨大的天幕映照着湖水，人语窈窈；或有一只木船在远处水面，就见到船只划破水光的影子，船桨有些欸乃的碎声。

记得有一回，月亮特别亮，应该是近中秋了吧。我们买了啤酒和锅巴（东湖啤酒和太阳牌锅巴），有人竟从食堂带了凉拌皮蛋，一群四五人，坐在平台上喝了起来。忽然有船过来，其中一人便喊："船家，能不能载我们一程……"那船摇了过来，便有人站着交谈。大约给了几块钱，我们几个上了船，一会儿船便来到湖心。远处漆黑一片，近处水光泛漾，天上一个极大的月亮，船舱之中清澈如明，仿佛月光专门为我们而照。大家喝着啤酒，真是扣舷而歌，忽有一种飘飘入仙的感觉。三二女生，轻轻吟唱，声音仿佛自远处而来。其中一位，人十分乖巧，她来自江南，其清丽亦如江南景致。她会诗善文，记忆力极好，聪明智慧，实在过人，让人不得不心生怜爱。她并不喝酒，也劝我们少喝。可我竟如受了神灵的蛊惑，自将喝了起来，斜卧船头，边喝边歌。那一回，我真的醉了。那是一种透明的醉，一种轻盈飘浮的醉，又仿佛心中有某一个愿望，为那个愿望而醉了。

可是这一回我竟不能如愿。我在那些树丛的路影下不知何往。我走向其中一条，倒是有些像那个曾经的下坡，只是原来那密密的杂树林似不见了。我用心指明着往前走，还真找到了湖滨的食堂，可再往下走，那湖边原来简易的铁门已不在，砌了新的门楼，装上了现代化的门禁了。

我走到湖边站了站。湖边是一派现代化的样子，也是人声鼎沸了，各处灯光闪耀着。这已不是我要的湖滨了，也不是我记忆中的那个遥远的湖滨了。

一切最终是要过去了。你想留住岁月的轮廓，而它能给你的，也只是吉光片羽。我回到了校园的樱花道上，远处也只是有三三两两的黑影晃动。我仰望着那高大的一树又一树，繁花的洁白像梦一样的薄而淡。一阵风来，在夜色下，那些梦一般的透明而薄的花瓣落在了半空，又袅袅曳曳飘落于地面。我捡起几片，托在手中，又仿佛托着轻盈的一个梦。

我忽然心中一动，何不用花瓣，拼出一个名字，那个不能说出口的名字。于是我蹲下，捡拾起那薄而透明的一片片，小心地、一瓣一瓣去组合。风不似很大，可一阵阵的，对这绢一般轻的生命来说，何以能承受。我刚拼了一个字，一阵小风来，又吹乱了。我又重新拼排起来，对于这样的工作，我是虔诚如婴儿的。我极有耐心，好不容易要拼好，又是一股小风，花瓣便散乱开来……

我成功了。我很开心，尽管只一会儿。我望着那个名字。我用这个叫樱花的精灵，拼出一个心中的名字，这好像是一种冥冥中的安排。

那个名字离我很近，又离我很远。我的眼中似含满了泪花。

两只雀儿

在老家陪伴父母二十多天。自离开家乡到外面工作，几十年来，是第一次陪伴父母这么长时间。过去最多也就是三五天，还都是在春节期间。

起因是这次父亲体检，查出身体的一个指标不对，接着往下检查，医生却问：你家里还有什么人？你儿子哪？问得人心里毛咕咕的。父亲说，在外面工作。怎么讲？你对我说。医生说，等你儿子回来吧。于是我母亲紧张了，打电话叫我回来看怎么回事。

我一到家就直奔医院，医生直接告诉我，可能是前列腺癌。根据片子看，十有八九，不过要确诊，还要进行穿刺，之后病理切片，才能最终确定。

于是我便留在了家里，各种检查、灌肠、穿刺、等病理报告，又到外面大医院复诊了一次，来来去去，七搞八弄的，一待就是二十多天。终于还是确定了：腺癌。就这简单的两个字。

医院单子刚出来时，我对医生说不要告诉我父亲，只说还没有出来。父亲天天往医院跑，问结果何时能出来。左问没有右问没有。父亲本来性子急，就同医生吵，回到家里也烦躁，冲我们乱吼。待复诊回来，从大医院直接拿到了结果，父亲反平静了。那一天他屋子里的灯一直亮着。我到院子里倒水洗脚，透过窗子玻璃，看见他清瘦的身影，在灯光下走来走去。那清瘦的影子，也在窗玻璃上晃来晃去。第二天早上吃早饭，他从屋子里出来，往餐桌上丢下一张纸，是给我看的。我拿起一看，是他写的几句顺口溜，或者说是一首诗：

> 精神不害怕，
> 运动正常化。
> 何去何从尔，
> 泰然天地大。

父亲今年八十三岁，身体还是不错的。用我妈的话说，能吃能睡，不疼不痒。他多年在基层工作，多与农民打交道，过去当公社书记，经常带领农民挑河修坝，总是走在前面。一次低血糖犯了，直接一头栽到塘里去了。因此他的性格，也多像中国的农民，豁达开朗，遇事想得开。

我和当医生的表弟为他研究治疗方案，各种建议也是五花八门——说治吧，八十多岁，开刀这样的大手术，之后放疗化疗，生活还有什么质量？说不治吧，明明知道了这个病，不治，情理上说不过去。是大治还是小治，怎么样是合理的，心中十分纠结。

我老表毕竟是三十多年的医生了，他听了同学给他的各种建议，迅速进行归纳总结，对比优劣，而且老表还风趣，说，癌症这种病，三分之一是吓死了的，三分之一是治死了的，另外有三分之一，才是病死的。最后老表拍板，还是保守治疗，打针吃药。

决心下下来了，心里也就踏实了，否则心一直悬着。父亲听了我们的方案，心里也挺高兴，之前他虽然说"精神不害怕，运动正常化"，但治总归还是要治的，怎么治，不定下来，他也不踏实。现在听了我们这个方案，他认为可行，心也放下了。

问题解决了，他便催我回去上班。

初冬雾大。我想就迟一点走吧，早晨还赖在床上没有起来，就听父母在院子里对话。父亲说，我到门口工地看看啊！门口正在修一个什么工程。

母亲没听清，问，你到哪块（哪里）去啊？

我到门口工地看看，过去跑惯了的，喜欢到工地上去看。

他出去跑了一会儿。院子里安静了，就听到母亲在院子里走路的踢踢踏踏声。

不一会儿，父亲回来了，他对母亲说：那边那棵树上，不知什么时候搭了个雀子窝，不知是斑鸠还是喜鹊。

母亲说，怪道常听到"白果果"叫。我们此地叫斑鸠为"白果果"。

父亲说，是"白果果——果——"他模仿斑鸠的叫声。

母亲说，还有一个声音，它能喊出至少三种声音。母亲又补充说："好玩呢。"

他们又说，那边院子里的树上竟有一个雀窝。我一听，心中好奇，就提着衣服跑出来看，哪里有雀窝？父亲一指天空，我就见到在邻居的院内，一棵高大的树上，在树的顶上有一个好大的雀窝。

我看了一下，又提着衣服回屋了。

就听父亲继续在院子里说，过去树叶子挡着，看不见。现在叶子落光了，它露出来了。

母亲说，那个树上好像飞的是喜鹊，长尾巴，灰色的。有时两三个蹲在树杈子上。

那是个什么树啊？母亲又问。

父亲说，杨树吧。过去都是这种大叶杨。

母亲说，那个雀子好玩呢，抱窝，小雀子还没抱出来，它就飞跑掉了。

……

我听父母在院子里大声谈论着。心中忽然一动，他们不也是两只老雀子，几十年来，互相陪伴。可是其中的一只，终是要先飞走了的。

我坐在床上，继续听他们谈下去。我喜欢听他们这样的闲谈。

（原载《散文海外版》2019年第10期）

大湾区的澳门

◎陈启文

　　我一直觉得澳门就是我隔壁的一道门，我居住的城市地处珠江口东岸，澳门就在珠江口西岸，一座虎门大桥在澳门回归之前就已跨越一个喇叭形的海湾，将东西两岸紧密相连。从本世纪初第一次踏进澳门，我就被深深地吸引住了。这么多年来我一次次走进澳门，对这座城市越来越熟悉，却又感觉越来越陌生，我好像从来没有看清澳门。还是一位澳门友人点醒了我："你不要老是在城里头转来转去，你沿着澳门海岸线转一圈，试试看。"

　　这话让我心里一顿又似有所悟，兴许只有透过大海，才能看清澳门。

　　澳门是一座三面环海的半岛，而在更久远的岁月，澳门还是一个"孤悬海中，未与大陆相连"的荒凉小岛，随着珠江干流西江从珠海前山水道、马骝洲水道奔涌入海，河流携带的泥沙在澳门与大陆之间日渐沉积，又在潮来汐去中被海水冲积成一道天然沙堤，在经历了长久的分离后，一座与世隔绝的孤岛终于与大陆唇齿相依，这是大海对陆地的再造，在地形学上称为陆连岛。大海塑造了澳门的形状，状若一朵绽放的莲花，澳门又称莲岛。那与大陆相连的一脉，便是纵贯于沼泽与海滩之间的莲花茎，它连着一座莲峰山，又延伸出莲花路、莲花街、莲径巷、荷花围、莲花圆形地、莲花海滨大马路。大海也为澳门塑造了优美的海岸线和海湾，南湾，西湾，竹湾，石排湾，这一个个海湾恰似莲花的花瓣，簇拥着一块莲花宝地，澳门就在波光潋滟的海湾中安放着澄明的灵魂。这些海湾也是天然的港湾，那些从大海的风浪中颠簸驶来的船舶，一进海湾就变得宁静了。非宁静无以致远，那些赶海人在宁静的海湾中躲过正在迫近的风暴，然后又一次扬帆远航。

　　南湾位于澳门半岛最南端，这是澳门岁月深处的一道海湾，若从大海的方向过来，这是澳门第一湾。在十六世纪的地理大发现中，西方航海家在大海上越走越远。葡萄牙，原本是一个背向大海、地狭人寡的欧洲弱国，而一旦转身面朝大海，葡萄牙人就像创世纪一样，创造了一个又一个的世界奇迹。麦哲伦率远洋船队横渡大西洋、太平洋和印度洋，完成了人类历史上第一次环球航行，在船长绝对空白的海图上画上了他们开辟的一条条新航线。葡萄牙还有一个极具战略眼光的君主——航海家亨利，这是葡萄牙历史上最伟大的一位舵手，他毅然决然地将一个弹丸小国推向了大海，葡萄牙很快就进入了黄金时代。而在风靡欧洲的《马可·波罗行纪》中，遥远的东方遍地是黄金，这是葡萄牙瞄准的又一个目标。明嘉靖年间，中国遭遇了第一个来自大西洋海岸的不速之客，葡萄牙远洋船队长驱直入澳门南湾，就像被一阵海风吹来的。他们一进南湾就大声惊呼：Praia Grande, Praia Grande! 意思是，大湾，大湾！葡萄牙人把南湾称为大湾，这还真是意味深长，过了五个多世纪，我们才懂得大湾的真谛。葡萄牙人在攫取澳门的居住权后，随之便以澳门为远东海上贸易的桥头堡，开辟了当时最长的国际贸易航线，这也是葡萄牙远东商业利益的生命线。大海很大，而澳门很小，随着澳门的急速发展，澳葡当局越来越难以施展开拳脚，从十九世纪六十年代开始填海扩地，将大半个南湾填海修建了南湾街，其余水面后来改为了南湾人工湖。南湾街现已拓展为南湾大马路，如今已是澳门繁华的商业中心、金融中心和市政中心，澳门商业银行和诚兴银行的总行，法国国家巴黎银行，万国宝通银行，香港上海汇丰银行，澳督府，澳门立法会，澳门法院……这一座座高耸的、直入天际楼宇都是在大海的支撑下昂然崛起的。当我走在这车水马龙、人流潮涌的大马路上，感觉脚步还在荡漾起伏，仿佛走在南湾的海浪上。

如果说大海是澳门的母亲，这绝非一个矫情的比喻，澳门就是在大海的怀抱里逐渐长大的。南湾其实并未消失，而是以另一种方式诞生，澳门也不会改变面朝大海的方向。而今澳门半岛面朝大海的是背枕西望洋山、紧接南湾的西湾。走进西湾，恍若走进了西湖，然而仔细一看，却又不是。西湾没有白堤苏堤，却有一道向大海延伸的长堤，穿过苍劲的古榕和高大的棕榈，一股浓郁的欧陆风情在大海中涌现。从屹立于西望洋山之巅的主教山教堂，到一幢幢葡式风格的海滨别墅，当年的殖民者几乎占据了澳门最高的地位和最美的风光。海风是咸的，海水也是咸的，无论你心里是怎样别有一番滋味，你都必须明白，只有面朝大海，才会风光无限。当太阳在大海上升起，那些热爱健身的澳门人便开始沿着堤岸、向着大海奔跑，那闪光的汗珠和突出的肌腱代表了一座城市的健康。很多土生葡人也加入了跑步者行列，葡萄牙人曾以其强大体魄抵御住了蔓延欧洲的瘟疫，而在大海的惊涛骇浪中远航尤其需要强健的体魄。这些跑步者甚至可以跨过西湾大桥，从澳门半岛的融和门一直跑到澳门离岛氹仔码头，这是超越了西湾又从西湾延伸出来的一道风景线。

融和门是澳葡当局在澳门回归之前精心打造的一座标志性建筑，由葡萄牙雕塑艺术家拉果·亨利克设计，由四根支柱两两一组互勾而成，支柱表面铺设黑色花岗岩和葡式碎石，这抽象的艺术造型如同双手拱合，这是中葡友谊的象征。西湾大桥是全球第一座预应力混凝土双层主梁斜拉桥，北起融和门，南至澳门离岛氹仔码头，像是一架安放在大海上的竖琴。大桥总设计师徐恭义是当时全国最年轻的桥梁设计大师，他还真是独具匠心，那两个八十五米高的双拱门桥塔代表澳门的英、葡文首个字母"M"，罗马数字"Ⅲ"和阿拉伯数字"3"，则表明此桥是连接澳门半岛和氹仔岛的第三座大桥。桥墩外观呈弧形，像两片莲花花瓣。站在西湾大桥上看海，从海豚色的西湾近海逐渐向远方的蔚蓝色、深蓝色延伸，这是一片繁忙而又生机勃勃的海域。除了川流不息的船舶，还有追逐着海浪的中华白海豚，这身体修长、活泼生姿的生灵，为国家一级保护动物，被誉为美人鱼和水上大熊猫。它们时不时跃出水面或从潮头探出头来，那又黑又亮的眼睛正好奇地朝人间张望。在白海豚出没的地方，往往也是鱼群最多的地方，成群的海鸥追逐着鱼群，如果运气好，还可以看到黑脸琵鹭，澳门人又称它们为饭匙鸟、黑面勺嘴，那扁平的长嘴如汤匙般，又与琵琶极为相似。它们不是在空中飞翔，而是在浪尖上飞舞，因而又称为黑面舞者。这是世界上仅次于朱鹮的第二种最濒危的水禽，已被国际自然资源物种保护联盟和国际鸟类保护委员会列入濒危物种红皮书中，若能看见它们，简直就像看见了天使一样，又称黑面天使。这种鸟在别处已经难得一见了，但在澳门还时不时看见，这也是澳门最具代表性的鸟类。

澳门是一座融合性的城市，不止是人与人之间的融合，也是人与自然的融合。澳门的每一个海湾都堪称是人与自然的完美融合，而竹湾堪称是原生态和浪漫风情融合的佳境。这儿既有一座郁郁葱葱的靠山，又拥有广阔的海岸和细白柔软的沙滩。那些依山而建的房舍、小桥、小径栏杆皆以松木营造，仿佛是从山林里直接生长出来的，一条山溪在清风中婉转流淌，在这华洋杂处的澳门，竟有这样一派清幽古雅的境界，恍若还有山野隐逸、海滨遗老行吟于其间。而那海湾和海滩却又尽情地挥洒着浪漫和激情，那些穿着比基尼的美女在海滨浴场或沙滩上秀着她们婀娜多姿的身体曲线，勇敢的男士们正驾着帆板、帆船与海浪搏击，尽情地享受着在海上驰骋的快感。在路环岛西北的石排湾，则建起了依山傍海的郊野公园，走进植物园，可以观赏澳门形形色色的植物，观鸟园里又可看到各种各样的珍禽异鸟。在鸟语花香中，感受一下就把那都市的烦嚣抛到了脑后，又重新投入了大自然的怀抱。相传清嘉庆年间的海盗张保仔，在这山水之间觅到了一个藏身洞，他可真会选地方。

澳门拥有这么多得天独厚的海湾，但从陆地到海域又实在太小了，干什么都捉襟见肘。澳门回归后，在母亲的怀抱里不断成长，第一个长大的就是澳门大学。这是澳门第一所现代大学，但在狭小的澳门只有逼仄的校园。澳门迫切需要拓展自己的空间，但除了艰辛而缓慢的填海造陆，是否还有别的出路？澳门人总是下意识地凝望着与澳门一河之隔的横琴岛，那是珠海最大的岛屿，比三个澳门还要大。这是一片未开发的处女地，若能借助澳门的优势开发出来该有多好。澳门看到了，中央也看到了。2009年，澳门回归十周年，中央批准澳门在横琴岛上建设澳门大学新校区，全国人大又授权澳门特别行政区对澳大新校区实施管辖。新校区背倚满目葱茏的横琴山，由一条河底隧道与澳门相连，比原校区一下扩大了二十倍，足以容纳九个学院和一万五千多名学生。这是一座国际化、现代化、智能化的绿色校园，拥有六十多座建筑，这些建筑风格是岭南与南欧的一种融合，这横琴岛上的新校园更是澳门与内地"一国两制"的融合。海纳百川，有容乃大，澳门大学凭借大陆与大海水乳交融的优势，正雄心勃勃地向世界一流大学迈进。

澳门最大的优势就是背靠大陆，面朝大海，然而澳门又一直受困于大海。由于历史原因，澳门一直没有对毗邻海域的使用管理权。2015年，在澳门回归祖国十六周年纪念日，中央政府又一次敞开怀抱，明确划定了澳门特区水域和明晰陆上界线，三十平方公里的澳门，海域明确为八十五平方公里，这让被大海包围的澳门获得更大的发展空间，随着澳门借海发力，其特有的优势必将进一步激发出来。

澳门其实还有一个更大的海湾——粤港澳大湾区，当然，大湾区不止是属于澳门。这是与美国纽约湾区、旧金山湾区和日本东京湾区比肩的世界四大湾区之一，在自然地理上，这个大湾区一直存在，但直到最近才被人类赋予其超越地理的意义或定义。粤港澳大湾区（英文缩写GBA）由香港、澳门两个特别行政区和广州、深圳、珠海、佛山、惠州、东莞、中山、江门、肇庆等九市组成。这是中国经济最活跃的地区，大湾区面积只有五万多平方公里，人口七千万，2017年的GDP就突破十万亿，若放置于世界排行中名列十一位，超过了许多西方发达国家和地区。在国家战略上，这是我国建设世界级城市群和参与全球竞争的重要空间载体。大湾区是两种制度、三个法律适用地区、三个关税区，这也是粤港澳大湾区不同于其他湾区的最大特色。按粤港澳大湾区发展规划纲要，以香港、澳门、广州、深圳四大中心城市作为区域发展的核心引擎。从地理位置看，广州处于珠江口顶端，横跨珠江两岸，珠江口东岸有香港和深圳两座中心城市，还有东莞、惠州两座支点城市。珠江口西岸则有澳门和珠海、佛山、中山、肇庆、江门等五座支点城市。澳门既是珠江口西岸最小的城市，却又是位于珠江口西岸的唯一一座中心城市，一个与香港、广州、深圳并驾齐驱的核心引擎。这是典型的小马拉大车，这小小的澳门拉得动吗？

多少年来，澳门作为世界四大赌城之一，被誉为东方蒙特卡罗或拉斯维加斯。如今在澳门三十平方公里的土地上，生活着六十五万人口，这是世界人口密度最高的地区之一，也是全球最发达、最富裕的地区之一。在博彩业的驱动之下，澳门的轻工业、旅游业、酒店业一直长盛不衰，但澳门人又从不甘心把自己的命运全部押在赌场的轮盘上，他们一直渴望对澳门的重新定位，把澳门打造为世界旅游休闲中心。而作为一个站在大湾区一线潮头的核心引擎，这样的定位已经远远不够了，澳门重新审视自己。譬如说，澳门曾经是葡萄牙在远东海上贸易的桥头堡，但一旦转身，就可以打造中国与葡语国家的合作平台，而澳门五百年来所形成的多元文化，也可以成为一个以中华文化为主流、多元文化交流的合作基地。澳门对外贸易的经济规模虽说不大，但外向度高，而且是大湾区内税率最低的地区之一，财政金融稳健，无外汇管制，具有自由港及独立关税区地位，一直是亚太区内极具经济活力的一员，也是连接内地和国际市场的窗口和桥梁。这都是澳门潜在的优势和底气，一旦释放出来，这一小片灿烂的土地势必发挥出四两拨千斤的力量。——这就是澳门对自己的重新定位，大湾区的澳门终于看清了自己，我也终于看清了大湾区的澳门。

澳门很小，但大湾很大，从葡萄牙人当年惊呼的大湾到如今这辽阔的大湾，一切都是大海的创造，只有大海才有如此强劲而又持久的力量。澳门一直在大海中汲取和积聚力量，期待着新一轮的迸发。我已经感觉到了，那一触即发的气势，当海风推拥着浪潮奔涌而来，那绘有五星、莲花、大桥、海水图案的绿色旗帜，在海岸线上飘扬得哗哗作响……

（原载《人民日报·海外版》2019年4月25日）

敬 告

由于编选时间仓促、工作量大，未及与所选作者一一取得联系，请见谅。

现仍有部分作者地址不详，为及时奉上稿酬和样书，请有关作者与责任编辑赵维宁联系。

地址：沈阳市和平区十一纬路25号

邮编：110003

电话：024—23284306

E-mail：249972579@qq.com

微信号：zhaoweining10

辽宁人民出版社

2020年1月